Parallèle

ELIZABETH O'ROARK

Parallèle

Traduit de l'Anglais par Julie Berland.

PARALLÈLE

Ceci est une œuvre de fiction.
Les noms, personnages, lieux et incidents sont le produit de l'imagination de l'auteur ou sont utilisés judicieusement. Toute ressemblance avec des événements, des lieux ou des personnes réelles, vivantes ou décédées, est fortuite.

Couverture : Emily Wittig
Ouvrage dirigé par : Charlotte Deloy
Traduction : Julie Berland
Correction : Mathilde Pivain et Romane Prieur

ISBN : 978-2-487392-12-0 (broché)
ISBN : 978-2-487392-13-7 (e-book)

Dépôt légal : Novembre 2024
Achevé d'imprimer en France par CPI en Novembre 2024 (181250)

Composé et édité par Edition Celeste
16 Av des Chateaupieds
92500, RUEIL MALMAISON

À Patrick, Lily et Jack,
qui seront toujours la plus belle chose que j'aie jamais créée.
Oh, et arrêtez de lire ici. Peu importe votre âge.

PROLOGUE

Je faisais un cauchemar lorsque j'étais petite. Un cauchemar qui venait me hanter encore et encore. Je ne l'ai jamais oublié, pas un seul détail, bien que si mes parents n'avaient pas conservé le rapport du psychologue, j'aurais sûrement pensé que les années l'avaient altéré de différentes manières. Mais ce n'est pas le cas. Tout est consigné par écrit, exactement tel que ça demeure dans ma tête.

QUINN, âgée de quatre ans, a été amenée dans notre clinique en raison de cauchemars récurrents. Les parents signalent que la patiente se réveille plusieurs fois par semaine en pleurant son «mari» («Nick») et en prétendant qu'ils ont été séparés par quelqu'un. La patiente insiste sur le fait qu'elle «n'est pas censée être ici» pendant des heures, voire parfois des jours. Il n'y a pas d'autres signes de psychose.

Au début, ces cauchemars étranges et spécifiques effrayaient ma mère. Elle était inquiète pour moi. Cependant, au fil du temps, elle a commencé à avoir peur de moi. Ça m'a appris une leçon, que je continuerai d'écouter au cours des années à venir : les choses que je connais, les choses réelles, sont plus sûres si je les garde pour moi.

CHAPITRE 1

Quinn

2018

Déjà-vu.

En réalité, ça signifie plutôt l'opposé : que vous n'avez pas déjà vu ce qui est en train de se passer, mais que vous avez l'impression de l'avoir déjà vu. Un jour, j'ai demandé à Jeff s'il pensait qu'en France, ils appelaient réellement ça «déjà-vu» ou s'ils avaient une expression plus précise. Il a ri.

— Tu penses à des trucs vraiment bizarres parfois, m'avait-il répondu.

C'est tellement plus vrai qu'il ne le croit.

— Tout va bien ? demande-t-il maintenant, alors que nous suivons nos mères à l'auberge où nous nous marierons dans sept petites semaines.

Je suis bizarre depuis le moment où nous sommes arrivés en ville, et je suppose que ça se voit.

— Oui. Désolée. J'ai un peu mal à la tête.

Ce n'est pas tout à fait la vérité, mais je ne sais pas comment expliquer cette chose dans ma tête, ce bourdonnement irritant. Ça me donne l'impression de n'être qu'à moitié là.

Nous entrons dans le hall et ma mère tend les bras comme une hôtesse de jeu télévisé.

— N'est-ce pas trop mignon ? demande-t-elle sans attendre de réponse. Je sais que c'est à une heure de Washington, mais en nous y prenant aussi tardivement, c'est le mieux que nous puissions trouver.

En vérité, le hall me rappelle un centre de retraite haut de gamme – des murs bleu clair, une moquette de la même couleur, des chaises Chippendale – mais le mariage et la réception auront lieu dehors. Et comme ma mère l'a fait remarquer, nous ne pouvons plus nous permettre d'être exigeants.

La mère de Jeff, Abby, se tient à mes côtés, passant une main sur ma tête, comme elle le ferait avec un cheval de concours.

— Tu es tellement calme. N'importe quelle autre mariée serait en panique.

On dirait un compliment, cependant je ne suis pas certaine que ce le soit. Perdre notre lieu de mariage deux mois avant la date *aurait dû* me faire paniquer, mais j'essaie de ne pas trop m'attacher aux détails. Trop se soucier des futilités fait perdre la raison à des gens parfaitement raisonnables. Demandez simplement à la fille qui a incendié la salle de réception où son ex allait se marier… qui se trouve être la même salle de réception où nous devions nous marier.

— Bon, notre rendez-vous avec le coordinateur d'événements de l'hôtel n'est pas prévu avant une heure. Si on allait déjeuner en attendant ? demande ma mère en joignant ses mains.

Jeff et moi échangeons un regard rapide. Sur ce point, nous sommes tous les deux du même avis.

— Nous devons vraiment retourner à Washington avant l'heure de pointe, dis-je. Peut-être pourriez-vous nous faire visiter ?

Mes paroles sortent-elles aussi lentement que j'en ai l'impression ? C'est comme si j'étais en décalage, comme si j'étais en retard de deux pas.

Le sourire de ma mère s'efface pour laisser place à quelque chose de beaucoup moins sincère. Elle veut que je participe avec enthousiasme et est constamment déçue par mon incapacité à le faire.

Elle et Abby nous montrent le chemin, retournant vers le porche par lequel nous sommes entrés.

— Nous en avons déjà discuté, dit Abby en se tournant vers moi. Nous pensions que tu pourrais descendre les escaliers et sortir sur le porche, où ton père… Enfin, ton oncle t'attendra.

Elle fait une pause, rougissant de son erreur. À ce stade, ça ne devrait pas être un gros problème – mon père est décédé depuis près de huit ans – mais je ressens quand même ce tiraillement au fond de ma poitrine. Ce soupçon de tristesse qui ne disparaît jamais tout à fait.

— Et ensuite, il y aura un tapis rouge jusqu'à la tente.

Ensemble, nous sortons. C'est une journée incroyablement chaude, comme la plupart du temps en été près de Washington, D.C., et cette chose dans ma tête ne fait qu'empirer. Je remarque vaguement mon environnement – un soleil éblouissant, un ciel bleu, les rosiers que ma mère commente – mais je me sens à côté, comme si je suivais de loin. *Qu'est-ce qui se passe, bon sang ?* Je pourrais appeler ça un déjà-vu, mais ce n'est pas vraiment le cas. La conversation en cours, avec ce groupe de personnes, est complètement nouvelle. C'est l'endroit qui me paraît familier. Plus que familier, à vrai dire. Il me semble important.

Ils parlent du lac. Je ne suis pas certaine de ce que j'ai manqué, mais Abby s'inquiète de sa proximité.

— Il suffirait d'un bateau rempli d'ivrognes pour créer le chaos, dit-elle. Et nous ne voulons pas de curieux.

— La plupart des bateaux ne peuvent pas atteindre cette partie du lac, dis-je sans réfléchir. Il y a trop de broussailles sous l'eau.

Le front d'Abby se plisse.

— Je ne savais pas que tu étais déjà venue ici. Et quand as-tu déjà fait de la voile ?

Mon pouls commence à s'accélérer et ma respiration se fait paniquée. Ils savent que je ne suis jamais venue ici. Ils savent que je ne fais pas de voile. Je ne sais pas pourquoi j'ai laissé ça m'échapper.

— Non, dis-je. Je me suis renseignée un peu avant de venir.

Les mots me paraissent aussi faux qu'ils le sont, et je sais que ma mère n'y croit pas. Si je la regardais tout de suite, je verrais ce regard troublé sur son visage, celui que j'ai vu mille fois auparavant. J'ai appris tôt dans ma vie que mon étrange capacité à connaître des choses que je ne devrais pas la dérangeait.

Le téléphone de Jeff sonne et il décroche, se tournant de l'autre côté, tandis que ma mère marche devant nous, fronçant les sourcils en regardant le sol.

— J'espère qu'ils vont bientôt arroser, se tracasse-t-elle. Si ça reste aussi sec, ça sera couvert de poussière d'ici le début de la cérémonie.

Elle a malheureusement raison. Je peux sentir la terre se déplacer légèrement devant moi, l'herbe brûlée et usée sous un soleil implacable, jusqu'au pavillon. S'il y avait pas ne serait-ce qu'une légère brise, nous étoufferions à l'heure actuelle.

Nous tournons au coin de l'auberge et le lac entre dans notre champ de vision, scintillant sous la chaleur de début juillet. Il ressemble à n'importe quel autre lac, pourtant quelque chose en lui qui me parle. Je le fixe, essayant de le situer, et alors que je suis mon instinct, mon regard est attiré vers le haut, au-delà de ses profondeurs saphir, vers un chalet au loin.

C'est d'abord un tapotement. Un petit tapotement entre mes omoplates, comme un parent avertissant un enfant de faire attention. Mais ensuite, quelque chose bouge en moi, des ancres invisibles s'enfoncent dans le sol, me maintenant immobile. Mon estomac semble tomber au fur et à mesure qu'elles s'enfoncent.

Je connais cette maison.

Je dois détourner le regard. Mon cœur bat de plus en plus fort, et le fait que les gens vont le remarquer le fait battre encore plus fort. Une image se forme déjà dans ma tête – une large terrasse, une longue pente herbeuse menant au bord de l'eau.

— Comment l'herbe peut-elle être si sèche avec toute cette

eau autour ? demande Abby, mais sa voix devient sourde sous cette soudaine sonnerie dans mes oreilles.

Et puis, ses mots disparaissent complètement. Il n'y a plus de sols, plus de lumière, rien à saisir. Je tombe, et la chute est infinie.

~

Quand mes yeux s'ouvrent, je suis allongée sur le dos. Je sens la terre collée à ma peau et le soleil tape si fort qu'il étouffe toute pensée. Je suis dans une sorte de champ avec une maison au loin, alors qu'une femme se penche au-dessus de moi. L'ai-je rencontrée quelque part auparavant ? J'ai l'impression que oui, mais je ne peux absolument pas la situer.

— Quinn ! s'écrit-elle. Oh, dieu merci. Ça va ?

La lumière est trop intense. Ce tambourinement dans ma tête se transforme en un gong. J'ai besoin que ça s'arrête, alors je ferme les yeux. L'odeur de l'herbe desséchée m'agresse.

— Pourquoi suis-je ici ? murmuré-je.

Les mots sont confus, la voix est à peine la mienne. *Mon dieu, ma tête me fait mal.*

— Tu es tombée, dit-elle. Nous sommes à l'auberge. Pour ton mariage, tu te souviens ?

La femme me parle comme si j'étais une enfant sur le point de faire une crise, mais rien de ce qu'elle dit n'a de sens. Je suis déjà mariée. Et depuis quand fait-il si chaud à Londres ? Ce n'est jamais le cas normalement.

Un homme s'approche en courant vers nous. Sa carrure est similaire à celle de Nick – grand, musclé – mais même de loin, je sais que ce n'est pas lui. Mes yeux se ferment brièvement et pendant un instant, j'ai l'impression d'être de nouveau avec lui – regardant son sourire d'abord timide avant de s'élever d'un côté, captant la légère odeur de chlore de sa baignade matinale. Où est-il ? Il était *juste* à côté de moi il y a une seconde.

L'homme s'effondre à mes côtés.

— Elle a dû trébucher, dit l'une d'elles. Elle est vraiment sonnée. Je pense qu'elle doit aller à l'hôpital.

Je n'irai nulle part avec ces gens, mais je ne peux m'empêcher de ressentir cette peur dans ma poitrine. Le battement dans ma tête s'intensifie. Et s'ils essayaient de me forcer à les suivre ? Je ne sais même pas si je pourrais les repousser dans cet état.

— Où est Nick ?

Les mots sortent faibles et insuffisants, plus dans le besoin que dans l'autorité.

— Le directeur de l'hôtel s'appelle Mark, dit une autre voix. Peut-être qu'elle veut dire Mark ?

— Tu peux te redresser ? demande le gars. Allez, Quinn.

Je plisse les yeux, essayant de mieux le voir sous le soleil éblouissant. Comment sait-il comment je m'appelle ? Il y a quelque chose de familier en lui, mais il a l'un de ces visages qui ressemble à tout le monde.

— Vous êtes médecin ?

Sa mâchoire s'affaisse.

— Bébé, c'est moi. Jeff.

Que diable se passe-t-il ici ? Pourquoi ce gars agit-il comme si nous étions de vieux amis ? Je me concentre sur lui, essayant de comprendre.

— Ton fiancé, ajoute-t-il.

Pendant un instant, je le regarde avec horreur. Et puis je commence à reculer de panique – une tentative inutile.

— Non, hoqueté-je, mais même en le niant, en priant pour que ce soit un cauchemar, une partie de mon cerveau commence à le reconnaître et se souvient d'une vie différente, une vie dans laquelle Nick n'existe pas.

Nick n'existe pas.

Je me retourne, le visage sur l'herbe, et commence à pleurer.

obligée puisque je n'ai aucune idée de comment rentrer chez moi.

Ça n'a pas beaucoup de sens étant donné que j'aurais facilement pu appeler un Uber ou trouver un itinéraire sur mon téléphone, mais il ne le souligne pas. Sa fossette apparaît. J'ai envie de l'épouser rien que pour cette fossette.

— Cela faisait partie de mon plan diabolique pour te garder ici.

Je jette un coup d'œil autour de son appartement, que je n'ai pas eu l'occasion de bien voir hier parce qu'il était tard quand nous sommes rentrés et que nous étions, euh, un peu occupés. C'est typiquement masculin : des murs bruts, des fenêtres qui ont besoin de rideaux, du parquet gris cendré. Je décide que je suis ouverte à la possibilité d'être gardée.

— Un plan diabolique ? demandé-je. Donc… C'est quelque chose que tu préparais depuis un moment ?

— Absolument. Bien que « rencontrer une femme magnifique qui ne connaît rien de Londres » ait été une première étape étonnamment difficile.

Nous sourions tous les deux. Comment cela peut-il être si naturel ? Comment puis-je déjà me sentir si connectée à lui ? Dès le moment où nous nous sommes rencontrés hier, c'était comme si j'étais destinée à le connaître, ou peut-être comme si je le connaissais déjà d'une manière ou d'une autre.

— Jusqu'à présent, j'aime bien ton plan diabolique.

Il se redresse, s'appuyant sur son avant-bras et se rapprochant de ma bouche.

— Et j'ai été un parfait gentleman comme promis, n'est-ce pas ?

Nos yeux se verrouillent. Il m'a embrassée pendant des heures la nuit précédente, jusqu'à ce que je sois sur le point de le supplier de me déshabiller, mais cela n'est pas allé plus loin. Son regard se pose sur ma bouche. Lui aussi s'en souvient.

— Tu as été un parfait gentleman.

Il se penche au-dessus de moi, ses épaules larges et bronzées sculptées par ieu lui-même.

— Tu ne peux pas m'embrasser tant que je ne me suis pas brossée les dents, le préviens-je.

— Alors je me concentrerai sur d'autres parties.

Ses lèvres effleurent ma mâchoire et se dirigent vers mon cou. Il tire légèrement sur la peau, juste assez pour provoquer une inhalation brève, mon corps s'arc-boutant contre le sien sans réfléchir.

— Mon dieu, gémit-il. J'essaie de bien me comporter, mais tu ne me facilites pas les choses.

Comme il ne porte que son caleçon, je suis déjà au courant de sa situation, mais peu importe. Ma main glisse le long de son dos large jusqu'au tissu. Je veux glisser ma paume sur son cul ferme et laisser mes ongles s'enfoncer dans sa peau...

— Je veux que tu fasses ce bruit encore une fois, dit-il, sa voix rauque et basse.

Il tire à nouveau sur mon cou au même endroit.

— Oh mon dieu, j'aime beaucoup trop ça, murmuré-je. Juste ne me laisse pas de suçon.

— Je crois que c'est déjà fait, rit-il d'un air désolé.

~

— Chérie, dit Jeff, en secouant mon épaule. Réveille-toi.

Je cligne des yeux, essayant de donner un sens au fait que Nick n'est plus avec moi. Et puis je regarde mon fiancé, son doux visage et son front plissé, et la culpabilité me submerge. Même si je sais que ce moment avec Nick n'était pas réel, j'ai toujours cette sensation nauséeuse qui survient quand je découvre que j'ai fait quelque chose de très, très mal.

— Où sommes-nous ? demandé-je, ma voix et endormie.

Nous sommes entourés par les murs en béton d'un parking souterrain, éclairés uniquement par des lumières fluorescentes vacillantes. Cela ne me donne aucune indication d'où nous nous trouvons.

— À l'hôpital. Tu es tombée à l'auberge, tu te souviens ? Tu t'es blessée à la tête ?

Argh. Tout me revient d'un coup. L'organisation de la réception, le sentiment de déjà-vu, la vue du chalet blanc au loin. Et ensuite, le temps que j'ai passé avec Nick – le temps que je *pensais* avoir passé avec Nick – pendant lequel Jeff ne semblait pas exister. C'était tellement réel. Ça a toujours l'air réel. Ce serait suffisant pour me faire croire à la réincarnation, sauf que tout cela se passait *maintenant*, ou presque. *Je me souviens de son Apple Watch sur la table de nuit. J'ai pensé à prendre un Uber.* C'était récent. Et la dernière chose que je veux, c'est d'être examinée par un médecin tout en évitant de reconnaître que, pour une partie de moi, ces moments sont réels.

— Je ne pense pas que ce soit nécessaire, lui dis-je.

Je suis sûre que pour Jeff, toute cette histoire paraît monumentale, mais mon enfance a toujours été parsemée d'épisodes étranges que personne ne pouvait expliquer. Ça a tout l'air d'être la même chose, mais en mille fois plus extrême.

— Je vais bien à présent, et je n'ai pas envie de rester des heures dans une salle d'attente juste pour qu'un médecin me dise que je vais bien.

Sa mâchoire se détend, mais quand il me répond, sa voix est tendue et je ne peux dire s'il s'agit de préoccupation ou s'il est blessé.

— Tu sembles grandement sous-estimer la gravité de la situation. Tu ignorais qui j'étais. J'ai déjà appelé ton travail et je leur ai dit que tu ne viendrais pas.

Je penche la tête en arrière contre le siège et laisse mes yeux se fermer un moment.

— Quelques heures de sommeil me feront plus de bien que n'importe quel médecin en ce moment.

Sa portière s'ouvre.

— Tu n'as même pas reconnu ta propre mère. Nous allons vérifier ça.

Je suis trop fatiguée pour ça, mais également trop fatiguée pour argumenter. Je le suis à l'intérieur de l'hôpital, boudeuse comme une adolescente. L'idée me paraît encore pire une fois que nous sommes à l'intérieur. Alors que Georgetown, *la ville*, est un havre pour les riches et les privilégiés, *l'hôpital* de Georgetown ne l'est pas. J'entre en m'attendant à trouver des élèves de lycée privé avec des blessures de crosse ou des mondaines ayant des réactions indésirables au Botox. Cependant je me retrouve face au chaos : des policiers maîtrisant une femme qui hurle juste à l'intérieur des portes, un homme avec une blessure abdominale qui pisse le sang à droite.

Jeff me protège, plaçant ses larges épaules entre moi, le sang et la femme qui crie, sans se soucier de lui-même. Si mon père nous regarde en ce moment, il doit sourire. Il était certain que Jeff me protégerait toujours, et il avait raison.

Finalement, on m'appelle et on nous conduit dans une salle aux murs en parpaings. On me tend une affiche qui me demande de décrire où se situe ma douleur sur une échelle entre l'émoji souriant et celui qui pleure. Un résident apparaît quelques instants plus tard pour effectuer un examen de mes réflexes, de mon orientation et de mes antécédents médicaux. *Non, cela ne m'est jamais arrivé auparavant. Non, je ne prends pas de drogues. Oui, je bois quand je sors, mais pas beaucoup.* Et puis le médecin arrive et recommence tout.

Je n'ai pas envie de tout recommencer, c'est épuisant de dire des demi-vérités, de garder tant de choses pour moi.

— Je suis juste tombée, lui dis-je. Ce n'est pas grave.

Jeff me regarde d'un air soucieux.

— Elle n'a reconnu ni sa mère ni moi quand elle s'est réveillée. Elle ignorait où nous étions et demandait quelqu'un nommé Nick.

Il y a une légère pointe, juste une pointe d'indignation quand il prononce ce nom. Il est *jaloux*, je réalise enfin. C'est pourquoi il est tant préoccupé. Il pense probablement que Nick est un ex que je n'ai jamais mentionné. Je pourrais essayer de le rassurer à ce sujet, mais la vérité est presque pire. S'il pouvait imaginer ce à quoi je pense – Nick se penchant sur moi avec ce *regard*, celui qui même maintenant me donne envie de certaines choses que je n'ai jamais voulues auparavant – je doute qu'il soit soulagé. Surtout parce que tout cela se produit récemment.

— Alors, vous avez eu une petite perte de mémoire et vous avez récupéré rapidement ? demande le médecin.

J'essaie de sourire, comme le ferait une personne parfaitement normale qui n'a pas de fantasmes sur un étranger.

— Oui, ça a pris une minute et puis ça allait. Juste un mal de tête qui a également disparu. J'ai sauté le petit-déjeuner et je ne me sentais pas très bien de toute façon.

— Nous ferons une IRM pour être sûr, dit-elle.

Mes épaules se tendent. Elle vérifie probablement s'il y a une commotion et cela ne donnera rien… mais je n'aime pas l'idée que quelqu'un regarde de trop près ce qu'il y a dans ma tête.

— Je préférerais éviter. Honnêtement, je ne pense pas que ce soit grave.

— Il vaut mieux être prudent, réplique-t-elle. Avez-vous mal quelque part ?

Je hausse les épaules.

— Pas vraiment.

— Laissez-moi vérifier vos ganglions.

Elle se place devant moi et place ses mains juste en dessous de ma mâchoire. Sa paume heurte la base de mon cou et je grimace.

— Désolée, dit-elle. J'ai appuyé sur votre, euh…

Elle s'interrompt.

— Sur mon quoi ?

Son sourire est tellement maladroit que c'en est physiquement douloureux.

— Vous avez une, euh, ecchymose… sur votre cou.

J'ai du mal à comprendre pourquoi, exactement, elle est si bizarre – jusqu'à ce que je réalise que cela signifie : un *suçon*.

— *Quoi* ? ricané-je. Non.

— Vous pouvez vérifier dans le miroir, dit-elle, avec un autre sourire maladroit.

Je jette un coup d'œil à mon reflet et là, se trouve une petite marque rougeâtre. Mon pouls s'accélère lorsque Jeff s'approche pour examiner de plus près. Son visage pâlit. Quoi qu'il y ait là, nous savons tous les deux qu'il n'en est pas responsable. Il ne m'a jamais fait de suçons, et il n'était pas en ville la majeure partie de la semaine dernière.

Je rassemble tous ces éléments et une peur s'insinue en moi, étendant ses doigts glacés à l'intérieur de ma poitrine.

Parce que tout ce qui me vient à l'esprit, c'est le souvenir de la bouche de Nick sur mon cou.

~

Lorsque mon examen est terminé, une infirmière nous dirige vers l'étage de neurologie. Le silence de Jeff est perturbant. Il n'a pas dit un mot depuis qu'il a vu le suçon.

— Dis-moi à quoi tu penses, dis-je. Tu sais que ce n'est pas un suçon.

— Tout ce que je sais, c'est que ce n'est pas moi qui te l'ai fait, dit-il sans émotion.

Je grogne discrètement. Il n'y a aucune raison que ce soit *réellement* un suçon – à part dans mon rêve. Et je n'arrive pas à croire qu'il puisse remettre en question ma parole.

— Tu as été avec moi toute la journée. Hier soir aussi. Si j'avais vraiment eu un suçon sur mon cou tout ce temps, tu ne penses pas que tu l'aurais remarqué ? J'ai probablement simplement heurté un caillou ou quelque chose lorsque je suis tombée aujourd'hui.

Les portes s'ouvrent et sa main se loge dans le creux de mon dos alors que nous sortons. Même s'il est contrarié, il veut toujours prendre soin de moi, me guider, me protéger.

Je suppose que c'est ce que mon père voyait en lui, bien avant que je le voie. J'avais seulement 20 ans quand je suis rentrée chez moi après le diagnostic de mon père, et à mes yeux, Jeff était déjà un adulte – diplômé de l'université, de retour à Rocton pour travailler comme entraîneur adjoint de football. Vers la fin de sa vie, les allusions de mon père sont devenues des supplications. *Jeff te protégera*, il murmurait en serrant ma main, la morphine rendant ses mots presque inintelligibles. *Épouse-le et tu seras toujours en sécurité*. J'ai hoché la tête seulement pour le réconforter, sans vraiment le penser. Mais la manière dont Jeff s'est occupé de ma mère et de moi après le décès de mon père m'a marquée. Une fois qu'il a réellement décidé de me conquérir, il m'a été impossible de ne pas tomber amoureuse de lui. Alors je suppose que mon père avait raison depuis le début.

— Nous cherchons le service d'imagerie, dit Jeff à une infirmière qui passe.

Elle ne lève même pas les yeux de son téléphone.

— Sixième étage.

Nous nous regardons brièvement puis retournons vers l'ascenseur, sa main restant sur mon dos. Je pense qu'il n'y a quasiment rien que je pourrais lui faire qu'il ne me pardonnerait pas – pas que j'aie réellement fait quelque chose qui nécessite un pardon. Et sa loyauté est l'une des nombreuses qualités que j'aime chez lui. Quand mes amis me racontent leurs histoires avec des hommes qui se comportent mal, cela ne fait que confirmer ce que je sais déjà : j'ai trouvé l'un des bons.

Il se déplace à côté de moi.

— Écoute, mets-toi à ma place. Tu te réveilles en demandant un autre gars. Tu ne me reconnais même pas. Et il s'avère que tu as cette marque sur le cou que je ne t'ai pas faite…

— Tu sais bien que quelle que soit l'explication, tu me connais suffisamment pour réaliser que je ne te trahirais jamais, et si tu ne le sais pas, alors tu ne devrais pas m'épouser, réponds-je.

Les portes de l'ascenseur s'ouvrent. Lorsque nous montons, j'appuie sur le bouton du premier étage.

— Et l'IRM ? demande-t-il.

— Je vais très bien et je suis fatiguée, lui dis-je. Je veux juste rentrer à la maison.

Il se tourne vers moi et m'enlace.

— Je suis désolé. Tu as raison. Tu ne m'as jamais donné la moindre raison de douter de toi.

Je laisse ma tête reposer contre sa poitrine.

— Je ne comprends juste pas d'où ça peut venir.

— Parfois… commence-t-il, et le souffle de son expiration ébouriffe mes cheveux. Tu es la fille la plus intelligente et la plus belle de notre ville. Et parfois, je me demande comment j'ai eu autant de chance ? Il arrive que j'ai l'impression que c'est juste une question de temps avant que tu ne te rendes compte que tu pourrais avoir tellement mieux que moi.

J'ai de la peine pour lui. Ses problèmes au travail ont peut-être eu un impact encore plus important que je ne le pensais.

— Ça n'arrivera pas, murmuré-je.

— Est-ce qu'on peut juste oublier ce qui s'est passé ?

Je hoche la tête et lui donne une dernière étreinte alors que les portes de l'ascenseur s'ouvrent. J'aimerais oublier. Je ne suis tout simplement pas sûre d'en être capable quand la preuve que cela s'est réellement passé me regarde à chaque fois que je me vois dans le miroir.

CHAPITRE 3
Nick

Le réveil de Meg me tire de mon sommeil, et ma première sensation est le regret. Je vivais ce rêve encore une fois – une fille à la peau dorée debout au loin sur un bateau. Son rire rauque résonnant sur l'eau, ses boucles baignées de soleil flottant dans la brise.

Le réveil de Meg continue de hurler.

— Chérie, grogné-je. Le réveil.

Elle murmure quelque chose, tendant la main vers son téléphone pour appuyer sur «répétition».

Dans le silence qui s'ensuit, suspendu quelque part entre le sommeil et l'éveil, je pense au rêve et ressens une piqûre au centre de ma cage thoracique. C'est la même chose à chaque fois, et je n'en garde jamais beaucoup de souvenirs. Je *la* vois debout principalement, rien d'autre que sa peau lisse et un tout petit bikini rouge que j'ai envie d'enlever, et ce qu'elle me fait ressentir - comme si mon cœur explosait dans ma poitrine.

Le réveil de Meg sonne à nouveau et j'abandonne l'idée de dormir plus longtemps, me dirigeant silencieusement vers le placard pour prendre mon sac de sport. J'étais à l'hôpital jusqu'à après minuit et on dirait que je viens de fermer les yeux il y a cinq minutes à peine, mais les oiseaux chantent, donc je suppose que l'aube ne tardera pas. De toute façon, je me moque bien de me lever tôt pendant l'été. Au moins, avec tous les étudiants partis, je n'aurai pas à lutter pour avoir de la place à la piscine.

— Pourquoi es-tu déjà debout ? demande Meg en bâillant de nouveau tout en se dirigeant vers ses affaires qu'elle garde du côté gauche de mon placard. Je croyais que tu commençais tard le mardi.

— Cela pourrait avoir quelque chose à voir avec le fait que tu as appuyé sur «répétition», trois fois, réponds-je.

Je suis plus grincheux que d'habitude. Ce rêve me laisse toujours insatisfait de ma vie et coupable en même temps. J'ai une petite amie incroyable. Je ne devrais pas rêver d'une autre personne.

— Ce n'est pas grave. Je vais m'entraîner un peu plus.

Elle grimace en attrapant un ensemble de travail propre.

— Alors c'est probablement un mauvais moment pour demander, mais est-ce que ça te dérangerait si je restais un peu ici ? Je veux mettre fin à mon bail, mais je n'ai pas encore trouvé un autre endroit. Je te promets que je ne toucherai plus jamais au bouton de répétition.

Je laisse tomber des lunettes de piscine dans mon sac et cherche dans un tiroir ma deuxième paire pour gagner du temps. Je sais que la réponse devrait être évidente, mais je suis à l'aise avec ce que nous avons actuellement. J'ignore si je suis prêt pour plus, et emménager ici temporairement semble être le genre de situation qui devient permanente avant même qu'on ne s'en aperçoive.

— J'aime bien ton appartement.

— Il est trop loin de l'hôpital. Je suis ici presque toutes les nuits de toute façon. Qu'est-ce que ça changerait ?

Je soupire, frustré davantage par moi-même que par la situation. Elle a tout à fait raison, et il n'y a vraiment aucune raison que je m'y oppose. J'aime l'avoir ici. Le fait que nous partagions la même profession facilite les choses entre nous d'une manière qui n'a pas été le cas avec d'autres femmes que j'ai fréquentées. Je dois juste arrêter de me réveiller en pensant à quelqu'un d'autre.

— Okay.

Elle enlace ma taille de ses bras.

— Tu pourrais au moins essayer de paraître enthousiaste, me réprimande-t-elle.

Je dépose un baiser rapide sur le sommet de sa tête et prends mon sac.

— Tu sais que je suis grincheux jusqu'à ce que je nage.

— D'accord, va nager, répond-elle en me tirant en arrière pour un vrai baiser, contente de nouveau. Mais j'attends de l'enthousiasme quand je te parlerai plus tard.

Je force un sourire, espérant que j'en aurai suffisamment d'ici là.

~

À la piscine, je nage plus longtemps que d'habitude, passant de 4x25 à 4x200 avant de redescendre la pression. Je fais de longues brasses, sentant l'eau s'écouler rapidement alors que mes bras tranchent la surface de façon répétitive. Ce que j'aime dans la natation, c'est à quel point elle est scientifique. Muscles, positions et timing : tout est millimétré.

J'aimerais que le reste de ma vie soit aussi simple, que je sache quelles parties nécessitent des ajustements. J'ai fait exactement ce que je devais – université, école de médecine, résidence – mais il me manque quelque chose. Cette démangeaison constante juste sous la surface de ma peau me pousse à me demander de quoi il s'agit.

Ma mère prétend que ce qui me manque, c'est une famille, mais je soupçonne que ça a plus à voir avec son désir d'avoir des petits-enfants qu'autre chose. *Vous avez tous les deux 30 ans*, dit-elle. *Son horloge biologique tourne*. Mais chaque fois que j'y pense ne serait-ce qu'un peu, le rêve de la fille sur le bateau revient me tourmenter, me laissant insatisfait de ce que j'ai et soudainement incertain de faire les bons choix.

Ça n'a vraiment aucun sens, en réalité. Je ne peux pas énoncer une qualité de cette fille. Je ne me souviens jamais pleinement de son visage. Je ne sais pas ce qu'elle aime, comment elle rit, si elle est impolie avec les serveurs ou si elle déteste les chiens. Tout ce que je sais, c'est ce que je ressens – comme si je nageais dans l'océan pour la sauver, comme si je partais au combat en son nom sans y réfléchir à deux fois. Que lorsque je me tiens sur ce quai dans ce rêve, je veux me donner à elle jusqu'à ce qu'il ne reste plus rien de moi.

Et je ne ressens pas ça pour Meg. Je n'ai jamais ressenti ça pour personne.

~

Ma matinée a été chargée. On est déjà dans l'après-midi et je me dirige vers la chambre de Darcy, la patiente qui m'a retenu si tard hier. Les choses semblaient plutôt mal parties il y a quatorze heures, mais quand j'entre dans sa chambre, elle rit tellement en regardant un dessin animé qu'elle doit se tenir le ventre. Sa mère, épuisée, est profondément endormie dans le fauteuil à côté. Les enfants de sept ans récupèrent beaucoup plus rapidement que les adultes.

— Teen Titans ? demandé-je. Ou Teen Drama Island ?

— Teen Titans, répond-elle.

Je m'approche et observe pendant quelques secondes.

— Et ta préférée, c'est la gothique.

Darcy penche la tête.

— Qu'est-ce que ça veut dire, *gothique* ?

Je prends place à côté d'elle et pointe l'écran.

— Tu vois comment Raven ne sourit jamais et porte toujours du noir en ayant l'air malheureuse ? C'est un peu ça, être gothique.

— Je veux être gothique quand je serai grande aussi, dit-elle.

Quand elle sera grande. Ma poitrine me fait mal, mais elle observe ma réaction, alors je me force à sourire en me levant.

— Ne dis pas à ta mère que je t'ai donné cette idée.

Je me dirige ensuite vers le poste des infirmières pour m'assurer qu'il n'y a rien d'urgent à traiter. La salle d'attente est bondée, ce qui signifie que je serai également ici ce soir. Pas le meilleur des scénarios avec seulement quatre heures de sommeil.

Je me retourne et au moment où je le fais, mes yeux se posent sur un couple se tenant près de l'ascenseur. Il y a quelque chose de tellement familier chez la femme, même de dos, dans la façon dont elle tient ses épaules, dans la manière dont elle rassemble ses longs cheveux bruns en une queue de cheval avant de les laisser retomber. Je ressens une attirance envers elle que je ne peux pas expliquer, et le fait qu'elle soit clairement avec le gars à côté d'elle n'a aucune importance.

— La famille de M. Jensen a appelé pour vous deux fois, dit Bev, l'une des infirmières, en me tendant une feuille de papier. La maison de retraite veut que vous augmentiez ses médicaments.

Je regarde à nouveau vers l'ascenseur, mais la femme a disparu. Pendant un moment, je regarde fixement l'endroit où elle se tenait, ayant l'impression d'avoir perdu quelque chose.

— Vous allez bien, Docteur Reilly ?

Je grimace. Je me comporte comme un cinglé aujourd'hui.

— Manque de sommeil, lui dis-je.

Oui, ça doit être ça…

CHAPITRE 4

Quinn

Cette nuit-là, je rêve de tant de choses, certaines plus ou moins importantes. L'appartement de Nick à Marylebone, qui est devenu le *nôtre*. Faire des courses. Essayer de réaliser le gin fizz parfait. M'asseoir avec Nick dans un pub lors d'une nuit de fin d'automne, buvant à en devenir ivre, heureuse comme je ne l'ai jamais été.

— Montre-moi, dit-il en faisant un signe de tête vers mon sac d'ordinateur portable.

Au cours des trois mois où nous avons été ensemble, il n'y a pas un seul projet de mon programme de troisième cycle que Nick n'a pas exigé de voir.

— C'est juste une conception d'un bâtiment basique. Je t'assure que tu n'as aucune envie de voir ce plan, protesté-je.

— Bien sûr que si, dit-il en poussant sa boisson vers moi.

Je prends une gorgée et grimace. Je ne m'habituerai jamais au goût du whisky.

— Et ensuite, je veux que tu commences à lancer des termes comme spatialité et porte-à-faux.

Ma bouche s'incline malgré tous mes efforts pour paraître sévère.

— Tu te moques de moi.

— Je ne me moque pas, dit-il en posant sa paume sur ma joue. J'adore te voir parler d'architecture. Tout ton visage s'illumine. Et cela m'étonne que tu puisses faire tout ça.

— Tu sauves des vies, mais tu es impressionné que je puisse dessiner un bâtiment ? ris-je.

— Mais je ne crée rien, dit-il. Et j'adore le fait que tu sois passionnée.

— Tu seras tout autant passionnée l'année prochaine.

C'est sa première année de résidence, alors il touche un peu à tout. Notamment lors de la rotation en neurologie qui a conduit à notre première rencontre. L'année prochaine, il pourra se concentrer sur la cardiologie, sa spécialité.

Il prend une gorgée de sa boisson.

— J'espère bien. Je pensais qu'avec les problèmes cardiaques de mon père, cela aurait plus de sens, mais pour le moment, je n'en suis pas sûr.

— Tu as peur que ce soit déprimant ?

— Il y a pire. Comme l'oncologie. Tu sais pourquoi ils clouent les cercueils ?

Je me prépare. L'humour des médecins tend à être macabre. Il sourit.

— Pour empêcher les oncologues de tenter de réanimer le cadavre.

Je ris et secoue la tête.

— Juste parce qu'il y a pire ne signifie pas qu'il s'agit de la bonne voie pour toi. Je veux que tu sois passionné par ce que tu fais.

Son sourire est doux. Sa main, sous la table, trouve la mienne et l'engloutit.

— Je suis plutôt passionné par cette patiente que j'ai rencontrée lors de ma rotation en neurologie.

Son regard se fixe sur le mouvement de mes lèvres.

— Vraiment ? demandé-je, mordant ma lèvre. Peut-être que tu devrais l'inviter à sortir.

— Tu penses qu'elle dira oui ?

Je lui souris.

— Je ne peux pas imaginer qu'il y ait quelqu'un qui puisse te dire non.

Il y a quelque chose dans ses yeux… un secret qu'il n'est

pas prêt à partager avec moi.

— J'espère sincèrement que tu as raison, répond-il.

J'apprends ce secret deux nuits plus tard, juste après mon cours du soir. Je sors du bâtiment d'architecture pour trouver Nick assis sur un banc, sa veste jetée sur ses vêtements de travail. Quand il me sourit, on dirait que tout son cœur se reflète dans ses yeux. Je me demande parfois s'il est possible qu'il ressente ce que je ressens, cette adoration délirante et incontrôlable. Mais quand je le vois me sourire comme il le fait en ce moment, il est impossible d'en douter.

Il se lève lorsque je descends les escaliers.

— Tu bouges comme une danseuse, dit-il.

Je m'arrête en glissant devant lui, montant sur la pointe des pieds pour presser ma bouche contre la sienne.

— Je t'assure que ce n'est pas le cas, réponds-je. Deux pieds gauches.

Il hésite, puis me sourit distraitement. Quelque chose ne va pas ce soir, mais je n'arrive pas à mettre le doigt dessus.

— Tu pourrais danser le swing. Tout le monde peut le faire.

Je lui souris en retour.

— Je croyais que j'étais censée être la personne sauvage et impétueuse, et que tu étais censé être le résident déterminé qui ne sait pas comment s'amuser.

— Jusqu'à toi, je l'étais un peu, dit-il doucement.

Je pense au gars sérieux que j'ai rencontré à l'hôpital ce premier jour et à quel point il a changé depuis. Le fait qu'il soit bon pour moi est quelque chose que j'ai toujours su. Mais c'est seulement maintenant que je réalise que je suis également bien pour lui.

Il attrape une de mes mains et la place sur son épaule, me tirant du trottoir. S'il n'était pas si tard, je refuserais probablement, mais le campus est presque désert à cette heure.

— Un, deux. Un, deux, dit-il, nous déplaçant en cercle lentement. Tu es douée.

Je ris.

— Je suis meilleure dans tout quand je suis avec toi.

— C'est parce que nous sommes destinés à être ensemble, dit-il doucement.

Dans notre cas, ce n'est pas un cliché. Depuis que nous nous sommes rencontrés, nous avons une connaissance de l'autre qui est en quelque sorte intuitive, une mémoire musculaire. Et étrangement, j'ai rêvé de son enfance même si je n'en faisais pas partie. Des rêves dans lesquels j'étais sa meilleure amie, la petite fille d'à côté avec qui il partageait tout. Je savais que c'était une sorte de pensée magique vu que je connaissais des choses que je ne devais pas savoir. J'avais fait référence à son jumeau, à leur cabane dans les arbres, à la maison de ses parents au bord du lac, tout ça avant qu'il ne m'en parle. Je n'ai aucune idée de comment je le sais.

Ma voix est douce quand je croise son regard.

— Je pense... que peu importe dans quelle réalité nous atterrissons, nous finirons toujours ensemble.

Il s'arrête de danser. Avant que je ne cligne des yeux ou que je ne demande pourquoi, il s'agenouille devant moi. Il tient dans sa main une petite boîte en velours noir.

— Je sais que c'est trop tôt, dit-il. Je sais que c'est insensé. Mais je sais aussi que tu es la personne pour qui je suis né, et je ne veux pas attendre pour commencer notre vie ensemble.

Je ressens une nouvelle sensation, comme le début d'un lever de soleil. Une douce chaleur à l'horizon, qui se répand jusqu'à ce que je sois inondée de lumière. C'est peut-être trop tôt, et tout le monde dira que nous sommes fous, mais il est la personne que j'ai attendue toute ma vie. À laquelle j'appartiendrai. Et maintenant, c'est le moment.

~

Je me réveille tôt, baignant dans le bonheur, jusqu'à ce que j'ouvre les yeux et que je découvre Jeff à mes côtés, et non Nick. Rien chez lui n'a changé. Il a toujours le même doux visage, la bouche ouverte, paisible et profondément endormi. Mais il y a une partie de moi qui ne veut pas de lui ici. Qui regrette tellement Nick que je pourrais pleurer en voyant mon fiancé à côté de moi. Je m'éloigne légèrement, luttant contre ma déception et horrifiée par ce sentiment.

La tension dans ma poitrine me propulse hors du lit en direction du salon. Comment, *comment* cela me semble-t-il si réel ? Comment puis-je me souvenir de la sensation de sa paume dans la mienne, du poids de la boîte en velours que j'ai prise dans sa main ? Et les magasins à l'extérieur de l'appartement, je peux les nommer. Je peux nommer les rues qui les entourent – Marylebone, Harley Street – comme si elles étaient familières alors que je ne suis pas sûre d'en avoir jamais entendu parler auparavant. Comment pourrais-je voir Londres si *vivement* alors que c'est un endroit où je ne suis jamais allée ?

Oui, j'ai déjà su des choses que je ne devais pas connaître. Mais c'est différent. Je vois la vie que j'aurais pu avoir, si mon père n'était pas tombé malade et si ma mère ne s'était pas effondrée après sa mort. Parce que tout cela faisait partie du plan – obtenir mon diplôme en architecture, déménager à Londres pour mes études supérieures. Ces choses... C'est comme si j'étais *censée* les connaître. Elles semblent importantes, comme une conversation en état d'ébriété qui bouleverserait ma vie, dissipée en petits éclats le lendemain.

Je saisis mon classeur de mariage, la chose la plus proche que je puisse trouver. Je passe rapidement tous les détails concernant les chaussures, les robes et les invitations, jusqu'à arriver aux pages vierges à l'arrière, puis je commence à dessiner. Quand j'ai fini, l'intérieur de notre appartement – avec Nick – se trouve devant moi. La petite cuisine, avec la moitié du mur occupée par un radiateur qui nous réveillait chaque matin avec son bruit *clunk clunk clunk*. La chambre, si petite que nous devions nous faufiler autour de notre lit pour entrer et sortir, et la terrasse du jardin que l'on pouvait atteindre en grimpant par les fenêtres de la chambre. Je fixe le dessin, troublée. Il est bien trop précis pour n'être qu'un simple rêve.

La tension dans ma poitrine ne disparaît pas. Cet appartement imaginaire me manque. Le sol glacé les matins d'hiver et la large main de Nick me tirant à travers la fenêtre lors d'une nuit d'été pour que nous puissions nous asseoir sur la terrasse. Le parfum de chlore sur sa peau et la façon dont il me regardait quand quelqu'un faisait un commentaire – ses yeux brillants et amusés tandis que sa bouche ne cédait pas d'un millimètre – parce qu'il savait ce que je pensais quand personne d'autre ne le savait. Ce sentiment d'être comprise me manque.

Et je ne veux rien manquer. Il y a une semaine, j'étais heureuse avec ma vie, et maintenant, *maintenant*, j'ai l'impression d'avoir abandonné quelque chose... quelque chose que je désire plus que ce que j'ai réellement.

~

Ma patronne m'attend dans le hall pour m'assommer de questions lorsque je franchis les portes du bureau quelques heures plus tard. Dee est très mince, anormalement grande, et a tendance à porter une étole de fourrure dès que la température descend en dessous de 20 degrés, ce qui me fait immanquablement penser à Cruella. La comparaison est malheureusement trop appropriée.

— Où est la mise en page ? exige-t-elle, tapotant ses ongles sur la console en Lucite à côté d'elle.

— Bonjour, Dee. Je vais vraiment mieux, merci.

Bien sûr, je ne m'attendais pas à ce qu'elle me demande comment j'allais après ma visite à l'hôpital hier. En six ans passés dans ce magazine, elle n'a jamais réussi à dire ne serait-ce que bonjour. Pour qu'elle s'enquière de ma santé, il faudrait des stabilisateurs d'humeur plus puissants que ce que la médecine moderne connaît.

Son nez se plisse.

— La mise en page, Quinn, dit-elle entre ses dents. Où est-elle ?

— J'ai fait les modifications depuis chez moi hier soir. Il ne me reste plus qu'à l'imprimer.

— Et où est l'aperçu de la collection Resort Wear ?

Je soupire profondément. Beaucoup de gens avec qui j'ai été diplômée adorent ce qu'ils font et salivent à l'idée de commencer un projet. Mais la conception graphique n'a jamais été mon premier choix, et je m'en rappelle à chaque fois que Dee me confie quelque chose de nouveau.

— Ce n'est pas prévu avant la semaine prochaine.

Sa bouche se crispe.

— Le fait que je te donne une date limite ne signifie pas que tu dois attendre *jusqu'à* la date limite.

— *Hmmm*, réponds-je en passant.

C'est-à-dire, *hmmm, comme c'est intéressant que tu le penses*. J'ai appris avec le temps que la meilleure façon de traiter avec Dee est de faire comme si elle n'avait pas parlé du tout. Mais j'aurais dû m'y attendre. Faites quelque chose d'aussi grave que de prendre des vacances ou un jour de congé maladie, et Dee viendra toujours vous harceler avec ses crocs affûtés lorsque vous reviendrez.

Trevor, l'adorable mais tourmenté assistant de Dee et mon ami le plus proche ici, apparaît dans mon bureau quelques instants après avoir ouvert mon Mac.

— *Hmmm*, répète Trevor, imitant mon ton léger avant de me faire un large sourire. Ta bouille l'agace déjà suffisamment, tu sais, sans compter que tu ne lui lèches pas les bottes.

— Elle me virera un jour.

— Jamais, dit-il de manière décisive, se perchant sur le bord de l'armoire à dossiers. Tu sais ce qu'elle veut avant même *qu'elle* sache ce qu'elle veut. Ce que je ne comprends pas, c'est pourquoi *tu* restes.

— Je reste parce qu'elle me paie plus que n'importe quel autre graphiste que je connais.

Le déménagement à D.C. a été difficile pour nous – Jeff a quitté deux emplois depuis que nous sommes arrivés il y a six ans et a été renvoyé de deux autres – et cela a prolongé mon séjour au *Washington Insider* bien plus longtemps que je l'aurais souhaité. Je veux continuer à *pouvoir* payer nos factures toute seule.

Trevor parvient généralement à garder ses opinions sur ma vie personnelle pour lui, mais je vois la réponse qu'il retient s'afficher brièvement sur son visage – *tu n'aurais pas à rester ici si Jeff pouvait garder un emploi* – avant qu'il ne cligne des yeux et me sourit.

— Bref, tu ne vas pas me demander comment s'est passée ma soirée ?

Je grogne. Trevor me montre toujours les profils Grindr de ses rendez-vous avant de sortir – en partie parce qu'il est excité, mais surtout pour que je puisse venger sa mort si quelque chose de terrible arrive. Le rendez-vous d'hier soir – le gars dont le profil n'avait que cinq photos différentes de son torse huilé disant clairement *je suis ici pour baiser* – avait en réalité l'air légèrement *moins* creepy que la plupart.

— J'ai peur de demander, mais comment s'est passée ta soirée ?

Il ferme les yeux, le sourire sur son visage étant absolument indécent.

— Tu sais quand tu t'amuses avec quelqu'un et que tu le veux tellement que tu penses que tu vas mourir si tu ne l'as pas ?

Je suppose que la question est rhétorique, mais quand je ne réponds pas, il me donne un coup de coude.

— Allez. Jeff peut être ennuyeux, mais il est toujours canon. À un moment donné de votre relation, tu l'as bien supplié.

Je me raidis.

— Tout le monde n'est pas comme ça, Trevor. Et Jeff n'est pas ennuyeux. Tu préfères juste les gars qui huilent leurs poitrines à ceux qui appellent quand ils sont censés appeler et qui viennent quand ils ont promis de le faire.

Il caresse mes cheveux en partant, comme s'ils étaient un manteau de fourrure ou un animal de compagnie câlin.

— Joli, joli Quinn. Tu me brises le cœur parfois.

Ce n'est rien de ce que Trevor n'a pas déjà dit, mais étant donné que je fantasme sur un parfait inconnu depuis près de vingt-quatre heures, c'est plutôt mal choisi.

Après son départ, j'envoie la maquette la plus récente à l'impression et j'appelle ma mère, qui m'a déjà laissé trois messages ce matin. Vu qu'elle a du mal à gérer l'incertitude, je lui ai dit que mon malaise d'hier était le résultat d'un régime pré-mariage. Ce n'est que maintenant que je réalise que cela signifie que je vais passer les sept prochaines semaines à être surveillée de près concernant mon alimentation.

— Tu as pris ton petit-déjeuner, hein ? demande-t-elle.

— Oui.

Un bon gros petit déjeuner. Du café, mais avec de la crème, donc je suppose que ça compte.

— Qu'est-ce que tu vas manger pour le déjeuner ?

Je ris.

— Maman, il n'est même pas neuf heures du matin. Je ne pense pas encore au déjeuner.

— Tu ne vas quand même pas oublier de manger, hein ?

— Je te promets que non.

— Pourquoi diable serais-tu au régime de toute façon ? demande-t-elle. Tu n'as pas un kilo à perdre. S'il te plaît, arrête.

— Okay, je te promets.

Elle hésite.

— Quand tu t'es réveillée hier, tu as demandé quelqu'un du nom de Nick. Tu t'en souviens ?

Zut. J'espérais sincèrement qu'elle n'en parlerait pas.

— Ouais.

— C'était le nom que tu mentionnais quand tu étais petite. Ces cauchemars que tu avais. Je suppose que c'était juste une coïncidence ?

Il y a une pointe de supplice dans sa voix, elle *veut* désespérément que ce soit une coïncidence, mais mon dieu, j'aimerais qu'il y ait une personne avec qui je pourrais en parler. Pour lui dire que *quelqu'un que je n'ai jamais rencontré me manque*. *Je suis en deuil*. Cependant, ma mère ne pourra jamais être cette personne.

— Ouais.

— C'était... choquant... de t'entendre l'appeler, dit-elle doucement. C'était pareil que quand tu étais petite. Tu avais l'air tellement sûre que c'était vrai.

J'hésite. Je me souviens de peu de choses sur l'année que j'ai passée en thérapie, à part la tension sur le visage de ma mère à chaque fois qu'elle m'y emmenait. J'étais son enfant miracle, celui qu'elle n'espérait plus avoir, et j'étais défaillante. Je voulais être normale pour elle, mais la plupart du temps, à la fin des séances, ma mère semblait un peu plus désespérée que la fois précédente.

— Est-ce que la psychologue t'a déjà dit pourquoi ça arrivait ? demandé-je prudemment.

— Elle a juste dit que tu avais une imagination très active. Mais ça s'est finalement arrêté. Et les autres choses…

Il y a un long silence gêné. Nous ne parlons pas *des autres choses*.

— Eh bien, après ce qui s'est passé avec les Peterson, cela semblait être fini, en grande partie.

Ses mots se terminent en un murmure. Peut-être qu'elle pense qu'en le disant à voix basse, elle l'admettra moins.

— Quoi qu'il en soit, les cauchemars se sont arrêtés, et c'est ce qui compte.

J'aimerais partager sa certitude. Mais quand je pense à Nick – à son rire et à la façon dont il me regardait, comme s'il me connaissait comme personne d'autre ne m'a jamais connue – une sorte de panique pulse dans ma poitrine. Je ne voulais pas de ces cauchemars. Mais je ne veux pas de ça non plus. À certains égards, cela me fait encore plus peur.

~

Ce soir-là, Trevor et moi sortons prendre un verre, passant par le bureau de Caroline pour la récupérer en chemin. Bien que Caroline ait été mon amie en premier, elle et Trevor sont inséparables depuis que j'ai commencé à lui confier du travail pour le magazine.

— Quinn, dit-elle en secouant sa parfaite chevelure noir de jais lorsque j'entre. Qu'est-ce que tu portes ?

Je soupire. Je ne prends jamais ses commentaires personnellement – en tant que styliste, elle a des critères beaucoup plus élevés que la plupart des gens en matière de choix vestimentaires – mais de temps en temps, j'aimerais juste qu'elle laisse tomber.

— Au lieu de me dire que j'ai mal choisi, habille-moi simplement.

Elle pousse un cri strident et bat des mains.

— J'adore quand tu me laisses t'habiller, chante-t-elle.

Elle sourit à Trevor.

— C'est comme avoir une poupée adulte. Tu devrais me l'emmener tous les matins.

La paume de Trevor s'abat.

— Non. Absolument pas. Dee la déteste déjà rien que pour être jeune et jolie. Si tu commences à bien l'habiller et à lui maquiller le visage tous les jours, nous allons tous en souffrir.

Cinq minutes plus tard, je sors de sa salle de bain dans une robe Dries Van Noten qui pourrait payer mon hypothèque, et Caroline est satisfaite.

— Beaucoup mieux.

Je suis d'accord. Je ne dirais pas que je suis *négligée* dans des circonstances normales, mais quand je passe entre les mains de Caroline, je finis par me sentir comme Gigi Hadid, ce qui est une expérience que les mots ne peuvent pas décrire suffisamment.

— Si seulement Lindsay pouvait te voir maintenant, dit Caroline. Tu pourrais lui dire d'enfoncer ce sac Hermès tout droit dans son cul.

Je ris. Je n'arrive pas à croire que Caroline rumine encore sur l'incident du sac à main, près d'une décennie après. Je ne suis pas certaine que je m'en souviendrais si elle n'en parlait pas si souvent.

— C'est qui, Lindsay ? demande Trevor.

— Une fille de notre étage en première année, réponds-je. Elle était odieuse avec tout le monde, mais j'étais celle qu'elle détestait le plus parce que j'avais une bourse.

— Non, corrige Caroline. Elle te détestait parce que c'était la première fois qu'elle n'était pas la fille la plus sexy de la pièce. C'est pour ça qu'elle t'a jeté son argent à la figure.

Elle se tourne vers Trevor.

— Tu connais ce sac Kelly d'Hermès ? Les vrais coûtent genre dix mille dollars, mais on a trouvé la meilleure contrefaçon et j'ai convaincu Quinn de l'acheter. Puis on est retournée à la résidence, et Lindsay dit : «Que Dieu te bénisse, c'est presque comme un *vrai* sac Kelly». Et ensuite cette garce est allée en acheter un vrai, juste pour montrer qu'elle le pouvait.

Je hausse les épaules.

— Eh bien, j'espérais que le karma finirait par la rattraper, mais elle a eu ce travail incroyable et elle est mariée à un millionnaire, alors je suppose qu'elle a gagné à la fin.

Trevor et Caroline se regardent.

— Tu pourrais aussi avoir ça, si tu le voulais, dit Trevor.

Je roule des yeux.

— Je ne veux pas de ça. Tu sais que je plaisantais. Et tu es invité à mon mariage dans sept semaines, tu te souviens ?

— Mais le boulot, dit Caroline. Tu n'as que vingt-huit ans. Tu pourrais retourner à l'école.

Je passe un bras autour de chacun d'eux et les serre un moment alors que nous marchons dans la rue.

— J'apprécie votre préoccupation les gars, mais je n'ai pas besoin de la vie de Lindsay. Celle que j'ai me convient très bien.

Je me force à ne pas penser à Nick en disant ces mots. Mais à l'intérieur, ça ressemble un peu à un mensonge.

~

Quand je finis par me coucher, je suis épuisée et un peu éméchée, ce qui, je l'espère, signifie qu'il n'y aura pas de rêves étranges ce soir. Je veux avoir des rêves sans importance, ennuyeux, du genre où les toilettes débordent et où je dois les réparer avec un moteur de voiture, ou où ma patronne est à mon mariage en exigeant que je retourne travailler pour corriger quelque chose, bien que ce dernier semble complètement plausible. Mais même lorsque mes yeux se ferment, je sens déjà qu'il m'appelle, comme s'il m'attendait pour le retrouver à l'intérieur de ma tête.

Nick se tient sur le quai, torse-nu, baignant dans la lumière, comme une sorte de figure mythique, me regardant m'éloigner.

— Hey ! appellé-je, avec juste une pointe de panique dans ma voix. Je ne sais pas comment naviguer avec ça.

Je ne sais pas naviguer du tout, même pas sur le petit Sunfish que le courant a emporté dès qu'il l'a détaché du quai.

— Ça va aller, dit-il. Il suffit de tirer la voile vers la gauche.

Je fais ce qu'il dit, mais cela paraît m'éloigner davantage. Je me tiens debout, en équilibre au centre et je lui fais signe.

— SOS !

Un sourire doux et gêné en même temps lui échappe, faisant apparaître cette fossette. Mon dieu, j'adore cette fossette. Elle me donne l'impression que mon cœur enfle jusqu'à pousser contre mon sternum, mes côtes étirées jusqu'à la douleur. Je le regarde plonger, tout en muscles fins et grâce naturelle, la lumière du soleil scintillant sur son dos. En nageant vers moi, ses mouvements sont longs et réguliers. Il atteint le bateau en un rien de temps, ce qui m'étonne, bien que cela ne devrait pas. Il a obtenu une bourse complète sur la base de cette capacité particulière.

Il se hisse au-dessus du bord du bateau d'un mouvement fluide. Nous nous penchons l'un vers l'autre, et quand il m'embrasse, j'oublie que nous sommes au milieu d'un lac. Tout ce dont j'ai conscience, c'est lui, présent à mes côtés. Les derniers mois ont été difficiles pour nous deux, mais je sais qu'en cet instant, tout ira bien. Il y a quelque chose en nous qui semble survivre à toutes les épreuves. La tragédie frappe et nous vacillons comme des quilles de bowling, mais nous revenons à notre place, debout et l'un à côté de l'autre.

— Merci d'être venu me chercher en nageant, chuchoté-je.

Ses paroles sont basses et chaleureuses contre mon oreille, sa voix sérieuse et peut-être un peu triste.

— Je ne te laisserai jamais flotter loin de moi, répond-il.

~

Quand je me réveille, Jeff dort, drapé lourdement sur mon dos comme une couverture, et pour la première fois depuis toutes ces années où je le connais, le contact de son corps contre le mien m'envahit d'une profonde angoisse. Je refuse de me sentir coupable pour des rêves sur lesquels je n'ai aucun contrôle, mais le fait que je ne puisse pas supporter que mon fiancé me touche par la suite ? Oui, je peux et *je devrais* me sentir coupable à ce sujet.

Je m'extirpe discrètement, ma tête commençant à me faire mal, et je vais dans le salon. Il fait encore sombre dehors et, dans la pénombre, la pièce me semble étrangère d'une certaine manière. Rien n'a changé, pourtant je ne m'y sens pas chez moi. Je regarde autour et essaie de me rappeler pourquoi j'ai choisi ces meubles austères, le bois lourd, les couleurs sombres. Mais en réalité, je n'ai pas réellement choisi. Je n'ai simplement pas protesté.

Une voix traîtresse dans ma tête demande, pour la première fois, si c'est ainsi que Jeff et moi avons fini par être ensemble. C'est une question ridicule, bien sûr, car j'étais destinée à finir avec Jeff tôt ou tard – nos parents étaient meilleurs amis et il a été un vrai soutien après la mort de mon père. Mais en même temps, ça paraît faire partie d'un schéma : ma vie est entièrement constituée de choses qui se sont produites par défaut ou qui ont été choisies par quelqu'un d'autre en premier.

Bien que je sois allongée sur le canapé, je reste éveillée jusqu'à ce qu'il fasse jour, ne voulant rien d'autre que me débarrasser de ce sentiment d'instabilité, de ce mécontentement soudain contre tout. Jeff sort de la chambre au moment où je me lève et me regarde à travers des yeux mi-clos, en se grattant le ventre.

— Tu as encore mal à la tête ? demande-t-il.

Je m'y suis tellement habituée que j'y prête à peine attention.

— Ouais, c'est à peu près constant à ce stade.

Il enlace ma taille et je pose ma tête contre sa poitrine. Sa peau est moite. Les poils de sa poitrine chatouillent ma joue.

— Qu'est-ce qui se passe, bébé ? m'interroge-t-il. Est-ce à cause du mariage ?

Je ne peux pas lui dire la vérité.

— Peut-être. Les dernières semaines ont été stressantes.

— Tu n'as pas de doutes, j'espère ? me questionne-t-il en riant.

Bien sûr qu'il rit. Parce que c'est impensable. Nous ne sommes pas le genre de personnes à avoir des doutes. Mais nous ne sommes pas non plus le genre de personnes à fantasmer sur d'autres. Et apparemment, je suis en train de le faire.

CHAPITRE 5

Quinn

Le lundi, c'est Caroline qui me conduit à l'auberge pour finaliser les préparatifs du mariage. Jeff était occupé et j'étais nerveuse à l'idée de conduire seule, compte tenu de ce qui s'est passé l'autre jour. Caroline peut s'absenter du travail sans problème puisqu'elle est sa propre patronne, et pour la énième fois, je me demande à quoi ressemblerait ma vie si je n'avais pas quitté l'école pour m'occuper de mon père. Aurais-je un travail que j'aime ? Pourrais-je fixer mes propres horaires ? S'il n'était pas tombé malade, si ma mère n'avait pas sombré aussi profondément... Mais ce qui est fait est fait. On ne peut pas changer le passé.

— J'adore Trevor, dit-elle. Mais ses idées pour ta soirée de célibataire laissent à désirer.

— Comme quoi ?

— Des *prostituées*, Quinn. Je ne plaisante pas. Il veut que j'engage des prostituées.

— Oh mon Dieu. Pour danser ?

— Non. Tu engages des *strip-teaseurs* pour ça.

Je ris en étouffant.

— Alors, pour le sexe ? Comment est-ce que ça fonctionnerait, même ? Il pense que je vais juste… aller dans la salle de bain avec l'un d'entre eux ?

— Il a dit «les gars le font, alors pourquoi pas elle ? Je veux qu'elle voie ce qu'elle rate».

Je soupire.

— Il a l'air de penser que juste parce que je ne dis pas tout le temps «fais-moi l'amour tout de suite Jeff», on rate quelque chose.

Je m'attends à ce qu'elle rie, mais elle reste étrangement silencieuse.

— Mais ça t'arrive *parfois*, non ?

Je lui jette un regard en biais.

— Oh non, ne t'y mets pas aussi. S'il te plaît, ne rejoins pas le chœur des personnes qui me disent au dernier moment que je fais une erreur. Je veux dire, tu as eu des années pour me le dire, alors quelques semaines avant mon mariage, c'est juste… impoli.

— Ce n'est pas ce que je suis en train de faire, se défend-elle. Tu sais que je trouve Jeff génial. Et pour être honnête, je t'ai déjà posé cette question. Juste avant que tu n'emménages avec lui.

J'ai rompu avec Jeff pour revenir à Washington D.C., mais quand il m'a suivi, se présentant à ma porte avec un discours passionné digne d'une romance, ça m'a semblé être le destin, comme si c'était le genre de chose à laquelle je devais céder.

— Je pensais que tu voulais t'assurer que j'avais bien réfléchi, pas que tu essayais de me dissuader.

— Ce n'était pas mon but. Je n'étais juste pas... Je n'étais pas sûre qu'il te rende heureuse.

— Bien sûr qu'il me rend heureuse, réponds-je, choquée qu'elle puisse même le penser.

Jeff n'est peut-être pas le gars le plus excentrique, mais ça me va très bien. Ce qui compte, c'est qu'il est mignon et gentil, fiable et fidèle. Tandis que Caroline et Trevor se plaignent des hommes qui oublient d'appeler, qui changent de plans sans prévenir ou qui sortent avec la blonde de la salle de sport, moi, j'ai trouvé quelqu'un qui se souvient de chaque anniversaire et semble ne même pas réaliser l'existence d'autres femmes.

— D'où ça vient, tout ça ? L'autre jour, vous me disiez qu'il n'était pas trop tard pour changer d'avis et à présent, ça ?

Elle m'adresse un sourire d'excuse avant de regarder à nouveau la route.

— Je sais que tu l'aimes, et je sais que c'est un mec bien, mais à quand remonte la dernière fois que tu as été heureuse avec lui ?

Ma tête recule brusquement.

— Je suis heureuse maintenant ! Et si je ne le suis pas, ce n'est pas sa faute. Je suis juste comme ça.

Ses yeux se posent sur moi une fois de plus et elle fronce les sourcils. *Mais ce n'est pas qui tu étais*, dit son regard.

Je monte le son de la radio et change de sujet. Je ne peux pas penser à ça en cet instant. Il y a des moments dans la vie où il faut juste se concentrer, surmonter les difficultés et laisser toute réflexion de côté. Je me marie dans quelques semaines à peine. Ce serait trop tard pour changer d'avis si je le voulais. Et je ne veux pas.

Vraiment pas.

~

Nous sommes assis dans le petit restaurant de l'auberge avec ma mère, en train de passer en revue la liste des invités. Le bruit du service est agaçant, bien que cela ait probablement plus à voir avec le malaise que je ressens depuis que nous sommes arrivés en ville, tout comme la dernière fois. Ce sentiment me rend folle. Comme si je devais savoir quelque chose que j'ignore.

— Devons-nous regrouper les amis de Jeff de l'université ensemble ou les séparer ? Et sais-tu déjà si son ami Tim va amener le bébé ? demande ma mère.

Elle clique sur son stylo, prête pour une réponse que je ne peux fournir. C'est facilement la dixième question qu'elle pose sur Jeff et ses amis, à laquelle je ne sais quoi dire.

— J'aurais dû obliger Jeff à venir.

— Il devait travailler, le défend ma mère avec un sourire affectueux.

— Moi aussi… réponds-je.

Elle me tapote le bras.

— Tu as besoin de quelqu'un qui fait passer le travail en premier.

Évidemment qu'elle dirait ça. Elle a passé toute sa vie dans une ferme, où le travail doit passer en premier, où on commence tôt et termine tard, et où on ne demande pas quatre semaines de congés payés. C'est sans doute pourquoi Jeff a eu autant de mal quand il est venu à D.C. – parce qu'il a été élevé dans l'idée que mettre son nez dans le fumier est le chemin vers le succès, et cela ne s'est pas concrétisé pour lui. Peu importe à quel point il travaille dur, il y a toujours quelqu'un de plus rusé ou plus habile pour prendre ses clients, lui volant la vedette.

Ma mère met de côté la liste des invités, apparemment fatiguée de me poser des questions auxquelles je ne peux répondre.

— Sortons dehors et regardons à nouveau l'espace, dit-elle. Je pense que nous avons besoin de nous faire une idée de la façon dont tout sera disposé, et tu l'as à peine vu la dernière fois.

Je sens un frisson, un tremblement dans ma poitrine, mais j'accepte. La petite maison blanche au loin ne peut pas avoir *provoqué* ce qui s'est passé l'autre jour, c'est tout aussi improbable qu'espérer gagner à la loterie. Mais... c'est arrivé. Et je ne veux pas que ça se reproduise.

Dehors, l'air est étouffant et la luminosité aveuglante. L'atmosphère est inquiétante d'une manière que je ne peux nommer. Mais ma mère et Caroline n'en ont pas l'air impactées, alors je les suis. Elles parlent de voituriers et de parkings supplémentaires, mais je n'arrive pas à suivre la conversation.

Nous passons au bord de l'auberge, le lac s'étendant devant nous, d'un bleu si profond qu'il semble sans fond.

J'inhale profondément, puis plonge mon regard vers la droite, en direction de la maison blanche.

Je ne peux détourner les yeux.

Ma mère et Caroline sont en désaccord à propos de l'emplacement des tables et de si nous avons besoin d'un ou de deux bars. Mes yeux sont verrouillés, immobiles, sur cette maison, la voyant dans ma tête, bien qu'elle soit à au moins quatre cents mètres de distance – une large terrasse, un quai avec un petit bateau qui tangue à côté. Je vois aussi Nick, plus jeune qu'à Londres. Ce rêve que j'ai eu cette nuit… Il s'est déroulé ici. J'en suis certaine. Les images se précisent dans mon esprit, et je commence à frissonner, me serrant contre moi pour me réchauffer.

— Bon sang, Quinn, qu'est-ce qui ne va pas chez toi ? Il fait presque trente degrés, dit ma mère.

Mais sa voix est faible, lointaine.

Et puis il n'y a plus aucun son.

~

Je tombe violemment sur le sol, mes jambes emmêlées dans les draps, complètement nue.

Pendant un bref moment, je me sens entièrement vide. Incertaine du mois ou de l'année, ou de pourquoi je suis dans cette pièce aux hautes fenêtres voûtées, à la lumière d'hiver illuminant les particules de poussière dans l'air. Puis un visage apparaît au bord du lit. Des yeux bleus parsemés d'or, des épaules larges, l'éclat d'un sourire.

— J'essaie de ne pas rire, dit Nick.

Je souris.

— C'est très sexy, n'est-ce pas, la façon dont je suis écartelée par terre ?

Il y a un éclat dans son œil qui n'était pas là quelques instants auparavant.

— Sincèrement ? Ouais. Un peu.

Il tend un long bras pour me hisser sur le lit. J'atterris sur lui, souriant en admirant son visage. Mon dieu, je l'aime tellement que ça fait mal.

— Bonjour, Mme Reilly, dit-il en se frottant contre mon cou.

— Bonjour, M. Reilly.

Dehors, Paris attend, mais aucun de nous ne s'en soucie. Nous sommes ivres de la nouveauté, de se réveiller mariés. Honnêtement, j'ai été un peu ivre de l'avoir trouvé tout court. Deux Américains qui ont choisi Londres en même temps. Si je n'étais pas allée à l'hôpital pour une migraine quelques jours après mon arrivée, si la rotation de Nick n'avait pas été chamboulée, de sorte qu'il était en neurologie plutôt qu'en pédiatrie cette semaine-là, je n'ose même pas imaginer. Il y a évidemment quelque chose de plus grand en jeu, quelque chose de plus grand que le simple destin. Mais quoi que ce soit, même si nous ne pouvons jamais l'expliquer, c'est quelque chose de bien.

— Nous allons devoir appeler nos parents aujourd'hui et leur dire, dit-il.

Nous avons évité la discussion au départ, sachant qu'il y aurait des objections des deux côtés. Personnellement, j'aimerais continuer à l'éviter.

— Ils vont penser qu'on est fous.

Il repousse mes cheveux derrière mon oreille.

— C'est un peu fou. Mais ils comprendront quand ils nous verront ensemble. Nous rentrerons aux États-Unis pendant les vacances, charmerons tout le monde et ça ira.

Je soupire.

— Je ne suis pas sûre que ma mère soit aussi facile à convaincre que tu le penses. Mais bon, je n'ai pas été simple à convaincre non plus, et regarde-moi maintenant.

— Je te regarde, dit-il.

Il me retourne pour que je sois allongée sur le dos, puis se penche au-dessus de moi, les yeux fixés sur ma bouche.

— On dirait que tu as encore besoin d'être convaincue un peu plus.

Je le tire vers le bas, attendant que son poids se pose sur moi, mais avant que cela n'arrive, il y a ce vacarme dans ma tête, soudain et bruyant.

La pulsation lancinante d'une migraine et d'une voix, stridente, implacable comme une alarme. Je donnerais n'importe quoi pour la faire taire.

— Quinn ! crie une voix de femme.

J'ai l'impression que ma tête est en train de se fendre de l'intérieur, comme si elle allait se diviser en deux moitiés parfaites d'une pastèque. Je grogne et me frotte les tempes en forçant mes yeux à s'ouvrir. Je suis debout sur l'herbe, près d'un lac, secouée par cette femme paniquée, et Nick… est parti.

Les souvenirs inondent mon cerveau : le mariage à Londres, Nick et moi incapables de cesser de sourire tout au long de la cérémonie, pleinement conscients qu'il était insensé d'épouser quelqu'un que nous connaissions si brièvement. La lune de miel elle-même, passée principalement dénudés dans notre chambre d'hôtel. La crainte que j'ai ressentie à l'idée d'appeler ma mère.

Ma mère. Cela me revient en un sursaut, c'est elle la femme qui se tient ici, en train de me secouer. Mes yeux s'ouvrent et se remplissent de larmes. Nick n'est pas mon mari. Il n'existe pas. Comment peut-il ne pas exister alors que je me souviens de lui avec autant de détails ? Alors que je ressens tellement pour lui ?

— Tu étais complètement partie. Comme si tu dormais debout ! s'exclame ma mère. Tu avais l'air d'un cadavre ! On va à l'hôpital.

La douleur est insupportable, un pendule qui oscille à travers mon cerveau, me meurtrissant un peu plus à chaque rotation. Avant que je ne puisse argumenter qu'une visite à l'hôpital est inutile, je tombe à genoux et vomis sur l'herbe.

~

Je sais que c'est différent cette fois-ci, que c'est sérieux. Après le trajet en voiture le plus long et le plus pénible de ma vie, Caroline et moi arrivons de nouveau dans la même salle d'urgence où j'étais assise la semaine dernière. Cette fois, on me conduit directement en neurologie, où une infirmière dit qu'elle va me donner quelque chose pour la douleur, ce qui devrait me faire dormir un moment. *Est-ce que je vais me réveiller* ? Je me demande, alors que l'aiguille entre dans mon bras. *Est-ce que cela m'importe vraiment si je ne le fais pas ?*

— C'est quoi les prochaines étapes ? demandé-je.

Mes paroles sont enrouées, mon cerveau s'enfonçant quelque part de sombre et brumeux.

— Vous allez très bien, dit-elle en me tapotant l'épaule. Je veillerai à ce que le Dr Reilly soit là pour vous voir dès que vous vous réveillerez.

Mes yeux se ferment légèrement avant que je puisse lui demander si j'ai bien compris.

CHAPITRE 6

Nick

J'arrive à la cafétéria juste après Meg, et je glisse mon plateau à côté du sien au bar à salades. Elle me regarde préparer mon repas et se détourne.

— J'aimerais juste une fois te voir vivre un peu.

— De quelle manière ? demandé-je en ajoutant un deuxième filet de poulet dans mon assiette.

— Ça, dit-elle en désignant mon plateau. Tu as probablement brûlé mille calories en nageant ce matin, mais on dirait que le monde va s'effondrer si tu utilises réellement de la vinaigrette ou du fromage, ou quoi que ce soit qui rendrait ton repas agréable au lieu d'être simplement sain.

Je hausse les épaules.

— Tu vois des gens mourir tous les jours. N'est-ce pas suffisant d'être en vie sans avoir besoin que tout soit amusant ?

— Je ne dis pas que tout doit être amusant, argumente-t-elle. Mais dès que tu as l'air d'apprécier quelque chose, on dirait que tu te sens coupable à ce sujet ou quelque chose comme ça. C'est permis de s'amuser un peu.

— Crois-moi, si j'avais envie de m'amuser, ça n'impliquerait pas de la vinaigrette.

Je lui souris, mais elle ne sourit pas en retour. Une ombre que j'ai déjà vue dans ses yeux persiste, un signe d'avertissement qu'elle n'est pas contente de quelque chose.

Je paie et nous prenons place, mais elle reste silencieuse. Je me pince l'arête du nez et me prépare à la conversation sur notre relation qui semble se profiler.

— Qu'est-ce qui se passe ?

Ses yeux sont fixés sur la table au lieu de moi, ses paumes pressées contre celle-ci, essayant de se maîtriser.

— Tu parlais en dormant la nuit dernière.

Merde.

En général, je suis un livre ouvert, mais il y a deux rêves que j'ai depuis des années que je préférerais garder, autant pour Meg que pour moi-même. Il y a celui de la fille sur le bateau, évidemment, et un rêve similaire dans lequel je danse avec cette même fille – je sais que c'est elle, même si je n'arrive jamais vraiment à distinguer son visage – et j'essaie de trouver le courage de lui poser une question. J'ai toujours pensé que c'était une métaphore de ma peur de m'engager, bien que dans le rêve, je veuille cet engagement autant que ma prochaine respiration. Mais ce n'est certainement pas quelque chose dont j'ai besoin que Meg entende parler.

— Ah ouais ?

Elle continue d'éviter mon regard.

— Oui. Et c'était comme si tu parlais à quelqu'un *avec qui tu étais*. Tu lui promettais qu'elle irait bien, puis tu…

Elle avale sa salive.

— Tu criais à quelqu'un de s'éloigner d'elle.

Je n'ai aucune idée de ce dont elle parle, mais cela ressemble à une accusation, ce qui me laisse à la fois agacé et coupable en même temps. Je force un rire.

— Peut-être que je rêvais de l'ambulancier qui n'arrêtait pas de te draguer.

Ses lèvres se serrent.

— Tu ne rêvais pas de moi.

Je souffle, soudainement fatigué. Meg et moi nous connaissons depuis longtemps. Elle savait à quoi s'attendre quand je suis revenu de Londres. Elle savait que mon historique amoureux se composait uniquement de relations brèves et relativement insignifiantes, et que je ne pouvais pas promettre que la nôtre serait différente. Et les choses se passent bien, bien mieux que ce que je pensais, mais elle ne peut pas commencer à examiner ce qui se passe pendant mon *sommeil*.

— Comment pourrais-tu savoir ça ?

— Parce que… commence-t-elle. Tu avais l'air amoureux d'elle. Et tu n'as jamais eu l'air comme ça avec moi, ne serait-ce qu'une seule fois.

Une autre accusation. Ça la dérange que je ne le dise pas, que je ne puisse pas le dire. Ça me dérange aussi, mais j'ai juste besoin d'être sûr des choses et je n'en suis pas encore là.

— Meg…

Elle lève la main.

— *Ne dis rien*. Je sais que tu as dit que tu voulais juste quelque chose de décontracté et que tu ne peux pas faire de promesses. Ce qui me dérange, c'est que tu as laissé entendre que tu ne penses pas être *capable* de plus, et apparemment, tu l'es.

— C'était juste un rêve.

Elle hoche la tête. Je ne l'ai jamais vue pleurer, mais elle semble avoir du mal à retenir ses larmes maintenant, comme si elle pouvait craquer à tout moment, et je me déteste pour ça. Je veux être meilleur pour elle. Je dois juste trouver comment y parvenir.

~

Après notre déjeuner, je monte à l'étage et un résident me briefe sur mon prochain patient pendant que nous marchons dans le couloir.

— Quinn Stewart. Femme de vingt-huit ans. Elle est tombée la semaine dernière et a subi une perte de mémoire. Aujourd'hui, elle a semblé perdre connaissance pendant quelques minutes, tout en restant debout, et elle s'est réveillée avec une perte de mémoire et une migraine sévère. La douleur était si intense qu'ils ont dû la sédater.

Je me frotte la nuque. Une migraine aussi sévère n'est pas de bon augure. Je lui demande d'aller vérifier l'état de quelqu'un en oncologie, puis je frappe à la porte et entre. La patiente est endormie, mais son visage est tourné vers moi.

Mon cœur semble émettre un long battement audible et mes pas s'arrêtent brusquement.

C'est elle – la fille du rêve. Je n'ai jamais vu son visage clairement, et pourtant, debout ici, l'expérience en est la même. Si je me tenais sur le quai en ce moment, je plongerais et nagerais vers elle.

Je me pince l'arête de mon nez. *Bon sang, qu'est-ce qui ne va pas chez moi ?* Je suis neurologue. Je devrais le savoir mieux que personne dans cet hôpital, que le cerveau est capable de vous faire croire n'importe quoi. Ça arrive tout le temps à mes patients. Je n'avais simplement aucune idée que ça ressemblerait à quelque chose d'aussi putain de réel.

Un gars assis dans le coin se lève et je me tourne vers lui, tendant la main, m'efforçant de feindre la normalité.

— Je suis Nick Reilly. Et vous êtes…

— Jeff Walker. Le fiancé de Quinn.

Je fronce les sourcils, irrité sans raison. *Concentre-toi. Tu es là pour faire un travail.*

— J'ai vu dans le dossier que cela s'est déjà produit la semaine dernière, alors je dois demander : a-t-elle des problèmes liés à la drogue ou à l'alcool ?

— Non, dit-il. Rien de tout ça. La seule chose qu'elle ait prise est ce qu'ils lui ont donné pour la douleur qui l'a assommée. Elle ne boit presque pas.

Je m'approche de son lit. Elle repose là comme un cadeau, attendant d'être déballée et découverte. Ses yeux sont fermés, mais je connais déjà leur couleur – vert fumé, comme la forêt à travers le brouillard. Je peux les imaginer dans ma tête, familiers. Ses paupières clignent et sa main glisse le long du bord du lit jusqu'à ce qu'elle trouve la mienne. Ses doigts s'enroulent là, comme si c'était quelque chose qu'elle avait fait mille fois. Je retire rapidement ma main, espérant que son fiancé n'ait pas remarqué.

— Salut, dit-elle, le mot est traînant, à moitié endormi. Comment était ta séance de natation ?

Je reste figé, me demandant si j'ai bien entendu.

— Je… Comment savez-vous que je suis allé nager ?

Elle rit, un son grave qui résonne en moi, comme une chanson que j'avais oubliée aimer.

— Tu es de mauvaise humeur quand tu sautes une séance, murmure-t-elle.

Mon souffle se fait court. Je peux compter sur une main le nombre de personnes qui le savent, alors comment diable le sait-elle ? De l'autre côté de la pièce, son fiancé s'est raidi. J'ai l'impression d'être entré dans un opéra sans connaître mon rôle.

— Euh... Nous sommes-nous déjà rencontrés ?

Sa bouche s'incurve vers le haut, mais elle ne répond pas, alors j'essaie à nouveau.

— Quinn, *comment* nous sommes-nous rencontrés ?

— Hôpital, dit-elle. Londres.

Enfin, quelque chose qui a du sens. Je peine toujours à imaginer comment j'aurais pu examiner quelqu'un qui lui ressemble et *l'oublier*, mais je ne suis pas certain qu'il y ait une autre explication.

— D'accord, réponds-je. Désolé, j'avais oublié. J'étais interne, j'ai vu beaucoup de patients.

Elle sourit en s'endormant à nouveau.

— Ce n'est pas grave, murmure-t-elle. Tant que je suis la seule que tu as épousée.

Les mots me frappent comme un marteau. Quelque part en moi, ils atterrissent, s'installent et semblent vrais, même si je sais que ce n'est pas possible.

Son fiancé reste les yeux grands ouverts et son froncement de sourcils s'approfondit.

— Vous vous connaissez ? demande-t-il.

Pendant un moment, mon esprit est vide. *Nous nous connaissons* ? Non. Je sais que je ne l'ai pas rencontrée. Je sais que je m'en souviendrais. Je secoue la tête.

— Les gens peuvent dire des choses folles quand ils sont sédatés. Je n'ai aucun souvenir d'avoir rencontré votre petite amie–

Il me coupe.

— Fiancée.

Son interruption m'irrite, mais je fais de mon mieux pour l'ignorer.

— Mais j'ai fait ma résidence à Londres, donc elle a dû être une patiente.

Son froncement de sourcils s'approfondit.

— Il y a un léger problème. Quinn n'est jamais sortie du pays.

Les poils de ma nuque se dressent. Elle savait pour la natation, et elle savait que j'étais à Londres. Comment ? Je suis rentré aux États-Unis seulement l'été dernier, et j'ai fréquenté Meg tout ce temps.

Le gars me fixe comme un détective, attendant que le coupable avoue. Je serre les dents. Je n'ai aucune idée de ce qui se passe ici, mais leur drame interpersonnel n'est pas mon souci.

— Comme je l'ai dit précédemment, les gens disent beaucoup de choses lorsqu'ils sont sédatés. Quoi qu'il en soit, puisque c'est le deuxième épisode en une semaine, j'aimerais qu'elle reste en observation cette nuit. Je la programmerai pour une IRM demain matin.

— Elle ne va pas aimer l'idée, dit-il. Elle voudra retourner au travail demain.

Je jette un coup d'œil vers elle. J'ai certainement rencontré des patients accros au travail qui insistent sur le fait qu'ils sont trop occupés pour passer un test qui pourrait sauver leur vie, mais elle a l'air si calme en ce moment, si paisible, qu'il est difficile de l'imaginer être l'une d'entre eux. Je crois qu'elle est architecte – je l'ai vu dans son dossier – et sans vouloir dénigrer sa profession, ce n'est pas comme si le destin du monde reposait entre ses mains.

— Elle a besoin d'une IRM, réponds-je, ma voix est dure et inflexible. Je vous suggère donc de vous assurer qu'elle la passe.

Il semble pris au dépourvu, mais je m'en fiche. J'ai juste besoin de sortir de cette pièce au plus vite.

Je ne bois pas beaucoup, mais là tout de suite, j'ai besoin d'un putain de verre. J'appelle Jace, un ami qui était en médecine avec moi et qui s'est retrouvé des années plus tard dans le même hôpital. Sa femme et Meg sont devenues amies, ce qui devrait me rendre heureux, mais au lieu de cela, cela me donne l'impression d'être un peu piégé.

Je le retrouve à Clyde's, à quelques pâtés de maisons de l'hôpital. Ça n'a pas changé depuis l'école - le même bar en bois, les tables serrées, l'éclairage tamisé. Il jette un coup d'œil au double scotch dans ma main et sourit.

— J'ai entendu dire que Meg et toi emménagez ensemble. Est-ce pour ça qu'on attaque les alcools forts avant le dîner ?

Pendant un moment, les mots ne font même pas écho, puis je ris.

— On n'emménage pas ensemble. Elle va rester chez moi jusqu'à ce qu'elle trouve autre chose. Mais il semble que tu aies une autre version.

— Peut-être que j'ai mal compris, dit-il avec un sourire en coin.

Un sourire qui dit ce que nous savons tous les deux, à savoir qu'il n'a rien mal compris.

— Alors, quoi de neuf ?

Je prends une gorgée de mon scotch, puis le pose, fixant droit devant moi le miroir derrière le bar.

— Je vais te dire quelque chose qui semble fou.

— Je doute que ça me paraisse si fou que ça, répond-il.

Jace est obstétricien. Parmi tous nos amis, il a tendance à avoir les histoires les plus bizarres - des patients qui ont contracté des maladies sexuellement transmissibles par le biais d'animaux de compagnie, une femme avec un bébé suspendu entre ses jambes par le cordon ombilical en sortant de l'ascenseur.

— Cela pourrait même surpasser une de tes histoires, lui dis-je, hésitant avant de commencer à raconter ce qui s'est passé cet après-midi.

C'est tellement surréaliste que je commence à me demander si j'ai mal compris les faits.

— Je rentre dans la chambre d'une patiente aujourd'hui. Une nouvelle patiente. Elle est sédatée et a les yeux fermés, mais quand j'arrive à son chevet, elle semble savoir qui je suis.

Je fais une pause, prenant une autre gorgée de scotch.

— Elle savait que je nageais chaque matin. Elle savait que j'étais à Londres pour ma résidence. Et puis elle a dit quelque chose à propos de nous, mariés.

Jace incline la tête.

— Allez, mec. Elle se moque de toi.

— Comment ? Ses yeux étaient fermés. Elle ne m'a jamais rencontré.

Il hausse les épaules.

— Tu avais un million de groupies quand tu nageais. Elle est probablement une fan et savait que tu serais celui qui la traiterait.

Je secoue la tête.

— Je ne pense vraiment pas. Elle en savait beaucoup trop, et elle l'a dit devant son fiancé, qui était visiblement contrarié, d'ailleurs.

— Quelle autre explication y a-t-il ? À moins que tu ne croies aux voyantes.

Je fixe mon verre.

— Voici le truc : je l'ai déjà vue. Je veux dire, pas en vrai. J'ai rêvé d'elle.

Jace me regarde comme si j'étais fou, ce que je ne peux guère lui reprocher. Je me demande si c'est ainsi que je regarde parfois mes patients. Mon dieu, j'espère que non.

— Je sais que ça semble dingue, mais je te jure que j'ai rêvé d'elle. Et dans ces rêves, nous sommes clairement ensemble, et puis la voilà aujourd'hui qui me dit qu'on est mariés. Je veux dire, je sais que ce n'est pas réel, mais j'ai l'impression que d'une manière ou d'une autre, je ne parviens pas à me connecter à une grande partie de ma mémoire.

Il hausse un sourcil.

— Eh bien, quoi qu'il se soit passé et quoi que tu ressentes, elle reste ta patiente. Tu dois agir en conséquence.

Je le regarde d'un air sévère.

— Bien sûr que je vais agir en conséquence, réponds-je. Donne-moi un peu de crédit. J'essaie juste de comprendre ce qui se passe.

Il semble peu impressionné par cette situation, comme si c'était une occurrence quotidienne de se sentir intensément attaché à un patient que l'on n'a jamais rencontré, et ensuite de l'entendre prétendre être ta femme.

— Regarde, tu as probablement rêvé d'une fille qui lui ressemble vaguement, rien de plus. Et ensuite, ton esprit a tiré ces liens de connexion là où ils n'existent pas. La vraie question, c'est pourquoi tu le fais.

— Qu'est-ce que ça veut dire ?

Il se penche sur le bar, faisant pivoter son tabouret pour me faire face.

— Tu ne trouves pas que le timing est un peu suspect ? Ta peur de l'engagement est légendaire, et maintenant, dès que Meg et toi commencez à emménager ensemble, *bam*, tu décides que tu as rêvé d'une patiente que tu n'as jamais rencontrée. Tu paniques et tu cherches la porte de sortie. Rien de plus.

— Nous n'emménageons pas ensemble, marmonné-je en faisant tourner les glaçons dans mon verre vide.

— Peu importe, dit-il. Vous avancez dans votre relation. C'est la même chose.

Merde. Je veux être quelqu'un qui peut faire progresser une relation. Je veux que ce soit avec Meg. Mais le fait que je me sente maintenant attaché à une parfaite inconnue me dit que je ne suis définitivement pas prêt à le faire. Et une part de moi se demande si Quinn Stewart en est la raison.

CHAPITRE 7
Quinn

Nick et moi sommes dans notre pub préféré. Nous l'avons découvert récemment et, bien que les boissons y soient chères, la musique est incroyable – principalement des groupes britanniques, mais ils jouent aussi pas mal de vieux morceaux de chez nous. «Everlong» des Foo Fighters démarre et la plupart des clients du bar se mettent à chanter. Je n'avais jamais vraiment réfléchi aux paroles, mais en les chantant ce soir, je réalise à quel point elles sont parfaites. C'est une chanson sur l'amour, peut-être un amour un peu obsessionnel, et sur le fait de rencontrer quelqu'un que tu as attendu, peut-être avant même de savoir qu'il existait. J'ai des frissons quand elle se termine.

— J'adore cette chanson depuis que je suis gamin, dit Nick, me regardant droit dans les yeux. Mais maintenant, je pense que c'est ma préférée.

— Moi aussi, chuchoté-je.

Une rotation de groupes britanniques débute ensuite. Arctic Monkeys, Florence and the Machine – de la musique pour danser. La foule réussit même à danser sur Radiohead, bien que je ne sache pas comment. «Sofa Song» des Kooks commence à jouer et il attrape ma main.

— Allez, dit-il.

— Je ne danse pas, me plains-je, en reculant. Tu te

souviens ? Ce truc où j'étais tellement nulle que tu as dû me demander en mariage pour que ça s'arrête ?

Il rit.

— Oui, dieu merci, j'avais une bague de fiançailles dans ma poche ce soir-là.

Sur la piste de danse, il me met en position et me guide à nouveau, avec son «un, deux, un, deux, pas de côté». Puis il me fait tourner et revient vers lui. Alors que je retombe contre sa poitrine, je ressens un changement en moi, et c'est comme si j'étais à deux endroits en même temps. Ici avec lui maintenant, mais aussi dans sa cabane dans les arbres d'enfance. La cabane dans les arbres que je n'ai jamais vue de mes yeux mais que je connais intimement. Je me souviens du craquement des planches sous nos pieds, du toit en pente qu'il devait éviter de heurter. Un frisson remonte de la base de ma colonne vertébrale.

— J'ai l'impression qu'on a déjà fait ça, lui dis-je à voix basse. Dans ta cabane dans les arbres.

Il me serre plus fort, sachant que cette étrange connaissance que j'ai de nous me perturbe.

— Tout ce qui compte, c'est que tu sois avec moi maintenant, dit-il.

Je souris, mais ma gorge se serre. Dernièrement, j'ai cette étrange impression que notre temps s'épuise, et je n'ai aucune idée pourquoi.

— Distrais-moi, chuchoté-je.

D'un geste de poignet, je tournoie loin de lui, ancrée par sa main, puis je tournoie à nouveau. Quand je regarde à nouveau vers le haut, son visage est à quelques centimètres du mien.

— Suffisamment distrayant ? demande-t-il.

Mes épaules se détendent et je lui souris.

— Oui. Je pense que ça va tant que tu fais tout le travail.

Une lueur sauvage naît dans ses yeux.

— Je suis plus qu'heureux de faire tout le travail, dit-il, sa voix basse et rauque. Si c'est ce qui te préoccupe.

Le désir est comme un poing, frappant fort dans mon estomac.

— Ramène-moi à la maison, dis-je, montant sur la pointe des pieds pour presser ma bouche contre la sienne. Tu es le plus distrayant là-bas.

~

Jeff me fixe au moment où mes yeux s'ouvrent. J'avale cette terrible déception que je ressens toujours quand je le découvre à la place de Nick, suivie de près par la culpabilité de cette déception. Il esquisse un petit sourire forcé mais semble… contrarié.

— Je reviens tout de suite, dit-il. Je dois les prévenir quand tu te réveilles.

Il revient avec une infirmière une minute plus tard. Elle pose plusieurs questions pertinentes sur mon accident et ma santé générale, ainsi que plusieurs questions ridicules sur la consommation de drogue et les pensées suicidaires. Elle dit qu'ils aimeraient me garder une nuit, mais lorsque Jeff lui demande de lui parler en privé, je sens une bulle de frustration éclater en moi. Je ne suis pas une enfant.

— Il n'y a pas de lois qui empêchent de discuter de moi avec des étrangers ? m'écrié-je.

La bouche de Jeff s'ouvre.

— *Étranger* ? demande-t-il. Je vais être ton mari dans quelques semaines, tu te souviens ?

L'infirmière regarde entre nous deux.

— Je vous laisse un moment pour discuter, dit-elle en reculant de la pièce.

Je sais, à l'expression blessée de Jeff, que je dois faire marche arrière, même si j'ai l'impression de ne pas en avoir envie.

— Je ne voulais pas dire que tu étais littéralement un étranger. Mais elle pose toutes ces questions comme si j'étais tombée inconsciente intentionnellement, et ensuite elle veut te parler seul ? Je n'ai pas besoin que les gens discutent de mon cas dans mon dos.

Il s'assoit à côté de moi et reste là, sa mâchoire serrée.

— Chérie, dit-il doucement, sans me regarder dans les yeux. Qui est Nick ?

Mon estomac se serre. Dieu sait ce que j'ai pu dire quand j'étais sous sédatif, mais je peux certainement imaginer à quel point cela aurait pu être mauvais, étant donné combien d'heures j'ai passé à rêver de Nick et de ce que nous *faisions* pendant ces heures.

— Je ne connais personne qui s'appelle Nick, chuchoté-je.

Il ne me croit pas et je ne peux pas lui en vouloir – ça me semble aussi un mensonge.

— Tu as demandé à le voir le premier jour où tu es tombée inconsciente, dit Jeff, les mots sortant plus vite, portés par une colère indéniable. Tu ne te *souvenais* même pas de moi, mais tu le demandais *lui*. Et puis ce médecin est venu ce soir, un médecin appelé *Nick*, et tu lui as tenu la putain de main et tu lui as dit que tu étais mariée avec lui.

Mon cœur monte jusqu'à ma gorge. Je n'ai aucune idée de ce dont il parle, mais j'ai gardé un contrôle assez strict sur ce que je révélais pendant des années, et la possibilité que j'aie laissé échapper mes mots est terrifiante. Je fouille ma mémoire en hâte, mais tout ce qui me vient, c'est Caroline qui m'a amenée ici et une aiguille dans mon bras.

— Je n'ai aucune idée de ce dont tu parles. Ce doit être une coïncidence.

Une coïncidence bizarre et *humiliante*. Il n'y a pas un seul os de mon corps qui croit que le Nick qui est apparemment venu dans ma chambre plus tôt est le même que celui dont j'ai rêvé. Nick est un prénom courant, et plus important encore, ce n'est tout simplement pas possible. Je presse mes mains contre mon visage brûlant.

— Mon dieu. C'est tellement gênant.

— C'est plus que ça, dit Jeff en se levant, les poings serrés. Tu le *connaissais*. Tu savais des choses sur lui que tu n'aurais pas dû savoir à moins de l'avoir fréquenté.

Je deviens immobile.

— Comme quoi ?

— Tu savais qu'il allait nager tous les jours et tu savais qu'il avait fait sa résidence à Londres.

Il me faut un moment pour retrouver ma voix, et quand je le fais, elle est à peine audible.

— Donc tu dis que j'avais *raison* ? chuchoté-je.

— Oui, crache-t-il. Tu avais raison. Le gars avait l'air aussi troublé que moi. Ce qui ne laisse vraiment que quelques possibilités. Soit tu le harcèles, soit tu le vois.

Pendant un moment, ma mâchoire reste pendante, stupéfaite et sans voix. Le fait que le médecin s'appelle Nick pourrait être une coïncidence. Mais la natation ? Londres ? Cela ressemble à plus que de simples coïncidences. Et si c'est lui, si c'est vraiment lui... est-ce qu'il est beaucoup plus âgé ? Je rêvais de Nick quand j'étais enfant. Ce qui signifie qu'il aurait presque soixante ans maintenant.

Je prends une grande respiration. Jeff est là, en attente d'une réponse de ma part et devenant de plus en plus pâle à chaque seconde où je n'en offre pas une.

— Bien sûr que je ne le harcèle pas ni ne le vois, dis-je enfin. Je ne sais même pas de qui tu parles.

Il presse la base de sa main contre son front.

— J'ai juste besoin de la vérité. Y a-t-il quelqu'un d'autre ?

Je cligne des yeux une fois, deux fois, cherchant du temps. Cherchant une réponse qui ne sera pas un mensonge. D'une part, je sais que je n'ai rien fait de mal. D'autre part, il y a quelqu'un d'autre, quelqu'un qui pourrait, éventuellement, exister. Je ne suis pas une personne malhonnête, mais ce n'est pas maintenant que toute la vérité nous aidera.

— Je ne vois personne. Bien sûr que non. Et toute cette

affaire est déjà assez difficile sans que tu essaies de me faire culpabiliser pour quelque chose de fou que j'ai dit sous sédatif.

Ses yeux se ferment et ses dents grincent les unes contre les autres.

— Ce n'est pas seulement une chose folle que tu as dite. Ce sont plusieurs. Plus le suçon de la semaine dernière.

Je cache mon visage dans mes mains.

— Ce n'était pas un suçon ! C'était juste un bleu bizarre.

Je n'arrive pas à croire que ça soit toujours un sujet, que ça soit même une question.

— Mon dieu, Jeff. Notre relation est-elle vraiment si fragile que c'est la première conclusion à laquelle tu penses ?

Il baisse les épaules.

— Non, ce n'est pas le cas. Je suis désolé. D'accord ? Je suis désolé. Tu en savais juste beaucoup sur lui, et si c'était une coïncidence, c'était une coïncidence *bizarre*.

J'acquiesce, refrénant mille questions que j'aimerais poser en ce moment : *À quoi ressemblait le médecin ? Avait-il notre âge ? L'âge de nos parents ? Quel était son nom de famille ? Me connaissait-il aussi ?* Je suis prisonnière de mon incapacité à poser ces questions, car la moindre d'entre elles déclenchera des suspicions.

Un coup retentit à la porte et ma tête se tourne, mon pouls s'accélérant. Une infirmière entre avec mon dîner et je retombe sur l'oreiller, luttant pour cacher ma déception.

— Tu peux le prendre, dis-je à Jeff. Je n'ai pas faim.

Il hausse les épaules et mange le repas fade sans se plaindre, mais ça le représente bien – il prend ce qu'on lui donne, il en est content et il ne demande pas plus. Nick, du moins tel que je l'ai imaginé, n'est pas comme ça. Il a faim – de connaissance, d'expérience et de compétition. Il a surtout faim de moi. Je deviens humide rien qu'en imaginant cette férocité en lui, la violence contenue en lui quand il me retourne sur le dos et se glisse au-dessus de moi.

Jeff se lève de son plateau.

— Ça va ? demande-t-il. Tu es toute rouge.

Mon dieu. Mon fiancé est assis à quelques mètres de moi à l'hôpital et je fantasme sur quelqu'un d'autre.

— Il fait chaud ici, dis-je en agitant une main devant mon visage.

Et si c'est vraiment Nick, *mon Nick,* qui entre ici demain ? Et s'il a maintenant deux fois mon âge ? Et si ce n'est pas lui du tout ?

Je trouve chacune de ces possibilités terrifiantes.

~

Jeff est déjà parti pour le travail lorsque je me réveille le lendemain matin, et c'est probablement mieux ainsi, étant donné que j'ai passé une autre nuit à rêver de Nick et de Londres.

Aujourd'hui, je me réveille en sachant que prendre le métro jusqu'à Kensington coûte six livres. Je sais comment convertir la monnaie. Je sais que Covent Garden n'est pas du tout un jardin, mais un centre commercial en plein air, et que «pants» là-bas signifie en réalité sous-vêtements. Et c'est différent des choses qu'on apprend dans un livre ou une émission. Je sais ces choses, non pas comme si je les avais vues, mais comme si je les avais vécues.

Je sors du lit et attrape le classeur de mariage dans mon sac. Je dessine les magasins de Covent Garden. Je trace une carte approximative des rues que je prendrais pour me rendre au métro. La marche jusqu'à l'University College. Puis, en prenant mon téléphone et en ignorant la multitude de SMS en colère de Dee – qui s'attendait à ce que je revienne travailler hier – je cherche sur mon téléphone *Harley Street, Marylebone*.

Devant moi, une carte apparaît, correspondant exactement à la mienne.

J'appuie sur le bouton pour voir une photo de la vue de la

rue et là, sur l'écran du téléphone, se trouve l'extérieur que j'ai dessiné il y a quelques jours – l'appartement de Nick, stuc blanc et brique brune. Un portique voûté, des portes doubles. J'ai même dessiné les buissons devant.

Je ferme violemment le carnet de croquis, ayant l'impression que je vais être malade. *Ce n'est pas possible, ce n'est pas possible. Ça doit être un genre de rêve prolongé.* J'ouvre les yeux et la photo est toujours là sur mon téléphone, me garantissant que cela s'est produit.

Il y a un léger tapotement à la porte et Caroline entre en portant un grand sac dans sa main gauche.

— Salut, malade, dit-elle, ignorant ma panique. Tu as terrifié tout le monde hier.

Je force un sourire.

— Désolée. J'ai entendu dire que je n'étais pas une compagne de voyage très amusante sur le chemin du retour.

— Ce n'est pas grave. Les histoires que j'aurai après ton enterrement de vie de jeune fille compenseront tout, surtout depuis que j'ai dit à Trevor d'embaucher les prostituées.

Je ris faiblement et elle balance le sac qu'elle porte sur le lit.

— Je savais que tu serais trop paniquée à cause de Dee pour rentrer chez toi et te changer, alors je t'ai apporté des soins et des vêtements.

Elle plonge la main à l'intérieur et me tend un plus petit sac de Blue Mercury.

— Et quelques autres nécessités.

Je jette un coup d'œil à l'intérieur : un eyeliner Bobbi Brown, du mascara et du gloss.

— Je t'aime tellement.

— Plus que Jeff ?

— Évidemment. Tout ce qu'il m'a jamais donné, c'est cette bague stupide.

Je souris en le disant, mais Caroline me connaît depuis trop longtemps pour ne pas remarquer quand quelque chose ne va pas.

— Qu'est-ce qui se passe ? demande-t-elle. Je veux dire, en dehors du fait qu'il y a quelque chose qui ne va pas dans ton cerveau, bien sûr.

Je mords ma lèvre. J'ai toujours eu l'habitude de cacher ma bizarrerie aux gens, même à elle. Je sais que c'est quelque chose que même ceux qui m'aiment le plus ne sont pas capables de comprendre. Mais je ne peux continuer à gérer ça seule. Soupirant, je lui tends le carnet de croquis.

— Regarde, chuchoté-je.

Son front se plisse.

— Euh… C'est un joli dessin ? Mais tu as toujours été douée pour dessiner des bâtiments.

— C'est Londres. Harley Street, à Marylebone. Je n'arrête pas de rêver de ça, mais je n'y suis jamais allée. Et tu sais quoi ? Covent Garden. Je croyais que c'était un vrai jardin, mais ce n'est pas le cas. C'est comme, genre, un centre commercial en plein air.

— Tout le monde sait que c'est un centre commercial.

— Moi, je ne le savais pas. Mais maintenant, je connais tous les magasins…

Je m'interromps, frustrée par l'impossibilité de tout ça. Les larmes me montent aux yeux.

— Je sais comment convertir la monnaie. Je sais comment prendre le métro de Marylebone à Kensington. Je vois ma vie comme si mon père n'était jamais mort et qu'elle continuait comme je l'avais prévue. Je suis à Londres, je passe mon master en architecture. Je ne me souviens pas de mes cours, mais je me réveille même en me souvenant de choses que j'ai apprises en cours.

Elle pose les dessins de côté et se recule dans sa chaise.

— Tu as probablement vu tout ça à la télé sur le Travel Channel. Dieu sait combien de connaissances nous avons tous stockées dans notre cerveau.

— Ce n'est pas tout, pourtant.

Ma gorge se serre. Ce qui reste est de loin la pire partie. La partie que je ne suis pas sûre de pouvoir dire à voix haute, même à ma meilleure amie.

— Il y a un gars.

Ses yeux s'illuminent.

— Maintenant, ça devient intéressant. Quel gars ?

— Nick. Il est résident là-bas, il va faire de la cardiologie. Nous sommes mariés. Et incroyablement amoureux. Je ne peux même pas le décrire. J'ai rêvé de lui quand j'étais petite, et ces rêves ont recommencé après que je sois tombée dans les pommes la semaine dernière. Mais ce ne sont pas des rêves. C'est plutôt comme si je vivais tout ça pour la première fois. Je me réveille et mon cerveau est rempli de ce que je ne savais pas la veille.

Je ne lui dis pas que mon médecin ici pourrait être le même gars. Je pense que j'ai peur de le dire à voix haute, craignant de le maudire. Elle fronce les sourcils.

— Écoute, je ne veux pas que tu penses que je critique Jeff, parce que ce n'est vraiment pas le cas, mais… ça ressemble un peu à un gars que tu as inventé qui représente comment tu *veux* te sentir. Il n'est pas réel, mais peut-être que c'est la manière de ton subconscient de te suggérer de réfléchir à deux fois.

Je secoue vivement la tête.

— Mais ce *n'est pas* comme ça que je veux me sentir. Pas du tout. J'ai juste besoin que ça s'arrête.

Ses yeux s'ouvrent en grand.

— Pourquoi diable ne voudrais-tu pas te sentir comme ça ? Tout le monde veut ressentir ce que tu décris.

Pas moi, mais je ne peux pas dire entièrement pourquoi. Je sens simplement des ennuis. Il y a quelque chose de sombre en moi, quelque chose que j'ai enterré si profondément que je peux presque oublier qu'il est là. Mais il me chuchote à nouveau depuis quelque temps, depuis que j'ai commencé à me souvenir de Nick. Et la terreur d'entendre ces chuchotements dépasse de loin l'envie de quelque chose de plus.

Je ne peux pas non plus lui dire tout cela. Il y a une limite à la quantité de folie que l'on peut partager en une seule journée, même avec sa meilleure amie.

— Parce que j'ai déjà exactement ce que je veux. Si c'est mon subconscient, j'ai besoin d'un médecin qui puisse le faire taire.

Caroline me jette un coup d'œil.

— Ou peut-être quelqu'un qui peut te dire pourquoi tu choisis d'être moins heureuse que tu pourrais l'être.

— Tu veux dire que j'ai besoin d'un psy ?

Elle se rapproche et me prend dans ses bras.

— Peut-être. Ou nous attendons simplement de voir si Trevor a un meilleur plan, dit-elle en souriant. Attention : cela pourrait impliquer des prostituées.

Il y a toujours des larmes dans mes yeux, mais je réussis à rire.

— Dans ce cas, gardons ça entre nous.

~

Caroline part travailler, ayant hâte de finir sa journée. Il y a de nombreuses fois où je l'envie, et c'est l'une d'entre elles. Elle en est à un stade de sa carrière où elle a le contrôle de la situation. Si elle veut partir en plein milieu de la journée, elle part. Si elle veut partir en safari avec un joueur de rugby australien qu'elle a rencontré dans un bar, elle part. Cela me fait penser, une fois de plus, à retourner à l'école. Mais comme Jeff me le rappelle toujours, l'argent serait astronomique. Il me faudrait cinq ans, voire plus, avant d'obtenir la formation dont j'ai besoin pour recommencer à gagner de l'argent, et pendant tout ce temps, nous devrions compter sur le revenu de *Jeff*, qui n'est pas vraiment fiable. Il argumente que ce n'est pas raisonnable, et que puis-je vraiment dire pour ma défense ? Il a tout à fait raison.

Une infirmière entre quelques instants après le départ de Caroline.

— Comment vous sentez-vous aujourd'hui ? demande-t-elle. J'ai le menu du petit-déjeuner si vous voulez commander.

— Non merci, réponds-je.

Je ne peux toujours pas manger. Tant que je ne saurai pas qui est Nick, je ne pourrai pas avaler une seule bouchée.

— Vais-je... parler au médecin aujourd'hui ?

Elle hoche la tête.

— Oui, les médecins sont en réunion avec les résidents en ce moment, mais l'un d'eux viendra plus tard.

L'un d'eux. Donc même si Nick est ici, ce n'est peut-être pas lui que je verrai.

Elle interprète mal mon expression comme de l'impatience.

— Il semble que votre amie vous ait apporté quelques affaires si vous voulez vous rafraîchir. De cette façon, vous serez prête à partir dès que possible.

Je prends le sac que Caroline a apporté et saute sous la douche. Quand j'en ressors, je suis propre et habillée beaucoup plus élégamment que je ne le suis en réalité – un jean de designer, un t-shirt James Perse qui épouse mes courbes comme s'il avait été fait pour moi. Oui, ce serait bien de vivre comme Caroline de temps en temps.

Je fourre les vêtements sales d'hier dans le sac. Je viens de finir de ranger lorsque quelqu'un frappe à la porte.

Puis Nick, *mon* Nick, entre dans la chambre.

CHAPITRE 8

Nick

Je n'ai pensé qu'à Quinn toute la matinée. J'imagine que j'ai simplement oublié qu'elle pourrait ne pas être tout à fait prête pour notre rencontre comme je le suis. Elle me voit et ses yeux vert-gris orageux s'ouvrent en grand, tout son corps oscille vers le mur comme un arbre sous de forts vents. Je m'élance pour la rattraper et je me rends compte que je suis beaucoup trop près, mes mains sur ses bras. Mais une partie de moi en ce moment ne s'en soucie pas. Ce n'est pas seulement dû à son apparence, même si Dieu sait que son apparence seule suffirait. C'est bien plus que ça. Quelque chose en elle me pousse simplement à m'approcher davantage. *Elle sent exactement comme je me souviens*, je pense, avant de me corriger. *Tu ne peux pas te souvenir de l'odeur qu'elle a. Tu l'as rencontrée hier, pour l'amour du ciel.*

— Ça va, dit-elle faiblement, les yeux fixés sur ma poitrine.

Elle me laisse la conduire jusqu'au lit, se perchant sur le bord, une captive prête à s'échapper.

— Ça ne peut pas être en train de se passer, murmure-t-elle.

Elle semble au bord des larmes.

— Tu es réel. Je ne sais juste pas comment c'est possible.

Il n'y a pas la moindre trace de tromperie sur son visage, alors je rejette la théorie de Jace selon laquelle elle essaierait de me manipuler d'une manière ou d'une autre. Mais je n'ai pas vraiment de théorie pour la remplacer.

— J'essaie aussi de comprendre tout ça, expliqué-je. On doit s'être rencontrés auparavant.

Elle me fixe. Sa bouche ressemble à une pivoine juste avant d'éclore, pleine et ronde. J'ai envie d'appuyer mon pouce au centre.

— Je ne pense vraiment pas que ça soit possible.

— Tu as d'une manière ou d'une autre réussi à en apprendre beaucoup sur moi, dis-je doucement. Il doit y avoir une explication. Quand je suis venu te voir hier soir, tu savais que je nageais. Tu savais où j'avais fait ma résidence.

Sa main tremble lorsqu'elle repousse les cheveux de son visage.

— Ça effleure à peine la surface de ce que je sais.

Il y a quelque chose de grave dans sa voix. Une certitude dérangeante.

— Que veux-tu dire ?

Elle me regarde pendant un long moment, cherchant quelque chose qu'elle semble ne pas trouver.

— Tu aimes les bananes, mais tu ne manges rien avec un goût de banane, dit-elle enfin lorsque je reste silencieux. Tu as renoncé aux Jeux olympiques pour aller à l'école de médecine, mais tu nages encore tous les matins parce que ça te vide la tête. Tu avais un appartement à Marylebone pendant ta résidence. Sur Harley Street.

Je cligne des yeux.

— Comment…

— Ton bar préféré à Londres était le Golden Eagle. Nous étions fauchés, mais à l'occasion, tu commandais un scotch malt simple. Tu voulais être cardiologue parce que ton père avait ce problème cardiaque, et ça te préoccupait que personne ne puisse le soigner complètement. Mais maintenant, tu es neurologue, ce qui n'a aucun sens. J'étais la seule personne que tu connaissais qui avait même besoin d'un neurologue.

Je ferme les yeux en me pinçant les tempes. C'est impossible qu'elle connaisse ces choses. Même si elle interrogeait chaque personne que j'ai jamais connue, elle pourrait probablement rassembler la plupart de ces informations, mais pas toutes. Meg en sait peut-être la moitié, au mieux. J'ouvre les yeux pour la trouver à nouveau en train de me regarder. Elle détourne les yeux, puis attrape un classeur à côté d'elle.

— Puisque je t'ai déjà complètement déconcerté, regarde ça.

Elle ouvre le classeur et le pousse dans mes mains. Un dessin. Des frissons me parcourent le cou quand je réalise ce que c'est. Elle a dessiné mon appartement à Londres. *L'intérieur* de mon appartement. Je me masse les tempes, essayant de donner un sens à tout ça. Rien ne semble réel, comme si j'étais endormi et que j'allais me réveiller à tout moment en m'interrogeant sur le rêve bizarre que je venais d'avoir à propos d'un patient. Parce qu'il serait assez facile pour elle de trouver mon ancienne adresse avec un peu de travail d'enquête, mais comment sait-elle à quoi ressemblait l'intérieur, jusqu'à la bouilloire en forme de vache que ma mère m'avait envoyée pour blaguer ?

— Comment diable sais-tu à quoi ressemblait l'intérieur de mon appartement ?

— Je n'en ai aucune idée, dit-elle.

Elle fronce les sourcils, les lèvres serrées. Elle paraît aussi troublée que je le suis, alors j'ai tendance à la croire. Du moins, je pense qu'elle croit dire la vérité. Mais il doit y avoir une explication. Je crois en la science. Je ne crois pas en la réincarnation, les fantômes, les fées, les vampires ou les médiums. Je ne crois même pas en dieu d'ailleurs, et je pense que les miracles ne sont qu'un autre nom pour les choses que nous ne comprenons pas encore. Avec suffisamment d'investigation, je peux faire en sorte que ça ait du sens.

— D'accord, je jouerai le jeu. Comment nous sommes-nous rencontrés ? demandé-je.

Elle grimace.

— Ne dis pas que tu *joueras le jeu*, comme si c'était

quelque chose dont j'ai envie de faire partie, dit-elle. Je suis fiancée. Penses-tu vraiment que j'ai envie de m'endormir chaque nuit et de rêver d'un autre homme ?

— Je suis désolé. J'ai mal formulé ma question. Dans ton rêve qui t'a tout raconté, dis-je en levant le croquis. Comment nous sommes-nous rencontrés ?

Elle joue avec l'ourlet de son tee-shirt.

— Je suis allée à l'hôpital, juste après mon arrivée à Londres. J'avais une migraine parce que j'avais oublié mes médicaments à la maison. Et tu es venu pour me soigner.

— Et quand cela aurait-il pu arriver ?

Ses dents s'enfoncent dans sa lèvre inférieure. Mon regard glisse à nouveau vers cette bouche pivoine.

— Fin août, probablement il y a quatre ans. Tu voulais regarder le championnat du monde d'aviron parce que tu avais un ami qui y participait. Matt, je crois ?

Je la fixe, figé à part pour mon cœur, qui bat si fort qu'il serait impossible de ne pas le remarquer. Comment ? Comment pouvait-elle savoir cela ? Matt Langois était un ami de l'université. Il rame pour les États-Unis, et je regardais chaque fois que j'avais du temps.

— Ça ne peut pas être vrai, murmuré-je. Il doit y avoir… Je ne t'accuse de rien, mais quelqu'un nous joue un tour.

Elle soupire lourdement.

— *Comment* ? Ce n'est pas comme si quelqu'un pouvait entrer dans ma tête et me faire rêver de tout ça.

Je n'ai pas de réponse, mais ça me rappelle la véritable raison pour laquelle je suis ici. Je regarde ma montre.

— Mettons tout ça de côté pour l'instant. Tu as une IRM prévue dans cinq minutes.

Elle se raidit.

— Est-ce vraiment nécessaire ?

— Il n'y a rien à craindre, tu n'es pas claustrophobe ?

Elle inspire profondément et se redresse.

— Non. Je me demande juste… Peu importe. C'est bon. Que cherchez-vous ?

— Il y a quelque chose qui pourrait se passer, mais c'est simplement une précaution. Tout reviendra très probablement à la normale.

Je me lève, mais elle ne bouge pas.

— Quel genre de choses ?

— Une hémorragie, un kyste, une tumeur. En réalité, ce ne sera sûrement rien.

Elle a l'air inquiète. J'étends la main pour attraper la sienne, et je suis à un centimètre de la sienne quand je réalise ce que je suis en train de faire et je la retire brusquement. *Qu'est-ce qui se passe ?* Je n'ai jamais essayé de tenir la main d'un patient de ma vie. C'est comme si c'était un réflexe.

Je commence à me demander si j'ai besoin d'une IRM aussi.

CHAPITRE 9
Quinn

Nick Reilly existe.

Je suis assise ici au bord du lit, mon esprit essayant de tout saisir, mais la réalité est trop grande pour être contenue en un seul endroit et rendue logique.

Dans mes rêves, Nick était beau. Cependant, en réalité, il est tellement plus. Il est imposant et masculin d'une manière que je n'avais pas tout à fait saisie jusqu'à présent. La bosse où son nez a été cassé et la petite cicatrice à sa gauche provenant d'une bagarre avec son frère ne ternissent pas la perfection de son visage, elles l'accentuent. Elles le rendent plus viril, sexy plutôt que charmant. Nick sans cette cicatrice, sans cette petite asymétrie, serait un visage pour les photographes, pour les campagnes publicitaires. Nick avec ces détails devient quelqu'un que vous voulez plaquer contre la surface la plus proche.

Et je me souviens qu'il l'a fait tellement de fois. Mais pour lui, je ne suis qu'une nouvelle patiente. Potentiellement quelqu'un qui le harcèle.

C'est moi, lui chuchote la voix dans ma tête. *Tu te souviens ? Tu te souviens de notre appartement ? Tu te souviens de la façon dont j'attendais que tu te glisses dans le lit et que tu m'enveloppes ? Tu te souviens de la première fois où tu m'as dit que tu m'aimais ? La nuit où tu m'as fait ta demande en mariage ?*

Cette même partie de moi crie pour lui, veut le serrer plus fort que je n'ai jamais serré personne, veut respirer son odeur de savon, de chlore, de peau, et rester là.

Heureusement, la partie rationnelle l'emporte. Celle qui sait que ce n'est pas la réalité et qui se souvient que je suis amoureuse de quelqu'un d'autre. *Juste parce que tu as rêvé de lui ne signifie pas que ça s'est réellement produit*, prévient la partie rationnelle. *Ça ne fait pas de lui le tien.*

Il me demande comment je connais les choses que je connais et je continue d'en énumérer davantage, le ventre qui se noue en voyant le regard méfiant sur son visage. Peut-être paraîtrait-il détendu de l'extérieur, mais je sais qu'il se retient. Je ne sais pas comment, mais je le sais. Sous cette chemise, ses bras sont tendus, en alerte… Contre moi ? Je n'en suis pas sûre. Mon dieu, j'ai tellement envie d'appuyer ma bouche sur cette ligne entre ses sourcils, de la laisser glisser jusqu'à la courbe de sa lèvre supérieure. Comme si j'avais vraiment besoin de ça pour m'assurer qu'il m'envoie consulter un psychologue.

Notre conversation bizarre prend fin brusquement lorsqu'il se souvient soudainement de l'IRM, le brouillard dans ses yeux disparaissant. Nous marchons dans un long couloir, puis il utilise son badge pour ouvrir les portes d'une autre zone. Je mesure 1,70 m, mais à côté de lui, je me sens minuscule. Il incline la tête juste pour me parler.

— Alors, tu as rêvé que nous nous sommes rencontrés et quoi d'autre ?

Je réalise qu'il essaye seulement de me faire plaisir. *Bien sûr qu*'il le fait, ce n'est pas comme s'il pensait que tout cela était vrai. Même moi, je ne pense pas que ce soit réel, alors pourquoi le ferait-il ?

— C'est beaucoup de choses lambda… Passer du temps ensemble… Des rendez-vous.

— C'est tout ? plaisante-t-il. Je devais être plutôt ennuyeux, si c'est tout ce que tu as.

C'est un côté joueur de lui, que j'ai vu dans mes rêves, mais pas dans la vraie vie jusqu'à présent. Il essaie de me détourner de l'IRM.

— Nous sommes allés à Paris pour notre lune de miel, m'interromps-je.

Mon dieu. *Je n'arrive pas à croire que je viens de le dire à voix haute.*

Il s'arrête.

— Tu as rêvé de notre *lune de miel* ?

Je devrais être trop bouleversée par ce que cette IRM pourrait révéler pour être capable d'éprouver de l'humiliation en ce moment, mais ce n'est pas le cas. Je sens la chaleur me monter aux joues et il n'y a aucun moyen de l'arrêter.

— Aucun commentaire.

Il lève un sourcil, maintenant la porte de l'ascenseur ouverte et me suivant à l'intérieur.

— Oh, tu ne t'en tireras pas si facilement. Si nous avons eu une lune de miel à Paris, je veux tout savoir. Qu'est-ce que nous avons fait ?

Je lève les yeux au ciel, essayant de ne pas sourire.

— C'était en décembre, il faisait froid comme l'enfer, et nous étions là pour notre *lune de miel*. Que penses-tu que nous ayons fait ?

Il rit.

— Waouh. D'autres voyages glamour où nous n'avons jamais quitté l'hôtel ?

Je lève les yeux vers lui alors que nous arrivons à notre étage.

— Pas vraiment. Si ça compte, nous sommes allés au lac.

La porte de l'ascenseur s'ouvre, mais il ne bouge pas.

— Quel lac ?

Je m'arrête, perplexe devant ce changement soudain en lui. Il n'y a plus rien de ludique dans son ton.

— Je n'en ai aucune idée. C'est un peu comme le lac où je vais me marier. Il y a un quai et une grande maison blanche avec une terrasse, et je suis sur un bateau que je ne peux pas manœuvrer, pendant que tu me regardes partir.

Les portes de l'ascenseur se sont refermées à nouveau, et il s'affaisse contre le mur. Sa peau semble légèrement verte sous les lumières fluorescentes.

— Où te maries-tu ? demande-t-il.

J'entends de la crainte dans sa voix. Pour une raison quelconque, je crains de lui répondre.

— Lake Hester ? C'est à l'extérieur…

— D'Annapolis, murmure-t-il.

Il penche la tête contre le mur et ferme les yeux.

— Mes parents ont une maison là-bas. Leur maison secondaire. Je pense que c'est celle que tu décris.

Il ne peut même pas me regarder. J'essaie de me mettre à sa place, une patiente aléatoire récitant des faits de sa vie, décrivant l'intérieur de son appartement et la maison secondaire de ses parents. J'aurais déjà décroché le téléphone d'urgence si j'étais à sa place.

— Je ne t'espionne pas, dis-je doucement. Je comprends que tu puisses être terrifié, mais je te jure sur dieu que je n'ai même jamais cherché ton nom.

— Je ne pense pas que tu me *stalk*.

— Alors pourquoi…

— J'ai aussi eu ce rêve, dit-il. À ton sujet.

Je cligne des yeux. Je l'ai entendu, mais ses mots… n'ont tout simplement aucun sens. C'est mon problème, mon cerveau déréglé. Si c'est une blague, je ne la trouve pas amusante.

— *Quoi* ?

Il avale sa salive.

— Quand je t'ai vue ici, je pensais que mon esprit me jouait des tours. Mais j'ai eu ce rêve précis. Tu es debout sur le Sunfish, et puis je nage pour venir te chercher.

Je me sens à nouveau étourdie et je m'appuie contre le mur de l'ascenseur, comme il l'a fait un instant auparavant.

Comment pouvons-nous partager le même souvenir de quelque chose qui, nous le savons tous les deux, ne s'est jamais produit ? Je me souviens de l'avoir vu sur le quai, je me souviens de la manière dont il a plongé dans l'eau et est ressorti quelques instants plus tard, souriant. Il y a eu d'autres choses dans le passé, d'autres moments où mon cerveau s'est détraqué d'une manière ou d'une autre. Mais le cerveau de quelqu'un d'autre ne s'est jamais détraqué en même temps que le mien.

Il s'approche, ses mains sur mes bras.

— Ça va ?

Je hoche la tête. Ma voix est sourde, enrouée.

— J'ai juste besoin de trouver un sens à tout ça.

— Moi aussi, dit-il, en appuyant sur le bouton pour ouvrir la porte de l'ascenseur. Et je ne suis pas sûre qu'une IRM cérébrale permette d'accomplir cela.

~

Pendant l'examen, je garde mon corps immobile, mais mon esprit refuse de s'arrêter. Je n'arrive pas à interpréter le regard qu'il m'a envoyé en partant. La partie de moi qui veut romantiser tout ça pourrait l'appeler du *désir*. Et dieu sait que je ne voulais pas qu'il parte, mais ce dont j'ai vraiment *besoin*, c'est de ne rien ressentir du tout pour lui. C'est difficile d'imaginer que nous ne résoudrons jamais ces mystères, mais je n'ai pas besoin que ça soit résolu, j'ai juste besoin que ça s'arrête. Je ne peux plus continuer d'avoir ces rêves.

Quand je retourne dans ma chambre, l'infirmière dit qu'elle va rassembler mes documents pour que je puisse partir.

— J'aimerais voir le Dr Reilly avant de partir.

— Je ne sais pas quel est son emploi du temps aujourd'hui. Vous devrez peut-être prendre un rendez-vous de suivi avec lui si vous avez besoin de plus d'informations.

Mes ongles s'enfoncent dans mes paumes.

— Non. J'ai besoin de le voir. J'attendrai s'il le faut.

— Oui, toutes les patientes veulent revoir le Dr Reilly, dit-elle avec un sourire narquois. Mais c'est un homme très occupé. Je verrai ce que je peux faire.

Elle pense que j'essaie d'alimenter un béguin, alors que j'essaie vraiment de ne plus en avoir. Mon estomac gronde assez fort pour que nous l'entendions toutes les deux.

— Il y a une salle au bout du couloir avec des snacks, dit-elle. Vous pouvez prendre quelque chose pendant que je prépare vos papiers de sortie.

Il s'avère que les seuls snacks que je trouve sont des biscuits Graham et du jus, mais j'ai tellement faim que ça ne me dérange même pas. J'attrape un jus de canneberge, je décolle le papier d'aluminium et je le bois avant même de refermer la porte du réfrigérateur.

— Tu dois fermer la porte, dit une petite voix.

Je me retourne pour trouver une petite fille sans cheveux, traînant une intraveineuse derrière elle.

— Sinon, une alarme se déclenchera.

— Tu en veux un ? proposé-je.

Elle fronce les sourcils.

— Je n'ai pas le droit tant que mon test n'est pas terminé.

Je regarde les jus de canneberge empilés dans le réfrigérateur avec envie et je referme la porte. Je ne peux pas rester assise ici et boire autre chose devant elle.

— Alors, tu es ici toute la journée ? demandé-je.

Elle baisse les yeux.

— Je vis un peu ici. Quand je demande à ma maman si on rentre à la maison, elle sourit et pleure en même temps.

Elle scrute mon visage, cherchant une sorte de réponse. J'avale la boule qui se forme dans ma gorge.

— La sensation d'être à la maison te manque ?

Elle hoche la tête.

— Et ça me manque d'être dehors. On avait l'habitude

d'aller acheter des cupcakes. Ils en ont ici, mais pas des bons.

— Quel genre de cupcakes tu prenais ?

— Du red velvet avec du glaçage blanc qui n'est pas tout blanc.

— Et cette personne ? demandé-je, en désignant le personnage de dessin animé sur le T-shirt qui recouvre sa blouse d'hôpital. Si je reviens avec un cupcake pour toi, devrais-je en prendre un pour elle aussi ?

Elle rit.

— C'est Raven. Elle ne mange pas de cupcakes.

— Elle ne mange pas de cupcakes ? demandé-je, feignant l'horreur. C'est de la folie.

— J'aurais dû me douter que Darcy te trouverait, dit une voix.

Je lève les yeux et Nick est là, dans toute sa splendeur aux épaules larges, avec un sourire en coin et une fossette en plein éclat.

Mon cœur bat la chamade. Toutes mes bonnes intentions s'effacent en sa présence – je veux juste rester ici et le suivre où qu'il aille.

— Darcy m'informait que Raven ne mange pas de cupcakes. Je pensais que tout le monde mangeait des cupcakes.

— Elle n'est pas *réelle*, dit Darcy, en tirant sur le mot tout en riant en même temps.

Nick lui sourit.

— Toi, miss Darcy, tu dois retourner dans ta chambre pour qu'ils te préparent pour ton test. Et toi, miss Quinn, tu dois retourner dans ta chambre pour que nous puissions passer en revue tes documents de sortie.

Je fais signe à Darcy avant qu'elle ne se retourne.

— À plus tard, Raven. À plus tard, la fille aux cupcakes.

Son sourire est si large que ça fait mal. Une patiente comme ça doit briser le cœur de Nick. Elle brise le mien alors que je viens juste de la rencontrer. Quand je relève les yeux, Nick me regarde de cette manière silencieuse qui lui est propre. Je pense que si je pouvais jeter un coup d'œil dans sa tête, je trouverais mille mots qu'il ne prononcera jamais à voix haute.

— Alors, on dirait que tu es prête à partir ?

Je veux passer ma main sur la rugosité de sa mâchoire, abaisser sa tête suffisamment bas pour que je puisse presser ma bouche contre son front. Exactement le genre de pensée qui doit cesser.

— Je me demandais s'il y a quelque chose que tu peux me donner pour arrêter les rêves ? Peut-être une sorte de somnifère ?

Il fronce les sourcils.

— Il y a un médicament qui pourrait aider, mais l'un des principaux effets secondaires est les maux de tête. Je ne suis pas sûr que ce soit une bonne idée, dans les circonstances actuelles.

— Je prendrai le risque, dis-je rapidement. J'ai besoin que ces rêves s'arrêtent.

Il penche la tête sur le côté.

— Pourquoi ? Tu souffrais tellement hier que tu as dû être sédatée, et il semble que ces rêves ne soient pas des cauchemars.

Je suis plus frustrée avec moi-même qu'avec lui, bien que cela ne transparaisse probablement pas de cette manière.

— Parce qu'il n'y a pas de sens. Penses-tu vraiment que nous allons comprendre pourquoi ça se produit ?

— Probablement pas, mais c'est possible. Je ne cesse de penser qu'il y a une explication évidente que nous manquons tous les deux.

— Il n'y en a pas, réponds-je fermement. Et en attendant, j'ai une vie, et ces rêves m'en font voir une dont je ne veux pas. Je préférerais ne rien savoir de tout cela que d'être malheureuse avec ce que j'ai.

Ses dents s'enfoncent dans sa lèvre inférieure, un geste qui fait se crisper mon estomac d'une manière inhabituelle. À la fois agréable et désagréable.

— Peut-être que tes rêves disent que tu es déjà malheureuse avec ce que tu as.

Je détourne le regard. C'est un peu ce que Caroline a dit aussi.

— Alors, je préférerais qu'ils arrêtent de me dire ça.

Il soupire.

— Nous devrons attendre les résultats avant que je prescrive quoi que ce soit. Je suppose que tu rentres chez toi. Je peux t'appeler quand les résultats seront disponibles.

Je secoue la tête.

— Je dois aller travailler. Nous allons imprimer la semaine prochaine. J'ai déjà perdu beaucoup de temps.

— Impression ? demande-t-il, fronçant les sourcils. Tu n'es pas architecte ?

Je reste immobile.

— Qu'est-ce qui te fait penser ça ?

— Je crois l'avoir vu dans ton dossier. Mais… Tu ne l'es pas ? J'aurais juré…

La pièce devient silencieuse. Ma voix est un chuchotement quand je parle enfin.

— J'étais étudiante en architecture à l'université, mais mon père est décédé après ma deuxième année et j'ai dû rentrer chez moi où ce n'était pas une option. Mais… Dans ma tête, quand nous étions à Londres, c'est ce que j'étudiais. J'y étais pour obtenir un diplôme d'études supérieures.

L'étrangeté de la situation repose entre nous.

— Je suppose que tu n'es pas la seule stalkeuse entre nous deux alors, dit-il avec un sourire hésitant.

~

J'entre dans le bureau, espérant échapper à Dee. Pas de chance, elle sort juste quand j'arrive. Elle tient la porte mais reste immobile, bloquant mon chemin.

— Nous sommes sérieusement en retard, dit-elle, la mâchoire serrée. S'il te plaît, essaie de te mettre à jour. J'ai besoin des épreuves avant que tu ne partes aujourd'hui.

Un torrent de mots que je ne dirai pas monte dans ma gorge: *nous travaillons ensemble depuis six putains d'années. Tu sais que j'ai été hospitalisée récemment et tu sais que je ne prends jamais de congé maladie. Comment oses-tu te comporter ainsi en ce moment* ?

Je serre les poings et passe devant elle pour entrer dans le bureau. Nous avons besoin de ce travail. Je pourrais partir et me retrouver avec la moitié du salaire et un patron tout aussi horrible. Et puis mon héritage, celui que j'ai refusé de toucher pendant les sept dernières années, disparaîtra dès que Jeff perdra son emploi, gaspillé pour rembourser le prêt hypothécaire et les courses, et je n'aurai plus rien.

La mise en page est déjà ouverte sur mon Mac et a manifestement été bricolée par quelqu'un qui ne connaît pas Photoshop. Seule Dee oserait, et elle a réussi à me créer deux fois plus de travail que ce que j'aurais eu autrement. Je laisse ma tête s'enfoncer dans le dossier de ma chaise, regardant le métal brillant des conduits de chauffage et le labyrinthe de tuyaux blancs du plafond. Je me demande comment je me sentirai à propos de Dee et de ce travail si Nick appelle avec de mauvaises nouvelles.

Serai-je heureuse d'avoir enduré toutes ces années, d'avoir réussi à nous maintenir à flot à chaque fois que Jeff était sans emploi ? Ou est-ce que j'aurai l'impression que cet endroit m'a volé six ans de ma vie ?

Sauf que ce n'est pas le magazine qui a volé ces années. C'est moi qui les ai volées à moi-même. C'est moi qui ai écouté quand ma mère m'a suppliée de rester à la maison après la mort de mon père. C'est moi qui ai laissé Jeff me persuader que ce serait idiot de retourner étudier l'architecture. C'est moi qui ai choisi de rester à ce poste pendant si longtemps.

Je n'ai jamais lutté pour la moindre chose que je voulais, et maintenant c'est sûrement trop tard.

La vraie question, cependant, c'est qu'est ce que je vais faire si ce n'est pas le cas ?

~

C'est la fin de l'après-midi lorsque j'ai enfin des nouvelles de l'hôpital. Je suis étrangement déçue que ce soit l'une des infirmières qui appelle, plutôt que Nick.

— Le Dr Reilly se demande si vous pouvez venir demain pour une autre IRM, dit-elle.

Je pose mon stylo.

— Encore une ? Y a-t-il un problème ?

— J'en doute, dit-elle avec désinvolture. C'est un autre type d'IRM. Il se peut que l'autre n'ait pas été claire.

Je me convaincs que ça ne signifie rien. Ce n'est que beaucoup plus tard, alors que Jeff et moi dînons et qu'il me demande à propos de l'IRM, que je commence réellement à m'inquiéter.

— Donc, qu'est-ce que l'hôpital veut que tu fasses demain ? demande-t-il.

Je hausse les épaules en me servant une deuxième portion, ce que je ne fais jamais. Pauvre Jeff, il a probablement préparé un repas en plus pour son déjeuner de demain et je le dévore, mais je n'ai rien mangé depuis ce jus ce matin.

— Un autre type d'IRM. Ils n'ont pas vraiment expliqué.

Il y a un pli entre ses sourcils.

— Tu penses que c'est mauvais signe ?

J'hésite, faisant disparaître le battement nerveux dans ma poitrine.

— Je ne pense pas. On dirait qu'ils ont utilisé le mauvais type d'imagerie. Pourquoi ? Tu penses que ça signifie quelque chose ?

Jeff fronce les sourcils.

— Ce gars-là avait à peine l'air d'être sorti de l'école de médecine, donc je ne serais pas du tout surpris d'apprendre qu'il a demandé le mauvais test. Tu devrais changer de médecin.

Je pose ma fourchette, mais elle reste dans ma main, raide. J'ai envie de défendre Nick, mais ça ne serait pas bien vu, compte tenu de ce qui s'est passé à l'hôpital la nuit dernière.

— Je ne sais pas s'il a demandé le mauvais test, réponds-je, les mots prononcés avec précaution. Je dis simplement que c'est peut-être ce qui s'est passé.

— Eh bien, si cela se révèle être vrai, je pense que tu devrais changer.

Non. Mes épaules sont tendues et il me faut toute ma volonté pour ne pas lui sauter à la gorge. Ses préoccupations n'ont rien à voir avec les compétences professionnelles de Nick. Il est simplement jaloux, et même si ça m'agace… Il a plus raison qu'il ne le pense. Pour ma propre santé mentale, pour l'avenir de notre relation, Nick Reilly est la dernière personne avec qui je devrais passer du temps.

CHAPITRE 10

Quinn

Nick entre discrètement dans l'appartement, faisant de son mieux pour ne pas me réveiller. Il fait toujours ça, les soirs où il travaille tard, mais j'ai le sommeil léger et il y a de petites choses qui le trahissent bien avant qu'il ne pose un pied dans la pièce : le tintement des clés contre le comptoir, un manteau tombant sur une chaise. Il garde une brosse à dents de rechange près de l'évier de la cuisine pour les nuits comme celle-ci, juste pour que la lumière de la salle de bains ne me réveille pas.

— Je suis réveillée, lui dis-je quand il entre dans la chambre, tâtonnant dans l'obscurité pour trouver la commode avant de se cogner le pied dedans une fois de plus.

— Désolé.

Il enlève ses vêtements et glisse sous les draps, enroulant ses bras froids autour de moi et tirant les couvertures jusqu'à mon menton.

— J'ai essayé d'être discret.

— J'étais déjà réveillée.

Je me rapproche jusqu'à être pressée contre sa poitrine. Sa peau nue, son odeur, le poids de son bras, c'est tout ce dont j'ai besoin en ce moment.

— J'ai fait le rêve le plus étrange et je me suis réveillée bouleversée.

Sa main calleuse serre légèrement mon bras en signe de sympathie.

— Quel rêve ?

Mes jambes s'étirent, s'emmêlent avec les siennes.

— Nous étions ensemble, mais nous étions adolescents, je crois ? Et nous étions en train d'essayer de nous enfuir.

Son rire bas caresse mon oreille.

— Ça semble terrifiant. Je suis déjà assez difficile à supporter maintenant mais un Nick adolescent ne t'aurait pas laissée tranquille une minute.

Je me tourne vers lui, souhaitant pouvoir rire, mais je n'y arrive pas. Tout ça a l'air encore si réel.

— Nous étions dans cette station-service et j'ai appelé ma mère pour lui dire ce que nous faisions, et tu étais à l'intérieur, dans la file. Et j'ai commencé à pleurer parce que je ne te reverrais jamais. Je savais d'une manière ou d'une autre que tout était fini, que j'allais mourir. Et puis je me suis réveillée.

Je n'arrive pas à chasser cette image de ma tête – le voir dans le magasin, me souriant depuis la file d'attente, pendant que je restais là, paniquée, certaine que tout était fini. Normalement, la détresse que je ressens dans mes rêves s'estompe rapidement. Mais ce n'est pas le cas cette fois.

Ses lèvres se posent sur le sommet de ma tête.

— Chérie, il ne faut pas être diplômé pour comprendre. Appelle ta mère. Elle sera probablement moins contrariée que tu te maries que par le fait que tu aies attendu si longtemps pour le lui dire. Et tu es adulte. Ce n'est pas comme si elle pouvait te punir en te confinant dans ta chambre.

Je hoche la tête, mais je ne suis pas si sûre qu'il ait raison.

~

Je me réveille en regrettant Nick. Je ferme les yeux et je peux presque imaginer sa façon de se coller contre moi, ses longs bras me serrant fort. La menthe de son dentifrice et la légère odeur de chlore alors que je cachais mon visage dans sa poitrine. Jeff et moi ne nous blottissons pas comme ça, et il n'est pas quelqu'un à qui je confie mes problèmes – je suppose que c'est parce que je suis trop occupée à porter les siens. Je me suis appuyée sur Nick dans ce rêve, physiquement et mentalement, et je ne savais pas que ça me manquait jusqu'à ce matin. Mon avenir avec Jeff contient de merveilleuses choses : une maison, des enfants, un voyage sur la côte du New Jersey chaque été. Mais en ce moment, je désire ce que mon avenir ne contiendra pas.

Je m'habille et me dirige vers l'hôpital. Mon impatience inappropriée de voir Nick l'emporte sur la crainte de ce qu'il pourrait dire – je me suis presque convaincue que la nécessité d'une autre IRM est de toute façon sans importance.

Je viens de signer à la réception lorsque sa tête apparaît au coin de la porte. Comme une idiote, comme une adolescente avec le béguin, je commence à rougir. C'est tellement étrange de le voir maintenant, d'être une inconnue pour lui, quand dans ma tête, nous étions ensemble il y a une heure. Je me souviens encore de lui glissant contre moi, nu à l'exception de son caleçon.

Je rougis encore plus. Je me souviens aussi lui avoir retiré ce caleçon.

— Viens, dit-il en maintenant la porte pour que je puisse passer.

Nous allons dans son bureau, qui est plus grand que ce que j'aurais anticipé. Ses diplômes sont accrochés au mur et il y a aussi des photos. Je garde les yeux droits devant moi, effrayée par ce que je découvrirais si je regarde de trop près. C'est drôle, ça ne m'a jamais effleuré l'esprit, jusqu'à ce moment, qu'il ne soit peut-être pas célibataire. Mon regard se pose sur son doigt. Il est nu. Mes épaules se détendent à nouveau.

Il se perche sur le bord du bureau, ses longues jambes mangeant la distance entre nous.

— Je suis désolé que nous ayons dû te demander de revenir. Comment te sens-tu aujourd'hui ?

— Très bien, réponds-je. Mais je me demande pourquoi j'ai besoin de revenir.

Il hoche la tête, ses mains enroulées autour du bord du bureau.

— Je ne veux pas que tu paniques lorsque je te le dirai, mais nous avons trouvé quelque chose sur tes images hier.

Trouvé quelque chose. Je me fige, soudainement consciente de mon cœur, battant plus fort que d'habitude, si fort que je suis surprise qu'il ne l'entende pas.

Il se lève, allume un tableau lumineux à notre gauche. Ce que je présume être une image de mon cerveau y est affichée. Je suis étrangement soulagée de voir qu'elle a l'air normale, comme si je pensais qu'il s'agirait d'une moitié d'un cerveau humain et d'une autre moitié ressemblant à quelque chose de sauvagement improbable, comme des antennes ou un ensemble de dents.

— Ceci, dit-il en pointant un point noir au centre. C'est ce que nous avons trouvé. C'est si petit que je ne suis même pas sûre que ce soit la cause de tes crises. Quelque chose de cette taille, à cet endroit, ne devrait pas être symptomatique.

— Qu'est-ce que c'est ? chuchoté-je.

Il s'assoit à côté de moi. Ses yeux sont d'un bleu-gris doux, comme les ailes d'une colombe.

— Il semble s'agir d'une tumeur.

La glace remplit mes poumons, rendant toute respiration impossible.

— Une tumeur.

Sa main s'avance, et pendant un moment, je suis certaine qu'elle va attraper la mienne. Mais comme hier, il s'arrête.

— La plupart des tumeurs cérébrales sont bénignes, donc je ne veux vraiment pas que tu t'inquiètes pour l'instant. Il est tout à fait possible que tu l'aies eu toute ta vie.

— Et si la mienne n'est pas bénigne ? Que se passe-t-il alors ?

Il hoche la tête, ses yeux se détournant.

— Opérer cette zone du cerveau est impossible. Mais encore une fois, c'est très probable que ce ne soit rien. Nous devons faire un autre test d'imagerie – similaire à ce que nous avons déjà fait, mais cette fois en regardant l'activité métabolique autour de la tumeur. Cela devrait nous aider à déterminer son type et à quel point elle est susceptible de se développer.

Ma bouche est sèche. Je hoche la tête, ne ressentant… Rien. Rien du tout. Je plante mes ongles dans mes paumes, mais cela ne me touche à peine.

— Ça va ? demande-t-il.

— Je ne sais pas.

Ce que je veux plus que tout, c'est dissiper le sentiment que tout ça ne peut pas vraiment être en train de se produire. Je n'ai que vingt-huit ans. Je vais bientôt me marier. Ma vie ne fait que commencer, et soudainement je ressens son absence et je veux ce que je n'ai jamais voulu, et je pourrais être en train de voir la fin de tout ça. Je ne sais pas comment mettre des mots dessus.

— Ma vie était complètement normale il y a une semaine, dis-je enfin.

— Laisse-moi t'emmener à l'imagerie, dit-il en se levant. Ta vie peut toujours être complètement normale.

Cette fois-ci, il me prépare pour l'examen lui-même, m'aidant à monter sur la table, à tout mettre en position. Il semble hésiter lorsque vient le moment de partir.

— Tout ira bien, dit-il.

— Tu sais, même si la tumeur n'est pas bénigne, j'ai toujours des rêves bizarres à propos de quelqu'un que je ne connais pas et je découvre qu'ils sont exacts.

Son sourire est doux.

— Hé, dit-il. Je ne suis pas un mauvais gars. Il y a pire que rêver de moi. À moins que je ne sois un imbécile. Si c'est le cas, alors tes rêves sont complètement fictifs.

— Tu n'étais pas un imbécile.

— Bien.

Sa fossette apparaît, et j'ai soudain le souvenir de lui dans ce magasin en train de me sourire à travers la vitre, ignorant que mon cœur se brisait, que nous allions être séparés. Et tandis que je glisse dans l'IRM pour vérifier ma tumeur cérébrale inopérable, je ne peux m'empêcher de sentir que l'histoire semble se répéter.

CHAPITRE 11

Nick

Meg et moi avons tous les deux une heure de libre et elle n'est pas ravie lorsque je lui dis que je préfère aller nager que déjeuner.

— *Encore* ? demande-t-elle. Tu t'es déjà entraîné aujourd'hui.

Je souffle. Je suis beaucoup trop tendu pour m'asseoir avec elle pendant une heure.

— C'est juste l'une de ces journées.

L'une de ces journées où j'attends un rapport de radiologie qui n'arrive pas. L'une de ces journées où je vais mettre un poing dans un mur si j'entends *encore* une fois que c'est «en route». Et l'une de ces journées où je ne peux pas m'empêcher de penser à une patiente, de l'imaginer… Même si nous sommes tous les deux avec d'autres personnes, et qu'en tant que *ma* patiente, elle est hors de portée de toute manière.

Je me dirige vers la piscine et plonge sans préambule, sans routine en tête. J'ai juste besoin de pousser, de nager jusqu'à ce que je sois trop épuisé pour penser à ça. J'ai toujours détesté les questions impossibles. Les revues médicales n'ont rien donné d'utile, bien que je ne m'attendais pas à grand-chose. Il n'y a pas de réponse à ce qui se passe entre Quinn et moi, mais je ne peux pas m'arrêter de chercher, de sonder comme si quelque chose d'évident se présentait. Ça tourne dans ma tête jusqu'à ce que j'en ai assez de penser. Et donc le besoin de cette nage, qui ne semble pas faire le moindre bien.

Je croyais être heureux avec Meg. Peut-être que ce n'était pas tout ce que je voulais d'une relation, mais ça paraissait suffisant… Bien plus que ce que mon frère ne pourra jamais vivre. Cependant, passer une matinée avec Quinn a été comme une exposition au soleil après toute une vie sous des lumières artificielles. Je ne suis plus sûr de pouvoir être heureux avec moins.

~

Je me dépêche de retourner à l'hôpital, les cheveux encore mouillés, m'arrêtant dans la chambre de Darcy en chemin. Je ne la vois jamais sans penser à ce qui aurait pu être. Si sa mère l'avait amenée quand les maux de tête ont commencé, nous aurions pu la sauver. Autant que cela me dérange, c'est sa mère qui est détruite, et ce n'était même pas sa faute. Lorsque le pédiatre a ignoré ses préoccupations, elle l'a écouté. Mon dieu, j'aurais aimé qu'elle ne l'ait pas fait. Les médecins savent beaucoup moins de choses qu'ils ne veulent vous le faire croire. Surtout celui-là.

Darcy est dans son lit quand j'arrive dans la chambre, avec sa mère blottie à ses côtés. Elle sourit, plus animée que d'habitude, et lève un énorme cupcake dans les airs.

— Regardez ce que Quinn m'a envoyé ! dit-elle.

La mère de Darcy tend la main derrière elle vers une énorme boîte de Sprinkles, où dix des douze cupcakes sont encore présents.

— Vous en voulez un ? demande-t-elle. La nouvelle amie de Darcy en a envoyé six pour elle et six pour Raven, donc je pense que nous en avons peut-être plus que nécessaire.

Quelque chose grandit dans ma poitrine. Qui apprend qu'elle a une tumeur au cerveau et arrive à penser à une petite fille qu'elle vient de rencontrer ? Je décline l'offre et me dirige directement vers la radiologie, prêt à déchaîner l'enfer si les résultats ne sont pas là. Heureusement, ce n'est pas nécessaire. Je déchire le rapport du radiologue de l'enveloppe avant même d'être arrivé dans mon bureau.

~

Elle répond au premier coup de fil.

— C'est Nick.

Je fais une pause.

— Nick Reilly.

— Salut Ni… Docteur Reilly.

— Tu es partie en lune de miel avec moi, alors je pense qu'on devrait au moins se tutoyer.

Elle rit. Le son est rauque, intime. Je dois me pencher et m'ajuster, ce qui n'est pas vraiment habituel lorsque j'appelle une patiente au sujet de sa tumeur au cerveau.

— Je vais supposer que tu ne ferais pas de blagues si je n'avais qu'un mois à vivre, dit-elle.

C'est vrai, bien que, étant donné que j'ai l'air d'être incapable de me comporter normalement en sa présence, je ne pourrais pas en être sûr.

— Nous ne voyons pas de signes d'augmentation du flux sanguin dans la zone, ce qui indique qu'elle ne grossit pas. Il est possible qu'elle soit là depuis toujours. C'est positif.

Je n'ai jamais été aussi soulagé par une analyse de ma vie.

— Alors, je vais bien ? demande-t-elle. Mis à part la connaissance bizarre de ton histoire personnelle, bien sûr.

Je souris et me penche en arrière dans ma chaise.

— Mis à part ça, je pense que oui. Nous devrons quand même la surveiller, mais tant que tu n'as pas d'autres incidents, une IRM de suivi dans six mois devrait suffire.

Sauf que, dans six mois, elle sera déjà mariée à ce crétin que j'ai rencontré dans sa chambre l'autre soir. Cette pensée me met mal à l'aise.

— Alors, si l'analyse semble correcte, est-ce que cela signifie que tu peux me prescrire quelque chose pour arrêter les rêves ?

Pourquoi une partie de moi a-t-elle envie de lui dire *non* ? Je soupire lourdement.

— Je vais la prescrire et je t'appellerai demain pour voir comment ça a fonctionné.

Il nous faut une minute pour raccrocher. Elle paraît aussi réticente que moi à mettre fin à l'appel. Et j'aime beaucoup cette réticence, beaucoup trop.

CHAPITRE 12

Quinn

Je vais bien. Je vais survivre. C'est un soulagement… Alors je ne suis pas certaine de comprendre pourquoi je suis déçue quand Nick raccroche. Je reprends le téléphone pour appeler ma mère, mais je le repose. Elle ne sait pas pour la tumeur au cerveau, je ne voulais pas la préoccuper tant que je n'en savais pas plus, et je suppose qu'il n'y a aucune raison de lui dire maintenant. De plus, elle se met dans un état de stress à cause du fait que je me suis déjà évanouie deux fois à l'auberge – ce qui ne présage certainement rien de bon pour le mariage – et je n'ai pas envie d'écouter davantage ses théories. Aucun pesticide ni allergie n'a jamais causé le problème que je traverse actuellement. J'ai inventé une théorie selon laquelle la lumière du lac affecte ma glande pinéale, et elle a réussi à convaincre l'auberge de nous permettre d'installer la tente devant le bâtiment principal plutôt qu'à côté, pour que je puisse éviter de regarder la maison si nécessaire.

Je prends les médicaments en chemin vers le métro, les faisant rebondir d'une main à l'autre pendant le long trajet du retour. Je n'ai en réalité pas *envie* de les prendre. Je me suis vue tomber amoureuse de Nick, me marier avec lui. C'est comme une série télé vraiment captivante qui vient de se terminer sur un cliffhanger, et je suis désespérée de savoir ce qui vient ensuite. Sauf qu'à chaque rêve, je tombe un peu plus amoureuse de lui, et c'est tellement plus dangereux maintenant que je sais qu'il existe.

Jeff est dans la cour quand j'arrive à la maison, jouant au football avec Isaac, un adolescent qui vit à quelques maisons de chez nous. Il est dans son élément en ce moment, et c'est à la fois une douce et amère constatation. C'est ce qu'il était censé être – un entraîneur de football, un gros poisson dans une petite mare – et je le lui ai enlevé ce rêve en déménageant ici. Mes amis sont moins indulgents que moi à propos de ses problèmes professionnels, mais c'est parce qu'ils ne le connaissaient pas à l'époque où il réussissait. Ils ne comprendront jamais combien il a sacrifié pour être avec moi.

Mon père voyait cette qualité en Jeff. Il savait qu'il serait toujours là, loyal et dévoué, prêt à me suivre où que j'aille. Je faisais entièrement confiance aux opinions de mon père, et pour de bonnes raisons – je n'étais pas la seule d'entre nous à parfois connaître des choses que je ne devrais pas. Mon père savait que j'étais allergique aux fruits de mer avant même que j'en aie jamais mangé. Il savait que Matisse était mon artiste préféré avant même que je mette les pieds dans une galerie. Alors parfois, je me demande s'il savait des choses sur mon avenir que j'ignorais, et s'il voulait que Jeff soit à mes côtés quand elles se réaliseront.

Je traverse la rue et Jeff sourit par-dessus son épaule, faisant une dernière passe à Isaac avant de me suivre à l'intérieur.

— Ce gamin a une passe incroyable, dit-il. Il est aussi rapide. Je pourrais le préparer pour l'équipe junior si sa mère est d'accord.

Nous préparons le dîner pendant qu'il continue à me parler des forces d'Isaac et à se plaindre de la peur de sa mère pour les commotions cérébrales. *Ce stupide film avec Will Smith a rendu tout le monde paranoïaque. Vous savez quel sport a le plus d'accidents ? Le cheerleading.*

J'étais inquiète que les nouvelles sur la tumeur gâchent notre soirée, mais pendant tout le temps où nous cuisinons, il ne me pose aucune question sur l'IRM. J'essaie de ne pas laisser ça me perturber plus que nécessaire.

Durant le dîner, il se plaint du nouvel enfoiré à la direction et d'une politique de remboursement des frais de déplacement qui m'indiffère totalement. J'attends qu'il termine sa diatribe, la rancœur remuant dans mon estomac, mais lorsqu'il a fini avec ça, il passe à un autre sujet.

— Nous devons retourner à Manassas, dit-il, insensible à mon mécontentement. L'agent a appelé aujourd'hui et a dit que les visites sont ouvertes.

Je suis déjà de mauvaise humeur, alors sa proposition passe de travers.

— Je t'ai dit que je ne veux pas vivre à Manassas. Il me faudrait deux heures pour aller travailler.

Il hausse les épaules.

— Eh bien, ce n'est pas comme si tu *devais* travailler à D.C., dit-il. Tu peux trouver un emploi n'importe où.

Je serre les dents. Je m'efforce de ne pas lui rappeler son parcours professionnel, mais le fait qu'il soit parvenu à garder son emploi actuel pendant quatre mois ne signifie pas soudainement que mon travail est sans importance.

— *Washington Insider* me paie le double de ce que quiconque accepterait, lui rappellé-je. Et il y a eu des mois où nous avons eu besoin de chaque centime pour payer nos factures.

Ses épaules s'affaissent et j'ai immédiatement envie de revenir en arrière.

— Je suis désolé, dit-il. Je sais que ça a été difficile depuis un moment. Mais ce n'est pas comme si nous étions complètement foutus si l'un de nous perdait son emploi. Tu n'as même pas touché à ton héritage.

Juste comme ça, je suis à nouveau irritée.

— Je veux que cet argent serve à quelque chose de spécial. Je ne vais pas le gaspiller pour des choses que nous devrions pouvoir nous permettre par nous-mêmes.

— Tu pensais l'utiliser pour l'école, argumente-t-il. Mais ce n'est plus d'actualité. Je comprends que tu ne veuilles pas le gaspiller, mais utilisons-le au moins pour quelque chose d'utile comme une maison. On ne peut pas rester ici. Nous avons besoin d'un endroit où élever une famille.

Rien de ce qu'il a dit n'est faux, mais mon estomac se serre quand même. Une fois que cet argent sera dépensé, il sera parti. Et avec lui, tout espoir de devenir architecte. Je sais que ça n'arrivera probablement jamais, mais l'idée de renoncer me fait mal.

— Oui, dis-je. Peut-être.

— Ça n'a pas à être Manassas, mais on en aurait tellement plus pour notre argent là-bas. On devrait au moins aller visiter quand je reviendrai.

— Quand tu reviendras ? Tu *pars* ?

— Ouais, dit-il. Après-demain. Je t'en ai parlé. Albany, et ensuite Miami.

Est-ce déraisonnable de s'attendre à ce qu'il reste à la maison dans les circonstances actuelles ? Certainement. Mais ça, ajouté au fait qu'il n'a même pas *demandé* de mes nouvelles concernant les résultats de mes tests, me donne l'impression que nous ne sommes pas sur la même longueur d'onde. Comme si nous ne faisions plus partie d'une équipe, mais de deux entités qui coexistent simplement.

Je suis au lit, presque endormie, quand il glisse enfin à mes côtés. Je ne me souviens pas d'un moment de ma vie où je n'ai pas trouvé Jeff séduisant. Il était la star de l'équipe de football de Rocton, et plus de la moitié de ma classe de fin d'études m'enviait de l'avoir eu. Mais ce soir, quand il commence à tirer sur mon short et que les poils de sa poitrine me grattent le dos, je suis juste répugnée. Et c'est une première en toutes ces années passées ensemble.

Je retire sa main.

— Désolée. C'était une longue journée. Dee n'était pas contente que je sois absente ce matin.

— Oh oui, dit-il en embrassant l'arrière de ma tête. J'ai oublié de demander. Tout va bien ?

Nick n'aurait pas besoin de rappel, chuchote cette voix traîtresse. J'écarte cette pensée, mais quelque chose de boudeur et de capricieux subsiste. Ça me rend réticente à lui dire toute la vérité, car il ne l'a pas méritée.

— Ouais.

Finalement, sa respiration s'approfondit, se transformant en de petits ronflements, et je réalise que je n'ai pas pris les médicaments que Nick a prescrits. Je sors discrètement de la chambre et avale les pilules avant de changer d'avis. Mais au lieu de retourner au lit, je me recroqueville avec mon ordinateur portable dans un coin du canapé et fais quelque chose que je ne devrais absolument pas faire : je recherche le nom de Nick et clique sur les *images*. Il y a des milliers de Nick Reilly dans le monde, mais le mien était un nageur de haut niveau à l'université et ces images sont la dernière chose que je devrais regarder en ce moment : Nick, les épaules cambrées alors qu'il fait la nage papillon. Nick, debout avec ses coéquipiers, vêtu seulement d'un Speedo, une médaille autour de son cou. *Mon dieu, ces abdos*. Mon estomac se contracte.

Et puisque, apparemment, je suis déterminée à ne pas faire la bonne chose ce soir, je clique sur une vidéo. Le relais 400 mètres nage libre de la NCAA.

— Nick Reilly, de l'UVA, entame le dernier tour avec un sérieux désavantage, dit le commentateur sportif. Trois secondes derrière Paul Diering de Syracuse. Je ne vois aucun moyen pour l'UVA de remporter la course à ce stade.

Mais alors, quelque chose de miraculeux se produit, quelque chose qui, je sais, va se produire, car soudainement, je suis certaine d'y être, assise dans les gradins, hurlant de tout mon cœur. Nick commence à rattraper son retard.

— La course n'est peut-être pas encore terminée ! crie le commentateur. Regardez l'UVA. C'est Nick Reilly, avec ce coup de pied que nous attendons de lui, et il est... Oh mon dieu... Il va vraiment le faire. Regardez comment il coupe à travers l'eau…

Je n'ai même pas besoin de regarder, je me souviens de tout. La façon dont Nick sort du virage avec un bras d'écart derrière le gars de Florida State, la façon dont il rattrape cet écart et explose ensuite. Ma voix était cassée à force de crier après cette compétition. Je le regarde gagner, sortir de la piscine pour être entouré par des coéquipiers euphoriques.

Je n'ai absolument aucun souvenir de l'avoir rencontré à l'université, mais je sais que j'y étais. Je me souviens qu'il me cherchait, me tirant dans ses bras trempés. La caméra ne montre aucun câlin, bien sûr, et quand elle se tourne vers les gradins, la place que j'occupais est occupée par quelqu'un d'autre... Quelqu'un que je connaissais bien – la mère de Nick. La voir me fait mal. C'est, je pense, une autre personne que j'ai autrefois aimée mais perdue.

Je pose l'ordinateur portable sur la table et tire la couverture par-dessus moi, frustrée. C'était déjà assez difficile quand je me souvenais d'être à Londres avec Nick, mais maintenant je me souviens de moments qui précèdent... Et j'ai l'impression d'avoir été plus heureuse dans tous ces souvenirs qu'aujourd'hui.

Ce qui signifie qu'une situation déjà compliquée est devenue encore pire.

— J'espère vraiment que les médicaments vont fonctionner, murmuré-je en fermant les yeux.

Je ne sombre pas dans un sommeil sans rêve. Au lieu de cela, je vais quelque part où je suis plus jeune. La cuisine de Nick, dans la maison de ses parents. Lui et son frère ont tous les deux été envoyés dans leur chambre pour la bagarre qui a éclaté à table, et seule sa mère et moi restons.

— Je ne sais pas pourquoi ils se battaient, lui dis-je. Nous pouvons tous les trois tenir dans la cabane dans les arbres en même temps.

Elle m'adresse un sourire las. Un sourire que j'ai souvent vu ces derniers temps.

— Le problème, c'est qu'ils sont deux et tu es seule.

Il me faut une seconde pour comprendre ce qu'elle essaie vraiment de dire – que la bagarre n'avait rien à voir avec la cabane dans les arbres. Ça me rend nerveuse. Je veux juste que tout reste pareil.

— Je ne veux pas qu'ils se battent, lui dis-je. Nous sommes les meilleurs amis depuis que nous sommes petits, et maintenant ils vont tout gâcher.

Elle soupire.

— Ça finira par se terminer.

— Quand ? demandé-je.

Son sourire est triste.

— Quand tu auras choisi entre les deux.

CHAPITRE 13
Nick

Mes bras tranchent l'eau, mais pas assez rapidement. J'essaie de fuir, mais plus je pousse, plus Quinn occupe mes pensées. Après notre conversation d'hier, j'ai fait de mon mieux pour chasser toute cette histoire de ma tête. Elle est déjà prise, et moi aussi. Je ne pourrais pas être avec elle dans tous les cas.

Au moment où j'ai terminé, je suis tellement fatigué que je peux à peine me sortir de la piscine. Mais Quinn reste au premier plan de mon esprit et je ne semble pas pouvoir la distancer.

~

Je ne l'appelle pas avant l'heure du déjeuner. Cependant, dès que l'horloge sonne treize heures, je suis dans mon bureau avec la porte fermée, composant son numéro. Ça ressemble étrangement à la première fois où j'ai appelé une fille en tant qu'adolescent nerveux.

— C'est Nick, dis-je.

Je fais une pause.

— Nick Reilly.

— Je sais quel Nick tu es, dit-elle avec un rire à la fois doux et profond.

Je prends une grande inspiration, luttant contre la tentation de faire de cet appel quelque chose de plus privé. De plaisanter avec elle et de lui demander comment s'est passée sa journée. Je n'ai jamais eu de mal à agir de manière professionnelle jusqu'à ce que Quinn entre en scène.

— Je voulais juste vérifier comment tu te sens aujourd'hui, et si tu as eu des effets secondaires des médicaments.

— Aucun effet secondaire, dit-elle. Mais ils n'ont pas fonctionné non plus.

Je m'assois un peu plus droit.

— Donc, tu as eu d'autres rêves.

— Oui, dit-elle, en soupirant. Ils empirent. Je ne vois plus seulement des choses de Londres. Je vois des choses de l'université et de l'enfance. Je sais à quoi ressemblait ta cuisine quand tu étais enfant. Je me souviens d'avoir été dans la cabane dans les arbres avec toi et Ryan, et…

Mon système nerveux s'arrête brusquement. Je suis tellement surpris par la mention de mon frère jumeau que je la coupe, ma voix plus tranchante que je ne l'avais prévu.

— Comment tu sais pour mon frère ? demandé-je.

Il est parti depuis plus d'une décennie. La seule raison pour laquelle j'en ai parlé à Meg, c'est parce que je devais la prévenir avant qu'elle ne rencontre ma mère.

— Comment je sais quoi que ce soit de tout ça ? répond-elle, avec un soupir exaspéré. Je pensais qu'on en était au point où tu ne m'accuses plus de te harceler.

Je cache ma tête dans mes mains. Parmi toutes les choses qu'elle sait, c'est la première qui me fasse peur. Je ne crois pas aux fantômes, mais si mon frère décédé voulait me faire une mauvaise farce, c'est exactement ce qu'il ferait.

— C'est le cas. Je suis désolé. C'était juste perturbant de t'entendre dire son nom.

Même mes parents ne veulent plus parler de lui, du moins pas devant moi. J'ai souvent pensé que c'est parce qu'ils savent que je me blâme pour ce qui s'est passé, ou parce qu'ils me blâment aussi.

Elle fait une pause.

— Quelque chose… lui est arrivé ?

— Il est mort. Au lycée.

— Oh, dit-elle, sa voix se brisant. Oh, mon dieu. Je suis tellement désolée.

— C'est bon, la rassuré-je. Vraiment. Tu n'as rien fait de mal, et tout cela s'est passé il y a longtemps. J'ai juste été choqué d'entendre son nom.

Elle reste silencieuse. Ça n'a pas de sens, mais je sais qu'elle pleure la mort de Ryan, et j'ai l'impression qu'elle en a le droit.

— Ça va ? demandé-je.

— C'est juste étrange, chuchote-t-elle. J'ai eu ce rêve la nuit dernière, et c'est comme si toute une boîte de nouveaux souvenirs s'était ouverte. Beaucoup d'entre eux te concernent, mais beaucoup d'entre eux le concernent aussi, quand il était enfant. Je n'arrive juste pas à croire… Je suis désolée. Peu importe. De quoi parlions-nous ?

Je passe une main dans mes cheveux. Il y a tellement plus à explorer ici, mais je ne suis pas sûre d'être prêt à l'entendre.

— Tu disais que les médicaments n'avaient pas fonctionné.

— C'est ça. Alors, est-ce qu'il y a autre chose que je peux prendre pour arrêter les rêves ? Quelque chose de plus fort ?

— Nous pouvons essayer autre chose, mais… Quinn, si le Prazosin n'a pas fonctionné, je doute vraiment que quoi que ce soit d'autre fonctionnera non plus.

— D'accord, dit-elle. Peut-être que ça ira mieux ce soir.

La conversation a atteint sa fin naturelle, mais je ne suis simplement pas prêt à la laisser partir.

— Es-tu de retour au travail ?

Elle éclate d'un rire léger.

— Tu l'as deviné à travers l'agonie dans ma voix ?

Ça me dérange qu'elle fasse ce travail. C'est injuste.

— Pourquoi n'es-tu pas retournée à l'école d'architecture quand tu es revenue à D.C. ? demandé-je abruptement.

Elle hésite.

— C'est compliqué.

Je veux la garder au téléphone, mais j'ai poussé aussi loin que je le pouvais.

— D'accord, eh bien, donne une autre chance aux médicaments, et si ça ne marche toujours pas, nous pouvons essayer quelque chose d'autre.

Elle me remercie et raccroche. Mais je reste ici, tenant toujours le téléphone comme un adolescent amoureux.

CHAPITRE 14

Quinn

— Je suis tellement contente que tu sois ici, chuchoté-je à *Nick*.

Il serre ma main à travers l'enchevêtrement de fils – perfusion, brassard de pression artérielle, moniteur d'oxygène – laissant deviner une anxiété qu'il essaie de garder pour lui. Il a l'habitude des chambres d'hôpital, mais normalement, il est celui qui donne des ordres, pas celui assis en priant pour que tout se passe bien.

Et en cet instant, je sens soudainement que ce ne sera pas le cas.

— Il y a quelque chose que je dois te dire, chuchoté-je. Ça n'aura pas de sens, mais j'ai besoin que tu–

Je suis interrompue par une douleur si aiguë qu'elle efface les mots de mon cerveau. Sa main se resserre.

— Ça va aller, dit-il.

Mais je vois dans les cernes sous ses yeux et la pâleur verdâtre sous son bronzage qu'il n'est pas plus certain que moi. Et il ne sait même pas tout : toutes les horreurs qui me sont revenues récemment. Je l'imagine avec Ryan quand ils étaient enfants et je frissonne. Les choses que j'ai faites dans cette autre vie… m'aurait-il finalement pardonnée ? Je ne le saurai jamais.

La douleur frappe à nouveau, effaçant toute fonction de mon cerveau, ne laissant derrière elle que la panique. Je lutte pour me concentrer malgré cela.

— Ma mère... Ma mère t'expliquera tout.

Je m'accroche à sa main pour ne pas être emportée.

— À propos de la règle des trois. Je suis désolée... Je ne l'ai pas cru.

— Quelque chose ne va pas, ordonne Nick au personnel, les yeux fixés sur un moniteur au-dessus.

Le médecin nous jette un coup d'œil. Elle place des choses sur un plateau, lentement et méthodiquement, sans avoir la moindre idée d'à quel point la situation va empirer.

— Elle va bien. Tout va bien.

— Ce n'est pas le cas, insiste-t-il, et sa voix s'aiguise. Vérifiez tout. Vérifiez tout ce que vous pensez ne pas avoir besoin de vérifier, parce qu'il y a quelque chose qui ne va pas.

— Docteur Reilly, vous devez vous calmer, dit-elle sévèrement. Sinon, nous allons devoir vous demander de partir.

Il se penche sur moi, son inquiétude transformée en panique.

— Chérie, tu vas bien, dit-il, mais je ressens déjà l'obscurcissement en moi.

Je veux crier et supplier l'univers pour une minute de plus, une chance d'expliquer, mais je sais que c'est inutile.

Mes paupières commencent à papillonner. Le monde devient épais et lent, trop liquide pour que je puisse le saisir. Je commence à sombrer en dessous.

Une alarme se déclenche.

— Bon sang ! crie Nick, se levant. Regardez sa tension artérielle. J'ai besoin de Levophed, tout de suite !

La porte s'ouvre, et c'est là que je la vois – la femme qui entre silencieusement, ses cheveux blonds scintillants sous les lumières de l'hôpital. La pièce est dans le chaos et personne d'autre que moi ne la remarque. Elle est capable de choses terribles, tout comme moi, et sa présence ici signifie la fin de tout. De cette vie que je désirais tant.

— Non, chuchoté-je. Ne fais pas ça. S'il te plaît.

— Il n'y a pas d'autre choix à ce stade, dit-elle.

Je me tourne vers mon mari, prenant le visage que j'aime tant.

— Attends-moi, le supplié-je. Je te retrouverai, mais tu dois attendre.

Le visage paniqué et désespéré de Nick est la dernière chose que je vois.

~

Mes yeux s'ouvrent brusquement. Pendant un moment, mes membres sont inertes, alourdis, et je ne peux même pas crier. J'ai l'impression d'avoir été immergée sous l'eau trop longtemps. Une partie de moi veut se battre et une autre partie est léthargique, prête à sombrer.

Il ne faut que quelques secondes avant que ça ne passe et que je réussisse à basculer en avant, haletante, les membres agités. Que diable vient-il de se passer ? C'est le même rêve que j'avais quand j'étais enfant, mais c'est la première fois que je me réveille en ayant l'impression de mourir.

Je sors du lit, trop effrayée pour me rendormir, et je vais dans le salon. J'allume la télévision et toutes les lumières, souhaitant que Jeff soit aussi réveillé. Que se serait-il passé si je ne m'étais pas réveillée à ce moment-là ? Le pouvoir que semblent détenir ces rêves me terrifie.

Je passe des heures à marcher en long et en large, ou enroulée en position fœtale sur le canapé. Finalement, je parviens à me convaincre que je pensais seulement ne pas pouvoir bouger, mais ce que je ne peux pas chasser, même des heures plus tard, c'est l'horreur que j'ai ressentie, non seulement envers la femme qui est entrée dans la pièce, mais envers moi-même. Je croyais vraiment qu'il y avait quelque chose de terrible en moi, quelque chose que je devais cacher à Nick.

Je le sens encore. Et je ne peux pas me défaire de l'impression que Nick est la seule personne capable de libérer cette terrible chose.

~

Au moment où Jeff se lève, j'ai un plan. Un plan né du désespoir, mais ça vaut sûrement mieux que pas de plan du tout. Jeff est le bon choix, et il mérite bien mieux que ce qu'il a obtenu de ma part ces derniers temps. Je dois faire tout ce que je peux pour suivre le chemin que nous avons parcouru ensemble pendant nos six années communes.

— Tu étais encore debout ? demande-t-il. Le stress ?

C'est assez facile de hocher la tête affirmativement. Je n'ai jamais été aussi stressée de ma vie.

— Ouais, dis-je. Et je pensais… Peut-être devrions-nous simplement aller à Vegas. Il semble que le mariage déclenche mes crises, et nous ne savons même pas si je pourrai traverser la cérémonie sans en avoir une. Alors peut-être que la solution est simplement de le faire.

Il rit.

— Je vais épouser la femme la plus belle et la plus brillante que j'aie jamais connue. Je veux que tous ceux que nous aimons voient cela se produire. Et les gens ont déjà acheté des billets d'avion. Pense à l'argent que ta mère a dépensé.

— Nous pouvons toujours faire le grand mariage, dis-je avec empressement. Nous ferons juste Vegas d'abord. Tout cela semble tellement monumental. C'est comme si nous enveloppions le plus grand moment de notre vie avec la plus grande performance de notre vie, et c'est trop.

— Chérie, supplie-t-il.

J'entends de l'excuse dans sa voix, et donc un refus.

— Je me tue à essayer de tout régler pour que nous puissions partir en lune de miel.

Le désespoir fait hoqueter ma voix.

— Je sais. Mais ça pourrait être un voyage rapide…

— Chérie, quand irons-nous si nous le faisions ? Je pars

aujourd'hui et trois autres fois au cours du mois prochain. Entre ça et mon enterrement de vie de garçon et ton enterrement de vie de jeune fille, nous n'avons tout simplement pas le temps.

Mes épaules s'affaissent. Il a raison. Je ne sais même pas pourquoi j'ai suggéré ça. Jeff n'a pas une once de spontanéité dans son corps.

— Tu as raison, laisse tomber. Ça ira.

Il m'embrasse le front et s'éloigne. Il est soulagé, mais je ne le suis pas. On dirait que nous courons contre la montre. Je ne connais pas exactement les conséquences de perdre cette course, mais si ces rêves continuent jusqu'au mariage, je suis à peu près sûr que je vais les découvrir.

~

Nick appelle à nouveau cet après-midi. Je m'assois, me jurant à moi-même qu'il ne sera plus que mon médecin désormais, pourtant dès qu'il dit bonjour, je fais rouler le son de sa voix encore et encore dans ma bouche, comme si c'était ma dernière bouchée de chocolat.

— Je t'appelle pour te demander un service, dit-il.

L'excitation et la crainte s'infiltrent toutes deux dans mon sang jusqu'à ce que je ne puisse plus les distinguer.

— Quel genre de service ? demandé-je.

— Darcy – tu l'as rencontrée l'autre jour – fête son anniversaire ce soir à dix-huit heures. En fait, c'est son demi-anniversaire, mais… Tu vois. Et elle est complètement éprise de toi. Elle a dit à sa mère que tu ressembles à Starfire.

— Starfire ?

— Je suppose que tu ne regardes pas beaucoup *Teen Titans*. C'est la canon de l'équipe.

Je me surprends à sourire malgré mes bonnes intentions.

— Est-ce que tu classes la beauté de *tous* les personnages féminins de dessins animés, ou seulement dans certaines séries ?

Il rit doucement, à voix basse.

— J'ai un fichier Excel pour ça. Ce n'est pas aussi complet que je le voudrais, mais je suis exigeant. Alors oui ou non ?

Chaque cellule de mon corps crie *non*, mais que suis-je censée dire ? C'est le souhait d'une enfant en phase terminale. Et tant que Nick n'est pas là, quel mal cela pourrait-il faire ? Ses journées commencent tôt, donc il n'y a aucune chance qu'il reste jusqu'à dix-huit heures pour l'anniversaire d'une patiente.

— Oui, ça me ferait plaisir.

— Cool, dit-il doucement. Je lui dirai. À tout à l'heure.

Et merde.

~

Je traverse le hall de l'hôpital en essayant de me convaincre que je ne suis ni nerveuse, ni excitée. Que la fille que je vois dans le miroir en attendant l'ascenseur, celle aux yeux brillants et aux joues rouges, n'est pas différente de celle que je vois tous les jours.

Je suis ici pour voir Darcy. Je fais une bonne action pour une enfant malade. Rien de plus.

Je peux répéter ces mots mille fois, mais ça ne change pas le fait que je me déplace plus rapidement que je ne devrais, mes pieds glissant dans le couloir deux fois plus vite que leur vitesse normale.

La porte de Darcy est ouverte. Avant même d'y entrer, j'entends le rire rauque et hésitant de Nick. Il flambe profondément dans mon estomac comme une centaine de cierges allumés en même temps. Ma bouche tressaille vers un sourire malgré moi et je le retiens de force.

Je rentre dans la pièce et, pendant un instant, je ne vois que lui. Son sourire, sa fossette, la manière dont quelque chose change dans son expression quand ses yeux croisent les miens, comme un prédateur qui a repéré ce qu'il veut avant même qu'il ne s'en rende compte. Son sourire ne diminue pas, il se transforme simplement, devenant intime, uniquement pour moi. C'est le sourire qu'il avait avant de me retourner sur le dos à Paris. Je pense à cette bouche glissant sur ma peau et je peux ressentir la manière dont il allumait chacune de mes terminaisons nerveuses.

— Quinn ! crie Darcy, brisant le sort.

Elle est dans son lit, assise avec Nick et une femme que je suppose être sa mère.

Mon sourire est troublé et légèrement paniqué. Pourquoi diable ai-je des pensées de catégorie *rouge* à propos d'un étranger lors d'une fête pour une enfant mourante ?

— Bonjour, la star du jour, dis-je, en lui tendant le cadeau emballé que je tiens contre ma poitrine.

Ses yeux s'ouvrent comme des soucoupes.

— Tu n'aurais pas dû m'acheter un cadeau. Ce n'est pas mon vrai anniversaire.

Je lui souris, et pendant un bref instant, *dieu merci*, j'arrive à oublier l'homme assis de l'autre côté de son lit.

— Il n'y a aucune raison pour que les vrais anniversaires soient les seuls amusants, réponds-je, me demandant quelles sont les chances qu'elle atteigne l'âge de huit ans.

Elle suit toujours une chimiothérapie. Ça doit signifier qu'il reste un peu d'espoir, n'est-ce pas ?

Nick me présente à Christy, la mère de Darcy qui est déjà en train de déchirer le papier d'emballage. Trouver ce cadeau en si peu de temps n'a pas été une mince affaire, alors j'espère avoir bien choisi.

Elle inspire brusquement en tirant le satin violet de la boîte.

— La cape et le masque de Raven !

Je souris face à son enthousiasme, et tandis que sa mère l'aide à mettre le masque, mes yeux se posent sur Nick. Il me regarde de nouveau, ni souriant ni impassible. Il ne détourne pas le regard quand nos regards se croisent.

— Merci ! s'écrie Darcy.

Elle se précipite sur le lit pour me donner un gros câlin, de petits bras enroulés autour de mon cou. La ferveur de son geste me fait ravaler le nœud dans ma gorge. Ai-je déjà fait preuve d'une telle dévotion dans ma vie ? Je n'en suis pas certaine.

— Je ne sais pas quand les infirmières vont venir, dit la mère de Darcy. Alors peut-être devrions-nous faire le gâteau.

Je m'installe sur la chaise à côté de Nick pendant que Christy dispose des bougies sur le gâteau qu'ils ont miraculeusement trouvé.

— Comment diable as-tu trouvé cette cape en si peu de temps ? demande-t-il à voix basse.

En appelant vingt magasins de jouets et en prenant un Uber très cher jusqu'à Silver Spring pendant ma pause déjeuner. Je hausse les épaules.

— Je l'ai juste vue en vitrine en me baladant.

Son regard me scrute, sa bouche s'étire légèrement sur le côté.

— Vraiment ?

Je n'arrive pas à détourner le regard. Que diable se passe-t-il entre nous deux ce soir ? Je dois faire en sorte que, peu importe de quoi il s'agisse, cela cesse. Mais je ne *veux* pas que ça s'arrête.

Christy commence à chanter «Joyeux Anniversaire» et je finis par rompre le contact, me joignant à la chanson au moment où le gâteau est placé sur la table de chevet de Darcy.

— Mais il y a huit bougies et demie, dit Darcy.

— Sept et demie, plus une pour grandir, dit sa mère, en retenant ses larmes.

Darcy hésite avant de nous offrir un grand sourire, et j'avale difficilement ma salive. Les voir se forcer à être courageuses et joyeuses l'une pour l'autre me donne envie de fuir à des milliers de kilomètres.

Christy coupe le gâteau en énormes parts et nous passe

des assiettes. Le chagrin m'accable. C'est difficile de porter la fourchette à ma bouche.

— Hey, dit Nick doucement, pendant que Darcy et sa mère parlent à l'infirmière qui est entrée dans la chambre.

Sa main saisit la mienne durant une milliseconde pour attirer mon attention, et je lève les yeux vers lui.

— Tu vas bien ?

Je hoche la tête, fixant le gâteau qui repose sur mes genoux.

— Je ne sais pas comment tu fais ça.

Il hésite.

— Je ne pourrais pas le faire si c'était toujours comme ça. Mais de temps en temps, au lieu de ça, tu as une femme qui ne te raconte que les détails les plus ennuyeux de ton voyage de noces à Paris.

Je ris.

— Peut-être que si tu avais été plus intéressant à Paris, j'aurais eu de meilleurs détails à partager.

— Je refuse de croire que la faute me revienne. Je parie que tu es du genre à vouloir jouer à *Mots entre Amis* lors d'un rendez-vous. Ou à insister pour me montrer une multitude de vidéos de ton chat qui saute dans la neige.

C'est difficile de paraître sévère.

— Mon chat, si j'en avais un, serait fascinant. Tu adorerais mes vidéos de chat si je choisissais de te les montrer.

— Ah oui ?

Ses cils s'abaissent et j'aperçois à nouveau ce sourire discret. Je m'imagine en train de lui prendre le gâteau des mains et de monter sur ses genoux, mais je réalise alors que ça se déroule dans ma tête, ce n'est pas ce que j'imagine, c'est un *souvenir*. Nous étions dans notre appartement pour son anniversaire, avec les derniers rayons du soleil qui entraient par les fenêtres de la cuisine, et j'étais assise sur ses genoux. Je me souviens avoir embrassé le coin de sa mâchoire, bougeant contre lui et savourant la façon dont il inspirait légèrement à ce mouvement. Sa main droite s'était glissée dans mes cheveux, saisissant une épaisse poignée alors qu'il attirait ma bouche vers la sienne.

Ma fourchette tombe par terre. Christy et Darcy ne semblent pas remarquer, mais les yeux de Nick se posent sur ma bouche, comme s'il savait exactement ce qui se passait dans ma tête. Je suis tellement reconnaissante qu'il ne le sache pas. Bien que tout ça serait plus facile s'il se souvenait des choses avec autant de détails que moi, ça serait aussi dix fois plus gênant.

Je me concentre sur Christy et Darcy, essayant de chasser de mon esprit ces pensées impures. Je demande à Christy des détails sur son entreprise de bougies qu'elle gère depuis chez elle, uniquement pour penser à autre chose, *à n'importe quoi d'autre*, puis je leur dis que je dois partir pour le métro avant la tombée de la nuit.

— Je vais te raccompagner, dit Nick.

Je m'arrête. Passer du temps avec lui en dehors des murs de cet hôpital est une terrible idée. Je devrais lui dire non. Mais je n'ai aucune idée de comment le faire élégamment, et surtout, je ne veux pas. L'idée de passer plus de temps avec lui m'excite autant qu'elle me terrifie.

CHAPITRE 15

Nick

Je ne vis pas du tout à côté du métro, mais je me rassure en me disant qu'il n'y a rien d'inapproprié dans ce que je fais. Elle a fait une belle action pour ma patiente. La raccompagner en toute sécurité à sa destination, c'est juste une question de politesse.

Mais il n'y a rien de convenable dans mes réactions ce soir. Pas depuis le tout premier moment où elle est apparue à la porte, toute rouge et les yeux brillants, pleine d'incertitudes.

Nous marchons en silence, en harmonie, jusqu'à la 34e rue. Même si l'école est terminée, les trottoirs sont bondés. Ma main se glisse sur le bas de son dos pour que nous restions côte à côte.

— J'ai fait un autre rêve la nuit dernière, dit-elle.

— D'autres souvenirs torrides de notre lune de miel ?

Elle rit d'une voix rauque. Mon dieu, je donnerais *n'importe quoi* pour savoir ce qu'elle se rappelle de ce prétendu voyage à Paris.

— Le contraire de torride, répond-elle, son sourire s'estompant. J'ai rêvé que nous étions à l'hôpital.

— Apparemment, je savais vraiment comment te faire passer un bon moment dans ma vie passée.

Sa bouche esquisse un sourire.

— Oui. Je suis sûre que c'était un moment fort de notre relation.

C'est tellement naturel avec elle. C'est naturel avec Meg aussi, mais d'une manière ou d'une autre, c'est plus facile ici, ce qui est une comparaison vraiment injuste. *Bien sûr*, ça va être plus facile avec Quinn, elle n'a aucune attente envers moi.

— Alors, que s'est-il passé dans ce rêve ?

Elle avale difficilement. Peu importe ce qu'elle a vu, ça la tracasse encore maintenant.

— Nous étions à l'hôpital et il semblait que j'allais mourir ou que j'étais vraiment malade, je ne suis pas sûre. Et puis cette femme est entrée dans la chambre, et je savais qu'elle allait m'amenait loin de toi. C'est le même rêve que j'avais quand j'étais enfant.

Nous atteignons une foule de personnes qui attendent de traverser la rue principale et nous nous arrêtons.

— Mais *je* n'étais pas dans ce rêve quand tu étais enfant.

— Si, dit-elle lentement. Tu l'étais.

Je cligne des yeux, me demandant si c'est une blague. La foule avance et je reste là, stupéfait.

— C'est complètement impossible.

— Même quand j'étais petite, je parlais de toi à mes parents. Que ton nom était Nick et que tu étais mon mari. Je suis sûre que ça les a perturbés.

— C'est…

Elle rit, le son est las.

— *C'est complètement impossible, hein* ? Oui, je sais. Mais mes parents m'ont envoyée en thérapie à cause de ces cauchemars. Tout est documenté. On pourrait dire que ce n'était pas le *même* toi, mais je te jure devant dieu que c'était toi.

Je me frotte les tempes. Même si c'est totalement incroyable, je la crois.

— Je ne sais même pas quoi dire.

Elle soupire.

— Ouais. Moi non plus. Et ça semblait tellement réel. Ma tension artérielle a commencé à chuter et tu as crié au médecin de me donner quelque chose. Levo… Levophed... Ça existe ?

Je ne peux que la fixer. C'est exactement le médicament que j'aurais utilisé pour traiter sa tension artérielle en cas d'urgence, quelque chose qu'elle est très peu susceptible de savoir.

— Ça devient de plus en plus étrange, réponds-je, commençant à traverser la rue juste avant que le feu ne passe au rouge. Je sais que tu ne veux pas avoir ces rêves, mais ne penses-tu pas qu'il y a peut-être une raison pour laquelle tu les as ? Le prochain rêve que tu auras pourrait être celui qui t'aidera à tout comprendre.

Sa bouche se pince. Je me demande brièvement quel goût pourrait bien avoir cette bouche... *Le goût du gâteau qu'elle n'a pas pu finir ? À quelque chose de meilleur ?* Et le fait que je ne le saurai jamais me pèse au fond de la poitrine.

— Peut-être, mais j'en doute.

Je suis d'accord avec elle, mais je suis déçu par sa réponse.

Nous atteignons le métro beaucoup trop rapidement. Ça a dû être la promenade d'un kilomètre la plus rapide de ma vie.

— Sur quelle ligne vis-tu ? demande-t-elle.

— Aucune, lui dis-je. J'habite près de l'hôpital. Je ne voulais simplement pas que tu marches seule ici, il commence à faire sombre.

Quelque chose de douloureux et mélancolique passe sur son visage.

— Merci, dit-elle doucement, montant sur la pointe des pieds pour presser ses lèvres contre ma joue.

Elle sent les oranges et le soleil. Je la regarde monter sur l'escalator et reste là jusqu'à ce qu'elle soit hors de vue, me demandant si mon frère vit la même chose. S'il est quelque part dans le monde à regarder toutes les expériences qu'il n'aura jamais non plus.

~

Meg m'attend dans mon appartement quand je rentre, ce qui me laisse à la fois un sentiment de culpabilité et d'irritation. J'espère qu'un peu de temps loin de Quinn ramènera mes sentiments pour Meg à ce qu'ils étaient, mais pour l'instant, ils ne sont nulle part en vue.

— Salut. Je ne pensais pas que tu viendrais.

Elle hausse les épaules.

— Je me suis dit qu'une fois que j'aurai emménagé, nous devrons nous habituer à travailler autour des horaires de chacun, alors autant rester ici de toute façon. Tu as mangé ?

Je pose mes clés sur le comptoir.

— Non, mais je suis crevé, lui dis-je. Tu veux qu'on loue un film et qu'on commande à manger ?

— On pourrait, dit-elle en traversant la pièce vers moi. Ou on pourrait faire *autre chose*.

Elle se met sur la pointe des pieds pour m'embrasser, ses doigts tirant sur ma cravate.

— Ça fait une éternité qu'on n'a pas été seuls.

Je sais ce qu'elle veut et pour la première fois de ma vie d'adulte, je ne peux pas. Je sais que je vais imaginer Quinn, et que lorsque ce sera fini, j'aurai l'impression d'avoir trompé Quinn *et* Meg, aussi fou que cela puisse paraître. Ma main tourne doucement autour de son poignet, la repoussant doucement.

— Je me suis fait mal au dos en nageant ce matin, mens-je.

— Je peux faire tout le travail, propose-t-elle.

— Je suis désolé, lui dis-je. Je ne me sens vraiment pas bien.

Je regarde Meg s'éloigner, la raideur de sa colonne vertébrale étant le seul signe de son mécontentement. Je dois remettre de l'ordre dans ma tête rapidement, sinon je vais perdre ce que j'ai – *Meg* – pour quelque chose qui n'est même pas une option.

~

Je passe tout le week-end à essayer de ne pas penser à Quinn. Je passe le lundi à chercher des raisons de l'appeler, alors que je n'aurais jamais dû l'appeler jeudi dernier en premier lieu.

Mon rôle en tant que médecin s'était pratiquement terminé à ce moment-là.

Mais il n'y a pas de mots pour exprimer à quel point je suis content quand c'est elle qui m'appelle à la place.

— Comment va Darcy aujourd'hui ? demande-t-elle.

— Je viens de la voir se promener à l'hôpital avec sa cape. Ça lui a vraiment remonté le moral que tu sois venue la semaine dernière. Merci d'être passée. Tu es au travail ?

— Oui. Ma patronne est absente, dit-elle. Probablement en train d'acheter des dalmatiens pour son prochain manteau en fourrure, alors je peux enfin passer un appel personnel.

J'aime l'idée que cela soit un appel personnel plus que je ne le devrais.

— La fourrure de dalmatien est beaucoup trop chaude pour Washington D.C. en été.

— On ne peut jamais planifier ses achats de manteaux en fourrure trop à l'avance.

Nous rions tous les deux et c'est encore là, ce sentiment de facilité dans notre conversation que je n'ai jamais eu avec d'autres personnes, même pas avec des amis que je connais depuis mon enfance.

— Alors, je pensais, continue-t-elle. Mes deux crises, ou peu importe ce que c'était, semblaient être déclenchées par cette maison au bord du lac, celle qui pourrait être celle de tes parents. Je me demandais si je pouvais voir une photo de celle-ci ?

— Bien sûr, mais pourquoi ?

Elle soupire.

— Je ne sais pas. Je me demande juste si ça m'aiderait à me souvenir de quelque chose. Je ne peux pas arrêter ces rêves, mais peut-être que si je peux comprendre l'importance de la maison, ou du moins m'y habituer en la voyant, je pourrais éviter de m'évanouir à chaque fois que j'y suis.

À cause de son mariage. C'est drôle comme je continue

d'oublier que ça va arriver, et comme je frissonne chaque fois qu'elle me le rappelle.

— D'accord. Attends un peu.

Je fais rapidement défiler mes photos, en envoie une, puis j'attends qu'elle la consulte.

— Oh, chuchote-t-elle.

— C'est la même maison ?

— Oui, dit-elle. C'est elle. Mais ça va.

Je ris légèrement.

— Je n'ai jamais entendu quelqu'un être aussi déçu de ne pas faire de crise.

— Non, réfléchit-elle, sa voix lointaine et distraite. C'est bien, évidemment. Au moins je pourrai rester debout pendant le mariage. Je pensais juste… Tu penses que je pourrais voir d'autres photos ?

— De la maison ?

— Non, dit-elle, hésitante. De vous tous. Toi, Ryan et tes parents. La cabane dans les arbres, peut-être. As-tu des photos de ça ?

Les gens semblent toujours inquiets quand ils mentionnent Ryan en ma présence, comme si je pouvais juste oublier que mon jumeau est mort jusqu'à leur rappel. J'entends des excuses dans sa voix, mais c'est inutile. Une partie de moi a envie de partager mon passé avec elle, a envie d'ouvrir grand les portes et de la laisser être la seule personne que j'autorise à entrer.

— Bien sûr, réponds-je. Donne-moi une seconde.

Je vais dans un fichier de favoris sur mon téléphone et j'en sélectionne plusieurs d'affilée. Une photo de moi et de mes parents lorsque j'ai obtenu mon diplôme. Mon père devant notre maison, portant le chapeau de ma mère pour tondre la pelouse. Puis une photo de moi et Ryan – adolescents, tous les deux bronzés par le soleil et bien trop confiants de nous-mêmes. Enfants, penchés hors de la cabane dans les arbres avec de grands sourires à moitié édentés.

Elle rit.

— Qu'est-ce que ton père porte ?

— Le chapeau de ma mère, réponds-je. Il n'a évidemment pas honte de beaucoup de choses.

Il y a un moment de silence, et quand elle parle à nouveau, sa voix est empreinte de crainte.

— Oh.

Je m'avance sur mon siège.

— Qu'est-ce qui se passe ?

— Nick ? murmure-t-elle, le son distant et à peine audible.

J'entends un bruit de chute, puis plus rien. Je crie son nom, mais n'entends qu'un bruit de fond.

— Que quelqu'un décroche le putain de téléphone !

Il n'y a que le silence en réponse.

CHAPITRE 16

Quinn

— Comment s'est passée ta première journée d'école ? demande Nick en se penchant contre le casier à côté du mien, grand et détendu de la manière que seules les personnes plus âgées et plus cool que vous peuvent l'être.

Malgré cette attitude décontractée, une inquiétude assombrit ses yeux bleus et plisse son front. Il a toujours été protecteur envers moi, bien que nous n'ayons qu'un an d'écart, et il l'est encore plus maintenant que je suis à l'école publique pour la première fois. Mais sa protection ressemble à celle d'un grand frère, ce que je trouve très agaçant. J'ai vu la façon dont il me regarde quand il pense que je ne fais pas attention, alors qui croit-il tromper ?

— Super bien, réponds-je.

— Tes cours étaient bien ?

Je ressens une petite joie malicieuse dans ma poitrine en le regardant.

— Oui. Et tu ne devineras jamais qui vient de me demander de sortir pendant le cours d'espagnol.

Toute trace de satisfaction disparaît de son visage.

— Qui ?

— Colin Campbell.

Nick et son frère jumeau sont déjà des stars dans notre école, tous deux très beaux, tous deux élèves brillants et athlètes étoiles, mais ils sont en junior et Colin est en senior. Un senior populaire et séduisant. Je suis soulagée qu'il y ait enfin un garçon quelque part dans cette école qui ne veut pas prétendre que je suis sa sœur. Qui ne me regarde pas comme s'il voulait me dévorer et ensuite me caresse la tête comme son animal domestique préféré.

Les yeux de Nick se rétrécissent.

— C'est un senior. Tu ne peux pas sortir avec un senior.

— Je suis pourtant certaine que si, puisque j'ai dit oui, réponds-je en claquant mon casier et en me dirigeant vers la porte d'entrée.

Il fait encore chaud dehors, c'est l'été, et je dois slalomer entre les étudiants qui se prélassent pour rentrer chez moi. Nick me suit de près, ses yeux de la couleur d'un orage d'été.

— Il t'emmène où ? demande-t-il brusquement.

Son anxiété est une caresse douce contre mon âme. J'ai passé deux bonnes années à essayer de lui faire admettre qu'il m'apprécie. Je hausse les épaules, l'incarnation même de l'indifférence.

— À une fête, je crois.

— Il va tenter quelque chose. Il va au moins essayer de t'embrasser.

Il a l'air énervé et ça lui va bien. Nous venons d'atteindre notre passage dans les bois, mais je m'arrête et me tourne vers lui, déplaçant mon sac à dos sur mon autre épaule.

— Tu te souviens de la fois où Ryan t'a mis au défi de m'embrasser, et tu l'as fait, mais tu as agi comme si tu avais envie de vomir après ? Voilà à quoi se résume mon expérience. Alors, j'espère que Colin essaiera quelque chose, parce que c'est un souvenir de merde comme premier baiser.

Il se frappe le front avec sa paume.

— Putain de merde, Quinn. J'avais neuf ans.

— Ouais, réponds-je. Et j'ai 15 ans maintenant. Donc je suis prête pour quelque chose de mieux.

Je me tourne pour m'éloigner et je me retrouve aussitôt ramenée vers lui, avant même d'avoir eu le temps de le comprendre. Sa bouche se pose sur la mienne sans hésitation ni incertitude, comme s'il s'agissait d'un moment qu'il attendait de déguster depuis des années.

Et il me dévore. Avec ses lèvres, sa langue, ses mains. Il me consume, me brûle vivante, prenant mon oxygène et mon bon sens, ne laissant derrière lui que le désir. Embrasser, c'est bien plus que ce que je croyais. Ce ne sont pas seulement des bouches et des maladresses, mais quelque chose qui transforme mon être en un feu ardant, m'arquant contre lui, désespérée d'en avoir plus.

Lorsqu'il se détache enfin, mon dos est appuyé contre un arbre, ses mains sont sur mes fesses, et une bosse presse contre mon abdomen. Je soupçonne ce que c'est, mais tout cela m'est nouveau, alors je ne le jure pas.

— Tu vas faire semblant de vomir maintenant ? demandé-je.

— Non, je ne vais pas faire semblant de vomir, répond-il.

Il paraît essoufflé et sa voix est rauque. Ses mains remontent, caressant mon visage de la même manière qu'il le faisait autrefois avec un œuf de robin que nous avions trouvé. Je me souviens de l'émerveillement dans ses yeux alors qu'il le tenait. C'est ainsi qu'il me regarde maintenant.

— Mon dieu, Quinn. Tu n'as aucune idée à quel point j'avais envie de faire ça.

Il est plus âgé et sait plus de choses, mais ce désir brut en moi prend le contrôle. Je le tire vers moi par le col de son t-shirt.

— Recommence, commandé-je.

— Putain, murmure-t-il. Oui.

Et puis il me pousse de nouveau contre l'arbre, sa bouche prête à se poser sur la mienne... Sauf que mon nom est appelé. Quelque part, loin, mais ça vient de l'intérieur de ma tête, et la voix est... Celle de Nick. Plus âgée, différente, mais toujours lui. Une autre version de Nick, qui m'appelle.

Je veux l'ignorer. Je veux rester ici, contre cet arbre, et voir ce qui se passe ensuite. Mais cette voix que j'entends est désespérée et je ne peux pas le supporter. Je dois partir.

Je dégringole dans l'obscurité, mais je ne tombe pas vraiment, comme je le pensais. Je me déplace latéralement, glissant à travers des murs qui me serrent comme le couloir le plus étroit, mais qui ne sont faits de rien. Et pendant que je vole à travers, dans les ténèbres en face de moi, je vois un visage. Une fille, avec de longs cheveux bruns et des yeux gris comme rien de ce que j'ai jamais vu auparavant, qui semble aussi étonnée de me voir que je le suis de la voir.

— Quinn, dit Nick, d'une voix sévère et paniquée. Est-ce que tu m'entends ?

Je suis sur un brancard, dans une ambulance qui rebondit si fort sur les nids-de-poule de Washington D.C. que ça ressemble aux montagnes russes d'un parc d'attractions.

— Salut, murmuré-je.

La douleur s'installe, déchirant mon cerveau en morceaux, comme du verre brisé. Je veux lever les mains, mais je ne peux pas.

— Tête, chuchoté-je.

— Je suis là, dit-il, en repoussant mes cheveux de mon visage. Tout va bien se passer.

Il me regarde comme je m'en souviens, d'une autre vie : comme si je signifiais absolument tout pour lui et que rien d'autre n'avait d'importance. De l'autre côté de moi, le secouriste s'agite. Apparemment, quelque chose ne va pas.

— Donnez-moi ça, exige Nick, et quelques secondes plus tard, je sens la douleur s'éloigner, disparaître, comme s'il avait passé un grand balai sur toute la zone.

Alors que tout devient noir, je me demande si je suis en train de mourir, et mon plus grand regret, c'est de ne pas avoir passé plus de temps avec Nick avant que ça n'arrive.

~

Quand je me réveille, c'est le crépuscule, et Nick est assis sur la chaise à côté de moi. Ma main est serrée dans la sienne. Là où elle devrait être.

— Salut, chuchoté-je.

Sa main se retire.

— Salut. Comment tu te sens ?

— Ça va. Un peu endolorie, mais c'est tout. Qu'est-ce qui s'est passé ?

— Tu t'es évanouie dans ton bureau pendant qu'on était au téléphone.

Toute la matinée est vague. Je ne me souviens pas de m'être réveillée ou d'avoir enfilé des vêtements. Mais je me souviens du rêve, et du son de sa voix me suppliant de revenir.

— Tu es venu pour moi, dis-je doucement. Merci.

Sa bouche s'ouvre et se referme, sa main cherche la mienne puis retombe.

— L'hôpital a appelé ton fiancé, dit-il après un moment, sa lèvre se retroussant en une moue dédaigneuse à ce dernier mot. Il n'a pas pu prendre un vol avant demain matin. Y a-t-il quelqu'un d'autre que tu voudrais que j'appelle ?

Je secoue la tête.

— Ma mère, mais elle est à deux heures d'ici et ça ne ferait que l'inquiéter.

Il fixe les couvertures un instant avant de relever des yeux sombres vers les miens.

— Nous avons fait une autre IRM pendant que tu étais inconsciente.

Mes mains se crispent instinctivement, mes ongles mordent la peau douce de mes paumes. Son expression est si sombre que je n'ai presque pas besoin de demander s'il y a de mauvaises nouvelles.

— Oh ?

— La tumeur grossit, dit-il, sa mâchoire se déplaçant alors qu'il prononce les mots. Rapidement.

Tout en moi devient calme et silencieux. Je prends une profonde inspiration. Une autre.

— Mais tu as dit qu'elle n'était pas métaboliquement active, chuchoté-je. Qu'elle ne grandirait pas.

— Elle ne devrait pas avoir grandi. Je n'ai aucune explication. *Aucune*. Je n'ai même jamais entendu parler d'une tumeur qui pourrait grandir comme la tienne sans un apport sanguin supplémentaire.

Je me mords la lèvre, me forçant à ne pas pleurer.

— Et elle est inopérable, ajouté-je.

Il reste silencieux un moment.

— Oui, finit-il par dire.

Il serre ma main et je lui rends la pareille, ne la lâchant pas alors que je détourne la tête. Une larme coule sur le pont de mon nez et tombe sur l'oreiller. J'étais prête la semaine dernière. Peut-être pas prête, mais au moins préparée. Maintenant, je ne peux que rester allongée ayant l'impression d'avoir été percutée par un camion.

— Alors, combien de temps me reste-t-il ?

Il tend la main pour toucher mon menton, me forçant à le regarder dans les yeux.

— Ce n'est pas une condamnation à mort, Quinn. La chirurgie n'est pas la seule option. Il y a la chimio et la radiothérapie. Je dois te diriger vers un oncologue.

Je pense à Darcy, la petite Darcy qui ne sera pas là longtemps. Aucune de ces options n'a fonctionné pour elle. Je pense à mon père. On nous avait dit qu'il avait probablement cinq ans. Il est mort en six mois.

— Et si ces choses ne sont pas possibles, ou ne fonctionnent simplement pas pour moi ?

Il soupire.

— Si ça cesse de grandir… Il y a des gens qui vont bien. Ils vivent avec, et nous surveillons en espérant le meilleur.

Il fait ce que font tous les médecins, prétendant que mon mince espoir est beaucoup plus solide et stable qu'il ne l'est. Sauf que je ne veux pas du meilleur scénario possible. Je veux celui qui est probable.

— Mais la mienne grandit. Alors, combien de temps si elle continue à ce rythme actuel ?

Il se pince le nez.

— Laissons de côté les prédictions pour l'instant. J'ai appelé le meilleur oncologue de la ville. Il est en vacances, mais je devrais avoir une réponse d'ici lundi.

Je le regarde simplement, en attendant, et il cède.

— Si elle continue à grandir à ce rythme actuel, tu pourrais avoir quelques années.

Quelques années, et il me donne probablement encore le meilleur scénario possible. Ça signifie très probablement un an.

Toute ma vie, j'ai voulu deux choses : devenir architecte et devenir mère, et maintenant ni l'un ni l'autre ne se réalisera. Je frotte les larmes qui coulent sur mon visage. Il me faut une minute ou deux avant de reprendre le contrôle.

— Tu n'es pas obligé de rester, lui dis-je une fois que je me suis ressaisie. Je suis sûre que tu as des choses à faire.

Il serre ma main.

— Je ne partirai pas à moins que tu ne m'y forces.

Nous restons silencieux un moment. La vérité, c'est qu'aussi fort que je ne veuille pas rêver de lui, aussi peu que je veuille me convaincre que je ressens quelque chose pour lui… Il n'y a personne d'autre au monde que je veux ici à sa place.

Je jette un coup d'œil par la fenêtre, à la lumière qui s'amenuise, et je me prépare en posant une question que j'ai évitée jusque-là.

— Tu n'as pas quelqu'un qui t'attend chez toi ?

— J'ai pris des dispositions.

Outch.

— Tu es marié ?

Ses yeux se détournent.

— Non, mais j'ai une petite amie, Meg. Elle est pneumologue ici, en fait. Je lui ai dit que je travaillais tard.

Mon cœur sombre. Il a une petite amie, et elle est aussi médecin. Ça laisse un goût très amer dans ma bouche, ressemblant autant à de la jalousie qu'à de la panique. Dans quelques années, je serai partie et elle sera toujours là avec lui.

— Tu devrais rentrer chez toi avec elle alors, lui dis-je, les mots grattant ma gorge en sortant. Je vais bien.

— Quinn, dit-il doucement, en fixant le sol entre ses mains jointes. Je veux rester.

J'entends un besoin dans sa voix, des tourments, et le son ouvre cette boîte de Pandore en moi. Mes yeux se ferment. Je veux apaiser ses tourments et les miens. Je veux oublier que le monde entier existe en dehors de lui. Mais je ne peux pas. Le monde existe, et j'ai des engagements à tenir.

— Je devrais vous inviter tous les deux au mariage, réponds-je. Deux médecins pourraient s'avérer utiles, étant donné les probabilités que la mariée s'évanouisse.

Ma gaieté forcée ne trompe personne.

— Peut-être… commence-t-il. Laisse tomber.

— Non, allez. Tu as commencé, alors termine.

Ses cils baissent, cachant son expression.

— Peut-être que tu devrais le reporter, dit-il. Le stress d'un mariage... Je ne suis pas certain que ce soit ce dont tu as besoin en ce moment.

— Les gens ont déjà acheté leurs billets d'avion. Nous perdrions tous nos dépôts.

— Tu n'es même pas sûre de vouloir épouser ce gars, dit Nick.

Ses mains sont tellement serrées sur la rambarde de mon lit qu'elles ont presque perdu toutes leurs couleurs.

— Perdre quelques dépôts devrait être le moindre de tes soucis.

Je me raidis.

— Je n'ai jamais dit que je ne voulais pas l'épouser.

— Tu n'as pas besoin de le dire, réplique-t-il en me fixant d'un regard furieux. Je t'ai dit qu'il ne pouvait pas venir avant demain et tu n'as même pas cillé. Et à chaque fois que tu en as parlé, on dirait que tu parles d'un ami de travail, ou d'un cousin. Tu ne ressens pas ce que tu devrais pour lui.

— Oh, mais toi, tu le ressens pour Meg ? riposté-je, regrettant immédiatement mes mots.

Je ne ressemble pas à une patiente, ni même à une amie, je ressemble à une petite amie très, *très* jalouse.

— Non, dit-il, ses yeux presque translucides dans la pièce sombre. Parce que si je ressentais la bonne chose pour elle, je ne serais probablement pas ici avec toi.

Un soulagement m'envahit. Je me permets de flotter à sa surface. Tout ça ne mènera à rien, mais pour cette nuit, je vais prétendre qu'il est à moi.

CHAPITRE 17

Nick

J'ai dit aux infirmiers que je restais tard parce que Quinn était une vieille amie de l'université. Ça aurait probablement éveillé moins de soupçons si elle était une vieille amie de l'université légèrement moins *attirante*.

Je commande le dîner dans un restaurant italien. En sortant les contenants du sac, je réalise que ça ressemble un peu à un premier rendez-vous, et un peu à une soirée avec quelqu'un que je connais depuis toujours. Ses yeux sont plus enfumés que d'habitude, son visage est rougi. Si c'était un premier rendez-vous, je ne pourrais pas me retenir de la toucher.

Je place le premier contenant sur sa table de chevet et elle relève son visage surpris vers le mien.

— Des pennes à la vodka. C'est mon plat préféré.

Je suis submergé par un sentiment troublant, je le savais déjà. Tellement de choses avec elle semblent automatiques, tellement enracinées qu'elles font partie de moi - de la même manière que je peux rentrer chez moi sans faire attention à l'endroit où je suis, ou taper sans regarder les touches.

— Désolé, je n'ai pas pu nous trouver de vin pour accompagner ça, mais je reçois déjà suffisamment de regards désapprobateurs de la part du personnel sans fournir de l'alcool à une patiente.

Elle prend sa première bouchée de pâtes et gémit, un son qui me fait réagir de manière totalement inappropriée. Avant que je puisse me retenir, je m'imagine entendre ce bruit avec elle en dessous de moi, au-dessus de moi, avec ma tête entre ses cuisses. Dieu merci, la barrière du lit bloque sa vue sur mon entrejambe. Je ferme les yeux un instant, cherchant désespérément un sujet de conversation qui n'implique ni sa bouche ni mon sexe. Idéalement, un sujet qui ne fait référence à aucune partie du corps. Rien ne me vient à l'esprit.

— Je suppose que c'est le moment où je vais devoir parler de la tumeur à Jeff et ma mère.

Je pose ma fourchette. Au moins, l'érection est partie.

— Tu ne leur as pas encore parlé de la tumeur *du tout* ?

Quinn soupire profondément, fixant son assiette.

— Ma mère aurait été trop inquiète, et… avec Jeff, je l'ai un peu soûlé.

— Un peu soûlé comment ?

Elle hausse les épaules.

— Après ce dernier test que j'ai passé, il a oublié de demander comment ça s'était passé. Ce n'était pas grave, mais ça m'a fait me sentir… Comme un détail négligé.

Ma main se crispe. Elle doit se foutre de moi.

— Comment a-t-il pu oublier de demander ?

— Je suis certaine qu'il a simplement supposé que tout allait bien.

Connerie. Si elle était à moi, j'aurais été à l'hôpital au moment où elle serait sortie. J'aurais essayé de la convaincre de rentrer chez elle et de se reposer. J'aurais eu mille putains de questions pour son médecin sur les prochaines étapes. J'aurais essayé de la persuader de quitter ce boulot qu'elle déteste. Il y a un million de choses que j'aurais faites, et il n'en a pas fait une seule.

— Tu veux que je les appelle ?

Elle rit.

— Oh mon dieu. Si tu appelles ma mère, elle va péter les plombs.

— Pourquoi ça ? Je ne suis pas si terrible que ça à ton chevet, si ?

Ses yeux vert fumé deviennent un peu plus flous.

— Tu te débrouilles très bien à mon chevet.

Je me retrouve à regarder la bouche de Quinn pendant qu'elle parle, ce qui est une très mauvaise idée. Mon sexe a sa propre volonté et maintenant, il est très tendu contre ce qui était un pantalon assez large.

— Alors, c'est quoi le problème ?

— Le problème, c'est que si elle apprend que j'ai un docteur qui s'appelle Nick après avoir *rêvé* d'un docteur nommé Nick pendant mon enfance, elle va perdre la tête. Je pense que c'était assez perturbant d'avoir ta petite fille qui parle de son mari d'une vie antérieure.

Sa mâchoire se tend.

— Et ma mère est facilement effrayée.

Elle est tendue chaque fois qu'elle parle de sa mère. J'aimerais savoir pourquoi.

— Ces rêves… Qu'est-ce qui les a fait arrêter ?

Elle mordille sa lèvre.

— Je suis allée en thérapie, mais je ne pense pas que ça ait beaucoup joué. Il y a eu cet... Incident à la ferme. Et après ça, ils sont devenus beaucoup moins fréquents.

Je suis tout de suite alerte dès qu'elle mentionne *l'incident*. Elle essaie de minimiser quelque chose qui, je pense, n'était pas minime. Je devine que c'est un trait habituel chez elle.

— Quel incident ?

Elle fixe ses genoux, évitant mon regard.

— Un meurtre-suicide. Mes parents avaient des locataires sur la propriété, une petite maison de deux chambres… Ils pensent que la femme voulait partir, alors le mari l'a tuée ainsi que leur fille pendant leur sommeil.

— Leur fille ? C'était une enfant ?

Elle avale difficilement.

— Oui. Jilly. Elle avait neuf ans. Deux ans de plus que moi. Elle me racontait tout sur *Melrose Place* après l'école, car je n'avais pas le droit de le regarder. Je ne sais toujours pas si Michael et Jane se sont remis ensemble, dit Quinn, avec un bruit rauque qui se veut être un rire mais qui ressemble plutôt à un sanglot.

Elle essuie son visage.

— Mon dieu, je n'ai pas parlé de ça depuis des années. Enfin, ça m'a un peu perturbée.

Je tends ma main entre les barreaux pour serrer la sienne.

— Ça perturberait n'importe qui. Mais je n'arrive pas à imaginer comment quelque chose comme ça aurait pu faire arrêter tes cauchemars.

Ses yeux se tournent vers moi puis se détournent à nouveau.

— Je suppose que j'ai finalement réalisé que trop s'attacher à quelque chose… Ça ne crée que des problèmes. C'était mieux de laisser tomber.

Quelque chose dans sa réponse ne colle pas. Il est évident qu'elle est de nature soucieuse. Elle a arrêté l'école pour ses parents et elle va se marier. Ce ne sont pas les comportements de quelqu'un qui craint l'intimité.

— Ce n'est pas ce que tu penses, dis-je. Si tu ne voulais vraiment pas t'attacher, tu ne serais pas fiancée maintenant.

— Je n'ai pas dit que je ne veux *aucun* attachement. J'ai dit que je ne veux pas *trop* m'attacher. Si Jeff me trompe ou me quitte, ça me fera mal, c'est sûr, mais je ne serai pas détruite.

C'est une manière tordue de vivre. J'ai passé des années à attendre de ressentir *plus* pour une autre personne, tandis qu'elle a intentionnellement choisi quelqu'un avec qui ça ne sera jamais possible. Elle se tourne vers moi.

— Ce qui me rappelle. J'ai fait un peu de recherche hier matin avant de t'appeler. Il y a un docteur dans le New Jersey qui pourrait peut-être m'aider à arrêter les rêves.

C'est vrai. Les fameux rêves qui lui montrent à quel point sa vie pourrait être meilleure. J'aimerais pouvoir la convaincre de les prendre au sérieux, mais à la place, j'écoute tandis qu'elle décrit une étude publiée par ce type sur les souvenirs refoulés et l'apparition soudaine de tumeurs, un cas où une adolescente a eu une crise et s'est réveillée en parlant couramment italien.

Je passe au peigne fin les journaux médicaux depuis le jour où nous nous sommes rencontrés pour trouver quelque chose, *n'importe quoi*, qui pourrait aider, et je n'ai absolument rien trouvé – ce qui signifie que n'importe quel type qu'elle a trouvé en ligne est probablement un charlatan qu'aucun journal respectable ne publierait. Je me penche en arrière dans ma chaise et me frotte le cou.

— Quinn, je n'essaie pas de te décourager, mais il y a beaucoup de gens qui essaient de profiter du malheur des autres. Pour chaque maladie incurable, tu trouveras au moins un charlatan qui propose un traitement insensé qui coûte une fortune et qui n'a aucun sens.

— Il a fait ses études de médecine à Harvard. Ça doit bien valoir quelque chose.

— Probablement beaucoup moins important que tu ne le penses. Des types comme ça... Ils inventent soit un remède étrange, soit une explication surnaturelle bizarre pour ce qu'ils ne peuvent pas guérir.

Elle sourit.

— Tu écartes les explications surnaturelles ?

— Même si je croyais aux fantômes ou à la réincarnation, tu te souviens d'événements qui se sont produits au cours des dernières années. De plus, tu semblais encore plus certaine que moi qu'il n'y avait pas d'explication.

— Je sais, mais je pensais à quelque chose.

Elle se met sur le dos, son regard fixé au plafond. Il y a des taches d'eau là-haut que je n'ai jamais remarquées, mais je ne pense pas qu'elle les voit.

— Je réalise que ça sonne fou, mais la tumeur grossit à chaque fois que je perds connaissance, non ? Elle était minuscule, maintenant elle ne l'est plus. Alors peut-être que si je peux juste comprendre pourquoi ça arrive, même juste une partie de la raison, je peux l'empêcher de grandir.

— Ou peut-être, continué-je aussi doucement que possible. C'est la progression de la tumeur qui provoque les incidents en premier lieu. Et maintenant, tu as une tumeur qui a besoin de traitement. Nous devrions nous concentrer sur la prise de rendez-vous avec un oncologue, pas sur les théories insensées d'un charlatan.

Elle cligne rapidement des yeux, essayant de ne pas pleurer.

— J'ai besoin que ça s'arrête, Nick. J'ai besoin que quelqu'un y mette fin. Même si la tumeur me tue, ce que je pense et ressens… Ça doit se terminer.

— Pourquoi ? demandé-je, plus durement que je ne l'avais l'intention. Pourquoi ça doit se terminer ?

Ses yeux sont si torturés lorsqu'ils se tournent vers moi qu'il m'est difficile de soutenir son regard.

— Parce que je me réveille en ayant l'impression que tout ce qui s'est passé à Londres est réel, et je le veux plus que ma vraie vie. Sauf que ma vraie vie est ce que j'ai, et je dois être heureuse avec ça.

Non, tu n'es pas obligée. Tu pourrais être avec moi.

Je l'imagine : partir d'ici ensemble. Recommencer dans une nouvelle ville où personne ne nous connaît. Rentrer à la maison et la trouver à mes côtés chaque matin. Cette pensée me consume de désir. Ce que je voudrais faire maintenant, c'est tenir son visage dans les paumes de mes mains et lui faire mille promesses que je ne pourrais jamais tenir. À la place, je me lève et commence à faire les cent pas. Je suis en colère et bouleversé, et je me comporte de manière non-professionnelle, mais ça m'est égal.

— Je pense que ces rêves sont la façon dont la nature te dit que tu te contentes de moins. Beaucoup moins.

— Ce que j'ai avec Jeff est exactement ce que je veux, répond-elle, la voix brisée. Je ne veux pas ressentir plus que ça pour quelqu'un. Ça cause trop de douleur.

Je devrais laisser tomber, parce que ce n'est pas comme si j'avais quelque chose à offrir en remplacement – même si chaque autre obstacle était levé, il ne sera jamais acceptable pour moi d'être avec elle.

Mais je me retrouve à argumenter malgré tout.

— La seule autre option est de passer toute ta vie sans jamais rien aimer profondément.

— Je suis en paix avec ça, répond-elle.

Elle me regarde longuement.

— Et toi aussi, il semble que tu le sois.

CHAPITRE 18

Quinn

Une infirmière entre à six heures du matin, nous réveillant tous les deux. Nous avons parlé une grande partie de la nuit, et il s'est endormi dans le fauteuil à côté de moi. Je n'ai aucune idée de comment il a expliqué son absence à sa petite amie.

— Oh, dit l'infirmière, essayant de maîtriser sa surprise. Dr. Reilly… Euh, je ne savais pas que vous étiez… Ici.

La culpabilité me fait tressaillir. Je suis fiancée et je n'aurais pas dû laisser un autre homme que Jeff passer la nuit dans ma chambre.

— Nick est un vieil ami, expliqué-je.

— De l'université, ajoute-t-il, mais il a l'air bien trop coupable pour être crédible.

Elle lève un sourcil et, après lui avoir jeté un regard que je ne peux interpréter que comme un reproche, quitte la chambre.

— J'espère que tu ne vas pas avoir d'ennuis, murmuré-je lorsque la porte se ferme derrière elle.

Il m'adresse un petit sourire.

— Pour autant que je me souvienne, rien de non-professionnel ne s'est produit.

Juste la suggestion qu'il aurait *pu* se passer quelque chose suffit à me faire serrer les cuisses.

— Mais, ajoute-t-il. Jeff sera bientôt là, donc je devrais partir.

Son départ m'effraie. C'est égoïste de ma part de vouloir

plus de temps avec lui, mais je le veux quand même. Et il faut absolument que j'arrête de le vouloir.

— Merci d'être resté.

Ses doigts effleurent les miens et ses yeux se ferment.

— Si tu prévois toujours d'aller voir ce docteur dans le New Jersey, je viendrai avec toi.

Je secoue la tête.

— Tu n'as pas besoin de faire ça.

— Tu ne peux pas conduire seule sur une telle distance alors que tu perds connaissance tous les deux jours. À moins que tu ne prévoies de demander à *Jeff*.

Le dédain dans sa voix sous-entend qu'il sait déjà que je ne le ferai pas. Ou pense que Jeff n'est pas à la hauteur.

Mes mains se tordent. La dernière chose dont j'ai besoin, c'est de passer plus de temps seule avec Nick. Mais il est avec quelqu'un de toute façon, alors comment cela pourrait-il être dangereux ? Et il a raison : je ne devrais pas conduire seule sur une telle distance, et demander à Jeff signifie lui parler de mes rêves, ce qui n'augure rien de bon.

Je me convaincs que j'accepte parce que c'est ma seule option, mais la vérité est que, même si l'idée d'être seule avec Nick me fait peur, elle m'attire encore plus.

Donc, nous allons partir en voyage.

~

— Quinn ! s'exclame ma mère avec enthousiasme lorsqu'elle répond au téléphone. Tu dois être télépathe. J'allais justement t'appeler. Nordstrom a envoyé un e-mail pour dire qu'ils n'ont plus les talons que je voulais que tu portes pour le dîner de répétition. Alors, qu'est-ce que tu penses de prendre les suèdes à la place ? Je sais que tu voulais du cuir verni, mais je pense qu'ils iront bien avec ta tenue et tu pourras les reporter facilement.

Ses mots sont comme des petites gouttes d'eau répétitives tombant dans un évier métallique vide. Si insignifiants. Ça me choque de penser qu'il y a une semaine, je me serais inquiétée du cuir verni par rapport au suède. Et maintenant, je suis tellement triste pour elle. Je m'apprête à rendre ses petits soucis aussi triviaux qu'ils le sont en déposant un gros problème sur ses genoux.

— Maman, dis-je doucement. J'ai une mauvaise nouvelle.

~

Au moment où Jeff arrive, mes larmes sont sèches, mais la tristesse pèse lourdement dans mon estomac. Ma mère s'est tellement appuyée sur moi quand mon père est décédé. Sur qui pourra-t-elle s'appuyer une fois que je serai également partie ? Je lui ai donné le meilleur scénario, mais c'était quand même l'appel téléphonique le plus difficile que j'ai jamais eu.

Jeff entre dans la chambre avec son bagage à main, l'air fatigué et lessivé. Il dépose un baiser sur mon front, s'installe dans la chaise qui était celle de Nick.

— Je suis désolé de ne pas avoir pu arriver plus tôt. Il n'y avait aucun vol de disponible et ensuite, nous sommes partis en retard. Alors, qu'est-il arrivé ? demande-t-il en écartant doucement mes cheveux de mon visage. J'ai appelé encore et encore hier soir, mais tu n'as pas répondu.

La culpabilité me frappe de plein fouet. Je commence à transpirer et je jette les couvertures.

— Je dormais beaucoup, mens-je. Mais ils ont fait une autre IRM et c'est plus sérieux qu'ils ne le pensaient.

Il se fige.

— Je pensais que c'était juste une autre migraine, dit-il.

— Pas vraiment, lui dis-je, si doucement que c'est à peine audible. Jeff, j'ai une tumeur au cerveau.

Il devient aussi livide que du papier blanchi.

— *Quoi* ? Mais l'examen l'autre jour…

— Elle était minuscule à ce moment-là et il n'y avait pas de circulation sanguine autour, donc ils pensaient qu'elle ne grandirait pas. Mais elle grandit. Rapidement.

Sa mâchoire s'ouvre en grand.

— Ils ont trouvé une tumeur et tu ne m'en as même pas parlé ?

Je sais qu'il est bouleversé et cherche un bouc émissaire, mais je ne suis pas d'humeur à en être un.

— Tu n'as pas demandé. J'ai même dû te rappeler que j'avais passé un examen.

— Je pensais que tu me dirais s'il y avait un problème ! crie-t-il en se levant d'un bond, les mains sur le haut de sa tête. Alors, quoi ? Ce type a raté quelque chose lors du premier IRM, alors il t'a fait en passer un autre et t'a dit que tout allait bien ?

— Non, commencé-je. Il a fait un examen pour vérifier la circulation sanguine et…

Il me coupe en plein milieu de mon explication et appuie sur le bouton d'appel.

— Qu'est-ce que tu fais ?

— Je vais leur dire que tu as besoin d'un autre neurologue. Ce type n'a manifestement aucune idée de ce qu'il fait.

L'irritation me gagne. Il y a tellement de choses qui me mettent en colère à ce moment-là que je ne sais pas par où commencer : le fait qu'il prenne des décisions à ma place, qu'il fasse des conclusions hâtives, que ce moment soit concentré sur sa détresse plutôt que sur la mienne. Depuis quelques années, je le protège et je le place au centre de l'univers, mais juste une fois, j'aimerais être celle qui est choyée. Je me penche en avant et attrape son bras.

— Arrête, chuchoté-je. Je ne veux pas d'un autre médecin. Rien de tout ça n'est sa faute.

Mes mots sont insignifiants pour lui. Ils ne semblent même pas l'enregistrer.

— J'avais un mauvais pressentiment à propos de ce type dès que nous l'avons rencontré.

L'infirmière qui m'a vue avec Nick ce matin entre et Jeff se retourne vers elle.

— Je veux un nouveau neurologue pour ma fiancée.

Je déteste qu'il exige des choses d'elle comme si elle était une servante. Et je déteste encore plus qu'il agisse comme si son opinion était la seule qui compte.

— Non, j'interviens. Nous n'en avons pas *besoin*.

Son regard va et vient entre nous deux. *Super*. Elle pense probablement que nous sommes dans un triangle amoureux.

— Je vais dire au Dr. Reilly que vous avez besoin de le voir.

Elle sort et je tire sur la main de Jeff.

— Arrête ça. *Maintenant*. Nick n'a rien fait de mal.

— Alors c'est *Nick* maintenant, hein ? demande Jeff. Je ne savais pas que vous étiez soudainement devenus amis.

Je gémis, tellement consternée par son comportement que j'ai du mal à trouver les mots.

— Tout ça n'est pas à propos de toi ! C'est *moi* qui ai la tumeur au cerveau, donc c'est *moi* qui déciderai si je change de médecin. Et tu n'as pas le droit de faire des demandes aux infirmières en mon nom alors que je suis juste là.

Nous nous lançons des regards furieux lorsque Nick entre dans la chambre, fraîchement douché. J'ai un souvenir d'un moment comme celui-ci, un moment où il est venu à mon chevet et j'ai posé mes lèvres sur son cou, le respirant. *Continue de m'embrasser comme ça*, avait-il dit, *et je vais monter dans le lit avec toi.*

Mais là, il n'y a rien de doux dans son visage. Son rictus est à peine retenu lorsqu'il se tourne vers Jeff.

— On m'a dit que vous vouliez me voir ?

— Oui, dit Jeff. Je veux savoir comment diable vous avez pu manquer le fait que ma fiancée avait une sérieuse tumeur cérébrale lors de son premier scan.

— Jeff, chuchoté-je. Je t'ai déjà dit que ce n'est pas ce qui s'est passé.

Mais il ne m'écoute pas. Aucun des deux ne m'écoute vraiment. Ils se sont déjà positionnés, me rappelant des gorilles dans un documentaire, sur le point de se battre. Jeff n'est pas petit, mais Nick est plus grand, et la position de ses épaules en ce moment semble menaçante, intentionnellement.

— Je n'ai *rien* manqué, dit-il entre ses dents. Sa tumeur se comporte d'une manière que nous n'avons jamais vue auparavant.

— Eh bien, je pense qu'un médecin avec plus d'expérience aurait peut-être remarqué ce que vous n'avez pas vu.

Nick arbore un sourire narquois.

— Si Quinn veut un second avis, elle est plus que bienvenue pour le demander. Mais c'est sa décision, ou celle de sa famille. Et si je me souviens bien, vous n'êtes pas de la famille.

Il provoque Jeff, aggravant la situation déjà tendue. Je ne comprends pas pourquoi il le fait, mais ça fonctionne : la colère de Jeff est à vif. Ça se voit à ses poings serrés et à la manière dont il avance.

— Alors elle a dû oublier de mentionner que nous nous marions dans quatre semaines, répond Jeff.

Le rire de Nick est un aboiement en colère.

— Je suppose que j'oublie à chaque fois vu que vous n'êtes jamais là.

Jeff fait un autre pas vers lui et je me lève.

— D'accord, je pense que cette conversation a assez duré, dis-je, serrant la robe d'hôpital alors que je me place entre eux. Merci d'être venu, Dr. Reilly.

Nick avale difficilement, son corps tendu. Je vois bien qu'il ne veut pas partir, et pendant un moment, je pense vraiment qu'il ne va pas le faire. Finalement, sa mâchoire se déplaçant en signe de protestation, il se retourne et sort de la chambre.

— Tu le protèges maintenant ? exige Jeff.

C'est le moment où j'explose.

— J'ai une tumeur au cerveau, bon sang ! Et tout ce que tu as fait depuis que tu l'as appris, c'est crier sur mon médecin et faire une scène. Pour une fois, que dirais-tu si on laissait quelque chose être à propos de moi et pas de toi ?!

Il me dévisage bouche bée, choqué en silence, probablement pour la première fois de sa vie. Puis il s'affaisse sur la chaise à côté de mon lit, enfouissant sa tête dans ses mains.

— Je suis désolé, dit-il, la voix étranglée. Tu as raison. C'est juste… Beaucoup à assimiler.

Je veux rester en colère contre lui, mais je ne peux pas. C'est ma faute. Chaque fois que je me rapproche de Nick, je le repousse. Il le sent même s'il n'a rien de spécifique sur quoi pointer du doigt. S'il comprenait vraiment la situation, il serait beaucoup plus énervé qu'il ne l'a été et je mériterais chaque once de cette colère – car même maintenant, je souhaite que ce soit Nick ici à sa place.

Il me ramène à la maison une fois que je suis sortie de l'hôpital, tentant de critiquer Nick une fois de plus avant que je ne le fasse taire. Il demande à sa mère d'aller tenir compagnie à la mienne, et propose de rester à la maison pour la journée, bien que je lui dise que ce n'est pas nécessaire. La vérité est que je *veux* qu'il parte, et j'aurais souhaité qu'il soit parti dès le début.

Je respecte mon dernier rendez-vous pour l'essayage de ma robe cet après-midi comme prévu. La robe est une création sans manches de Monique Lhuillier avec un décolleté plongeant et une superposition transparente brodée à la main, tellement magnifique que même Caroline a approuvé quand elle l'a vue.

— Votre fiancé va mourir quand il vous verra marcher dans l'allée, dit la couturière.

Mais quand je me regarde dans le miroir, ce n'est pas le visage de Jeff que j'imagine à l'autel.

Ce qui me fait me demander, pour la première fois, si je devrais vraiment aller jusqu'au bout de ce mariage.

~

Lorsque j'ai terminé les essayages, je retrouve Trevor et Caroline pour prendre un verre. Je suppose que je devrais leur parler de la tumeur, mais je vais repousser le moment aussi longtemps que je le pourrai. Je ne veux pas être traitée comme quelqu'un qui est en train de mourir. Je veux que nos sorties continuent d'impliquer des margaritas et des histoires croustillantes sur les aventures de Trevor, pas des chaï latte chez Starbucks et des conversations solennelles sur ma santé.

Quand nous arrivons, le bar est bruyant et bondé, rempli de jeunes assistants parlementaires de vingt-deux ans, ivres morts et se bousculant sur les tabourets du bar. Étrangement, ça me fait sourire. Je fais encore partie de ce monde. Le monde des vivants ne m'a pas encore rayé de la liste.

Trevor est naturellement hyper concentré sur les événements qui se sont déroulés dans notre bureau.

— Tu aurais dû voir son médecin, dit-il à Caroline, haletant. C'était tellement chaud. Il est entré en furie, exigeant de savoir où elle était. Et puis il n'a même pas attendu l'équipe médicale. D'ici à ce qu'ils entrent avec ce brancard, il l'avait déjà soulevée et la portait, comme une mariée franchissant le seuil.

Des papillons battent de leurs petites ailes dans mon estomac, et je prends une respiration rapide et aiguë, en attendant qu'ils se calment. Nick m'a *portée* ? Je n'en avais aucune idée. Mais je ne devrais pas être enchantée par ça, quoi qu'il en soit.

— Je suis contente que tu aies trouvé un moyen de romantiser mon effondrement. Je suis sûre que la petite amie de Nick l'appréciera aussi.

— Attends, dit Caroline, levant sa main. Nick, c'est pas le nom du type mystérieux dont tu as rêvé à Londres ? Celui que tu n'avais jamais rencontré ?

Je gémis, regrettant d'avoir jamais mentionné cela.

— Oui. Je sais que c'est bizarre.

— Quel type mystérieux ? demande Trevor.

Je m'affaisse sur ma chaise pendant que les yeux de Caroline s'illuminent.

— Quinn a commencé à rêver de ce gars à Londres… Un médecin nommé Nick… *Avant* de le rencontrer.

Trevor nous regarde bouche bée.

— Je n'arrive pas à croire que tu ne m'aies pas parlé de ces rêves plus tôt. C'est comme un roman de Nicholas Sparks qui se déroule sous mes yeux ! Je vais le chercher en ligne.

Je pointe un doigt vers lui.

— C'est exactement pour ça que je ne te l'ai pas dit plus tôt… Parce que te raconter quoi que ce soit du style finira avec nous trois en train d'escalader son appartement en étant ivres, et je suis trop vieille pour ces conneries.

— Tu sais dans quel appartement il *habite* ? demande Trevor, ignorant complètement la partie importante de ce que je viens de dire. Parce que franchement, avec juste un minimum de force dans le haut du corps, tu peux…

— Trevor, je t'aime bien, mais on ne va pas le traquer, et on ne va *certainement pas* essayer d'escalader un autre balcon. Tu as failli mourir la dernière fois.

Trevor m'ignore, tendant son téléphone.

— Je l'ai trouvé.

Caroline se penche par-dessus son épaule.

— Oh mon dieu, Quinn. Il était nageur ? Tu sais que c'est ma kryptonite.

Trevor la regarde.

— Ma chérie, tout ce qui a un paquet *est* ta kryptonite. Et crois-moi, ce type a un sacret paquet. Je peux le dire rien qu'à sa façon de se tenir.

Je lève les yeux au ciel.

— Tu ne peux pas juste le *deviner*.

— J'ai vu beaucoup de bites, chérie, donc oui, je peux, mais je vais le prouver. Laisse-moi trouver une photo de lui en Speedo.

Les deux fouillent dans les photos alors que je prétends qu'ils ne font pas ce que je pense qu'ils font.

— Celle-là, chuchote Caroline, sonnant comme le détective principal dans une série policière. Agrandi.

— Oh, seigneur, dit Trevor. Quinn, tu dois le garder pour toi.

Caroline me sourit.

— Vraiment, tu devrais.

Je soupire d'exaspération.

— Je suis *fiancée*, bande d'idiots ! Et vous êtes tous les deux invités au mariage. Je ne sais pas pourquoi je dois continuer à vous le rappeler.

— Regarde juste la photo, insiste Caroline, arrachant le téléphone de Trevor et le brandissant devant mon visage.

Je croise les bras sur ma poitrine et ferme les yeux.

— Je ne vais absolument pas regarder une photo de mon médecin en Speedo.

En partie parce que j'ai déjà vu ces photos.

— Mmm, dit Trevor, se léchant les lèvres. Tu sais ce que j'aimerais ? Une photo de lui avec un caleçon moulant. Un caleçon mouillé même. Mon anniversaire tombe juste avant Noël. Trouve-moi ça. Ça pourrait être un cadeau combiné.

— Je ne suis pas sûre que tu es bien au courant de la médecine moderne Trevor, mais dans ce pays, ce n'est pas habituel de passer du temps avec son médecin habillé en caleçon mouillé.

Il boude.

— J'ai l'impression que tu ne fais même pas d'effort.

CHAPITRE 19

Quinn

Le vendredi matin, j'arrive devant mon lieu de travail, mais je n'entre pas. À la place, je scrute la rue à la recherche de Nick, qui me retrouve ici pour partir dans le New Jersey. Il s'est proposé de venir me chercher à la maison, mais ça semblait trop intime, d'une certaine manière. Je lutte pour ignorer la voix dans ma tête qui insiste sur le fait que la manière dont nous nous rencontrons, en apparence, ressemble beaucoup à de l'infidélité.

Je l'aperçois dans une Jeep, au ralenti sur le trottoir, le toit ouvert, et mon cœur fait ce petit bond idiot à sa vue.

— Salut, étranger, dis-je, penchée à la fenêtre. Vous n'auriez pas envie, par hasard, de me conduire dans le New Jersey ?

Il me sourit exactement comme je m'en souviens, à la fois timide et plein d'assurance.

— Bien sûr, jolie fille. Montez, et je vous conduirai où vous voulez.

J'ouvre la porte et me hisse à l'intérieur.

— Tu ferais un piètre ravisseur.

— Je suis un *excellent* ravisseur.

— Tu ne m'as même pas offert de bonbons. Les bonbons sont la clé d'un enlèvement réussi.

Il sourit et tend la main vers l'arrière, derrière le siège passager, et place une boîte de Hot Tamales sur mes genoux. Je la fixe.

— Ce sont mes bonbons préférés.

Son sourire faiblit un peu.

— Coup de chance.

Oui, un coup de chance... Comme savoir quel est mon plat préféré et être si sûr que j'étais architecte quand nous nous sommes rencontrés. Il ne voit pas un passé avec moi comme je le vois, mais cette connaissance existe quelque part en lui malgré tout.

— Tu es sûr de vouloir faire ça ? demande-t-il. On pourrait juste se balader à la place.

Pendant un instant, je l'envisage. À quoi ressemblerait une journée à se balader avec Nick ? Mille possibilités me viennent à l'esprit et elles me plaisent toutes. Je soupire.

— Même si j'ai trouvé *l'excitation* de Grosbaum à propos de ma tumeur répugnante, je dois vérifier.

Je saisis l'adresse dans le GPS pendant qu'il manœuvre à travers les rues bondées de Georgetown pour nous amener sur Canal Road. Je me suis sentie vaguement coupable de faire ça sans en parler à Jeff, mais il est de nouveau en voyage et c'est une journée ensoleillée – pas un nuage dans le ciel – donc je décide de simplement me laisser porter. Il se peut que je ne sois pas là l'été prochain, alors si je veux vivre une journée parfaite avec Nick – une journée *réelle* – c'est ma chance.

— Jeff sait que tu fais ça ? demande-t-il.

Je le regarde, me demandant si c'est une accusation.

— Non. Et toi, tu l'as dit à Meg ?

Ses yeux restent fixés sur la route.

— Elle est à une conférence.

Je suppose que c'est un non.

— J'espère que ce n'était pas compliqué de prendre un jour de congé ?

Il secoue la tête.

— Je ne vois pas de patients le vendredi de toute façon, donc j'ai juste demandé à quelqu'un de couvrir mes visites du matin. Et toi ?

Je hausse les épaules.

— Je déteste ma patronne et elle me déteste, mais c'est difficile de dire quelque chose quand votre employé vous dit qu'elle a une tumeur au cerveau.

Sa mâchoire se contracte.

— Pourquoi diable travailles-tu encore là ? Comment se fait-il que ce soit si compliqué pour toi d'obtenir ton diplôme en architecture ?

Je laisse ma tête retomber contre le siège et ferme les yeux. C'est difficile de défendre quelque chose dont je ne suis pas certaine moi-même.

— D'un point de vue financier, ça n'a pas de sens. J'aurais trente ou trente et un ans quand j'aurai terminé, et pour faire ce que je veux vraiment faire, il me faudrait un master. Ce qui signifie quatre ou cinq ans pendant lesquels je n'ai pas de revenu.

— Je comprends, dit-il. C'est assez intimidant de contracter des prêts étudiants en perdant ton revenu en plus, mais à long terme, l'argent reviendra.

Je tire ma lèvre entre mes dents.

— En fait, j'ai hérité un peu d'argent de mon père. Assez pour couvrir au moins le premier cycle universitaire.

Je pourrais expliquer pourquoi nos dépenses de vie sont une telle préoccupation, mais je ne veux pas jeter Jeff sous le bus. Nick semble déjà avoir une très mauvaise opinion de lui et lui parler de l'historique professionnel de mon fiancé ne l'améliorera pas.

— Mais nous avons une hypothèque qui nécessite nos deux revenus. Et Jeff veut vraiment utiliser l'héritage pour un acompte sur une maison plus grande, ce qui est probablement la chose la plus intelligente à faire.

Ses narines se dilatent.

— Veux-*tu* une maison plus grande ? Attends, laisse-moi reformuler ça : est-ce que le fait d'avoir une maison plus grande est plus important que ton diplôme ?

Non.

La réponse fait écho dans ma poitrine. Est-ce que j'aimerais avoir une maison plus grande, avec des planchers en bois, une cuisine neuve et une salle de bain assez grande pour nous deux ? Bien sûr. Mais je ne le désire pas autant que ce diplôme. Cette pensée ne fait pas battre mon cœur. Quand je pense à investir dans une maison, je me sens plus résignée qu'autre chose.

— Probablement pas, dis-je doucement. Mais si je n'ai que quelques années à vivre, est-ce que ça compte vraiment que j'obtienne le diplôme que je voulais ?

— C'est possible que tu aies plus que quelques années, mais c'est une question à laquelle seule toi peut répondre : est-ce que ça compte ?

Mon regard se tourne vers la fenêtre et le mur d'arbres à l'extérieur est presque assez proche pour toucher. Est-ce que ça compte ? La partie de moi qui est rationnelle me dit que non. Mais il y a une autre voix en moi, quelque chose de sauvage et d'optimiste. Et elle dit *merde*. *Je le veux. Je veux cette vie dont j'ai rêvé, même si ça ne mène à rien. Même si ça ne peut pas inclure Nick.*

— Tu étais déjà à Georgetown et je suppose que tu avais de bonnes notes, dit-il, comme s'il pouvait entendre mon argument intérieur. Pourquoi ne pas vérifier s'ils ne te laisseraient pas simplement intégrer des cours cet automne ? Et si ça échoue, je connais quelques personnes à qui parler.

Je suis comme une bouteille de soda secouée, bouillonnante à l'intérieur, mais pas tout à fait stable. Je n'arrive pas à croire que nous discutons de cela, pas comme une hypothèse, pas comme *un jour ce sera possible*, mais comme quelque chose qui pourrait vraiment arriver. Jeff ne sera pas content, mais pour la première fois de ma vie, ça m'importe peu.

— Je vais y réfléchir.

— Je sais que ce ne sont pas mes affaires, mais tu es ma meilleure patiente. Je veux que tu sois heureuse.

Je ris.

— La meilleure ?

Son sourire s'élève haut d'un côté.

— D'accord, la seule patiente qui a pris ma main quand on s'est rencontrés et m'a dit qu'on était mariés.

Argh. Je ne vais jamais pouvoir oublier ça.

— Tu n'étais pas censé mentionner ça ! C'est embarrassant.

Sa main frôle la mienne, dos à dos, un balayage rapide mais intentionnel.

— Ce n'est pas embarrassant. C'était étrange, vu comme tu étais précise. Et mignon. Peut-être la seule fois où étrange et mignon ont été combinés ensemble. Mais en parlant de choses bizarres que tu sembles savoir, as-tu eu d'autres rêves la nuit dernière ? J'attends toujours de savoir comment nous finissons en tant que retraités.

Je ris.

— Ça sera sûrement trop *ennuyeux* pour que je m'en souvienne au réveil. Non, la nuit dernière, c'était juste nous marchant autour d'un campus où je ne suis jamais allée. Et j'ai eu à nouveau le mauvais rêve… Celui à l'hôpital.

— Je n'arrive pas à le comprendre, dit finalement Nick. Que je sois dedans. Peut-être que tu as vu quelque chose qui va se passer dans le futur.

Ça m'a aussi traversé l'esprit, mais ça ne colle pas.

— Dans ce rêve, nous sommes *ensemble*, mais dans la réalité, tu es avec quelqu'un et je suis sur le point de me marier, donc ça ne peut pas être le futur.

— Personne n'est encore marié à qui que ce soit, répond-il doucement, et mon cœur commence ce rythme étrange, à moitié terrorisé et à moitié excité.

Je ne devrais pas être dans cette voiture, je ne devrais même pas envisager d'annuler le mariage. Mais je ne peux pas non plus nier que quand Nick le suggère, je me sens… libérée. Et je ne me suis pas sentie ainsi depuis très longtemps.

~

Nous arrivons à Princeton juste après onze heures. La maison du Dr. Grosbaum, avec ses volets de travers et l'abondance de plantes mourantes dans le jardin, n'inspire pas confiance.

— Tu es sûre de vouloir faire ça ? demande Nick.

Je redresse les épaules.

— Oui.

Il tend la main, effleurant ma pommette, laissant sa main reposer là un instant.

— Hé, dit-il. Ça va aller.

Je ressens soudainement un élan d'amour pour lui, chaud comme le soleil. J'aime qu'il soit venu ici, même s'il pense que c'est peine perdue. J'aime qu'il soit prêt à me soutenir, juste *pour moi*, alors que ça ne lui apportera que des ennuis.

— Merci d'avoir fait ça.

Ses doigts s'éloignent, à un souffle de ma bouche – j'aurais presque souhaité qu'ils restent – et il sourit.

— Même si ça ne mène à rien, je suis content d'avoir passé ce moment avec toi.

Nous marchons ensemble vers la porte. Je frappe, et après quelques instants, nous entendons des bruits de pas venant de l'intérieur de la maison. La porte s'ouvre et le Dr. Grosbaum apparaît – paraissant beaucoup plus âgé que ce que j'aurais attendu pour un homme de son âge. Bien qu'il soit probablement dans la soixantaine, il pourrait facilement passer pour quelqu'un de soixante-quinze ans. Je pense que ça tient moins à l'âge qu'au fait qu'il soit si négligé. Ses cheveux blancs ont désespérément besoin d'une coupe, et il porte des vêtements qui auraient dû être jetés il y a longtemps. Ce voyage vient de devenir encore moins prometteur, si c'était possible.

Nous nous présentons, mais il regarde au-delà de nous et ne semble pas écouter.

— Entrez, dit-il. Entrez.

Nous le suivons dans son bureau, Nick se plaçant entre nous avec les épaules larges et le corps tendu, comme un joueur de ligne juste avant le coup d'envoi. Nous nous asseyons patiemment pendant qu'il feuillette un dossier sur son bureau. Sur la table derrière lui, il y a une photo de mariage, et il me faut un moment pour comprendre que le marié est le Dr. Grosbaum car il a l'air si jeune et si… Normal. Le visage de la mariée est partiellement caché, mais il est évident qu'ils sont tous les deux radieusement heureux. Je me demande ce qui a mal tourné, car je doute sérieusement qu'elle vive encore ici, cet endroit n'a pas vu la touche d'une femme depuis longtemps. Je regarde autour de moi et je réalise qu'il y a des photos de cette femme partout dans son bureau. Sur chacune d'elles, son visage est légèrement flou, mais je peux dire qu'elle est jeune, et mon dédain initial pour lui se transforme en pitié. Je suppose qu'elle est décédée, et il semble que ce n'était pas longtemps après leur mariage.

— Donc, tu es Quinn, dit-il. Et qui est ton ami ?

Je savais qu'il n'avait pas écouté auparavant. Je présente de nouveau Nick et la tête du Dr. Grosbaum se penche sur le côté, nous observant tous les deux comme des pièces dans un musée.

— Intéressant, dit-il en frottant un stylo contre sa bouche vigoureusement. Très intéressant.

Nick a déjà l'air irrité.

— Votre site web dit que vous êtes affilié à Princeton ? demande-t-il, sa voix empreinte de doute.

— Je l'étais, dit le Dr. Grosbaum. L'université, dans sa grande sagesse, ne me permet plus d'aller sur le campus.

Super. Je commence à voir tout ça à travers les yeux de Nick, et ça ressemble de plus en plus à un voyage de fou. La main de Nick serre ma cuisse et je ne suis pas sûre s'il essaie de me réconforter ou de signaler que nous devrions partir, mais dans tous les cas, je reste assise. Nous sommes venus jusqu'ici, et je dois au moins essayer.

— Avez-vous eu l'occasion de regarder les images que j'ai envoyées ? demandé-je.

Il hoche la tête.

— Je n'ai pas eu besoin, cependant. Sur la base de votre description des événements, je savais ce qui se passait, et votre IRM l'a confirmé.

Il allume une planche lumineuse où mes scans sont déjà affichés.

— Dr. Reilly, voyez-vous quelque chose d'inhabituel dans le cerveau de Quinn ? Pas la tumeur. Le cerveau lui-même.

Nick étudie les images.

— L'amygdale. Elles sont peut-être un peu plus grandes que la normale. Plus ovales en forme.

Le Dr. Grosbaum hoche la tête, comme un enseignant récompensant un élève doué.

— Que voyez-vous d'autre ?

Nick soupire lourdement, sûrement irrité, ou peut-être est-il simplement réticent à répondre.

— On pourrait soutenir que le lobe frontal a une densité et un nombre de terminaisons nerveuses plus élevés que la normale.

— Exactement, dit le Dr. Grosbaum, se tournant vers moi. Quinn, le lobe frontal effectue des fonctions de pensée de haut niveau. Et le vôtre, si je devais faire une supposition, a environ le double de la capacité d'un être humain.

Un ricanement m'échappe.

— Vous le dites comme si je n'étais pas humaine.

Il hausse les épaules.

— Que vous le soyez ou non est discutable. Vous faites sûrement partie d'une variété différente d'humain. Vous êtes *thorax laneus tempore*.

Mon regard vacille entre lui et Nick, qui pince le pont de son nez.

— Voyageuse dans le temps ? demande Nick. Essayez-vous réellement de dire qu'elle voyage dans le temps ?

— Je le suis en effet, déclare le Dr. Grosbaum.

Pendant un bref moment, je reste sans voix. Et puis le bon sens revient.

— Je ne *voyage* nulle part. Je rêve. Et c'est la seule époque que je connaisse.

— Sauf que ce n'est pas vraiment la seule que vous connaissiez, Mademoiselle Stewart, puisque vous semblez vous rappeler d'autres vies, n'est-ce pas ? Dites-moi quelque chose : ces rêves que vous avez… Sont-ils particulièrement réalistes ? En ressortez-vous certaine qu'ils se sont produits et en sachant des choses que vous ne pourriez pas connaître ?

L'exactitude de ce qu'il dit est troublante, mais ce n'est pas parce qu'il a deviné quelque chose que sa théorie insensée est vraie.

— Je suppose. Mais je me souviens de choses qui se sont produites au cours des dernières années, alors que je sais pertinemment qu'elles ne se sont pas produites. Mon passeport montre très clairement que je ne suis jamais allée à Londres.

Il se penche en arrière dans sa chaise, les ressorts gémissant sous son poids.

— Si je devais faire une supposition, je dirais qu'il y a eu des manigances. Quelqu'un est retourné dans le temps et a fait quelque chose pour changer le cours de votre vie. Je pourrais remonter vingt-huit ans en arrière, par exemple, et offrir à votre père le travail de ses rêves quelque part en Allemagne. Tout à coup, vous n'êtes plus ici. Vous êtes Frau Stewart, dégustant des escalopes viennoises à Munich avec votre meilleure amie allemande. Une petite modification peut tout changer.

Les lèvres de Nick se pressent ensemble, à la fois amusées et irritées.

— Alors, vous dites qu'elle saute entre sa vie telle qu'elle est et sa vie telle qu'elle *aurait pu* être ?

— Non, je dis qu'elle saute entre sa vie telle qu'elle est et sa vie telle qu'elle *était*, répond le Dr. Grosbaum. Bien que je n'ai aucune idée de comment. J'ai rencontré beaucoup de gens comme Quinn, mais aucun d'entre eux n'a pu aller et venir entre différentes lignes temporelles comme elle peut le faire.

— Pourquoi quelqu'un réinitialiserait ma chronologie en premier lieu ? demandé-je. Ça semble être beaucoup de tracas pour quelqu'un, étant donné que je mène une vie peu mouvementée.

Il me sourit légèrement.

— Peut-être que votre vie est insignifiante pour quelqu'un ou peut-être pas. Vous n'avez aucune idée des conséquences à long terme que l'une de vos actions actuelles pourrait avoir sur quelqu'un d'autre plus tard. Peut-être qu'elle essaie de vous empêcher de faire quelque chose dans le futur. Peut-être qu'elle veut quelque chose que vous avez, dit-il en désignant Nick.

C'est difficile de ne pas lever les yeux au ciel. Il est comme l'une de ces diseuses de bonne aventure qui tirent de petits faits de ce que porte ou demande un client pour faire des prédictions qui semblent réelles. Il me voit ici avec un homme particulièrement séduisant et suppose que la jalousie est un motif que je comprendrais. Je suppose qu'il n'est pas complètement à côté de la plaque, mais je le ressens quand même.

— Et le coupable devrait être une femme, et d'après ce que j'ai entendu, une femme jalouse, parce que… ?

— Parce que seules les femmes peuvent voyager dans le temps. Je ne suis pas sûr de comment, mais ça semble lié au chromosome X. Les hommes peuvent porter la mutation, mais c'est tout. Donc, votre mari ici pourrait porter les marqueurs pour la transmettre à vos enfants, bien que ça serait incroyablement improbable, mais rien de plus.

— Dr. Reilly n'est pas mon mari, le lui rappellé-je.

Nick est tendu à côté de moi, prêt à sortir par la porte.

— Excusez-moi pour mon incertitude, mais c'est beaucoup à avaler. Comment avez-vous, hum, élaboré cette théorie sur le voyage dans le temps ?

— Ce n'est pas une théorie. C'est un fait, répond-il.

Ses yeux s'adoucissent et il semble presque vulnérable. Pour la première fois, je vois un peu de qui il était dans ces photos de mariage.

— Ma femme... Était l'une d'entre vous.

— *Était* ? demandé-je.

— Le voyage dans le temps est bien plus dangereux que vous ne pouvez l'imaginer, dit-il en fronçant les sourcils devant son bureau. Elle a voyagé dans le passé pour vérifier quelque chose et n'est jamais revenue.

Ah. C'est assez facile de comprendre ce qui s'est passé et mon cœur saigne pour lui. Ce pauvre homme a été abandonné par sa femme, peut-être était-il déjà fou, ou peut-être son départ l'a-t-il rendu fou, et il a créé tout ce mythe pour justifier le fait qu'elle est partie.

— Je suis vraiment désolée d'apprendre ça, réponds-je.

Je prends mon sac à main pour signaler la fin de la réunion.

— Eh bien, je suppose que c'est tout. Je vous remercie d'avoir examiné les images et de nous avoir reçus en si peu de temps.

Le Dr Grosbaum secoue la tête.

— Vous ne me croyez pas, mais vous devriez. Voyager dans une autre ligne temporelle, en étant inexpérimentée comme vous devez l'être, est mortel. Ça déchire votre cerveau autant que je pourrais le faire avec une paire de ciseaux.

Je ne le crois toujours pas, mais une partie de moi souhaite le faire. Je veux penser qu'il y a un moyen d'arrêter ce qui se passe dans ma tête. Et il semble tellement sûr de lui quand il le dit.

— D'accord, réponds-je en m'asseyant de nouveau dans mon fauteuil. Alors comment puis-je arrêter de le faire alors ? Je n'ai aucun intérêt pour ces rêves, ou les voyages si vous voulez les appeler comme ça. Alors dites-moi comment faire pour que ça s'arrête.

— Vous ne vous arrêtez pas. Vous vous améliorez. Vous embrassez vos capacités au lieu de les réprimer.

— Vous voulez dire que ça guérirait ma tumeur ? demandé-je.

— C'est possible, dit-il. Je ne peux évidemment pas vous le promettre. Mais je peux vous promettre que les réprimer ne fera qu'aggraver les choses.

Le genou de Nick tressaute et je peux dire qu'il est à cinq secondes d'appeler ce type pour le charlatan qu'il est. Et je serais d'accord avec lui. Malgré le fait qu'il y ait eu des incidents dans ma vie que je ne peux pas expliquer, je ne pense vraiment pas avoir une sorte de capacité paranormale. Certainement rien d'aussi extrême que le don de pouvoir voyager dans le temps.

Je me lève.

— Vous nous avez donné beaucoup à réfléchir.

Grosbaum se lève brusquement, bloquant mon chemin.

— J'aimerais faire un test ADN rapide avant que vous ne partiez.

Nick, déjà debout à proximité, se place légèrement devant moi.

— Je ne pense pas.

— Vous ne rendez service à personne, jeune homme, dit le Dr Grosbaum, sa voix tendue. Quiconque réinitialise la chronologie continuera à le faire jusqu'à ce qu'elle obtienne ce qu'elle veut de votre femme. Si les réinitialisations ne la tuent pas en premier lieu, bien sûr.

— Quinn n'est pas ma femme.

Le Dr Grosbaum jette son stylo avec dégoût.

— Et elle ne le sera jamais si vous refusez d'écouter.

~

Nous ne pouvons pas monter dans la Jeep plus rapidement. Nick tient la porte et je saute pratiquement à l'intérieur, ayant l'impression que le Dr. Grosbaum pourrait, à tout moment, courir après nous avec un hachoir à viande et un pistolet tranquillisant. Et pourtant… Aussi impossibles qu'elles soient, les théories de Grosbaum *expliqueraient* tout. Si seulement elles avaient été légèrement moins bizarres.

— Je pense que je comprends pourquoi il n'est plus autorisé sur le campus de Princeton, dit Nick en reculant hors de l'allée.

Je me sens idiote de l'avoir amené ici. Si les théories de Grosbaum sont difficiles à avaler pour moi, Nick doit les trouver scandaleuses.

— Je suis tellement désolée de t'avoir entraîné là-dedans, lui dis-je.

Son visage s'étire en un sourire.

— Je te pardonne, ma chère *femme*.

— Ouais, qu'est-ce qui lui a pris avec ça ?

Il rit.

— Je n'en ai absolument aucune idée. Alors, sommes-nous en sécurité pour aller manger le déjeuner ou penses-tu que la folle dame qui saute dans le temps, et qui veut t'empêcher de détruire le monde, va intervenir ?

Je souris.

— Je pense que nous sommes en sécurité. En plus, l'impression que j'ai eue, c'est que tout ça arrive à cause de *toi*, mon cher mari. Quelqu'un veut t'arracher à moi. Les femmes sont folles, tout ça.

— Tu devrais lui expliquer à quel point j'étais nul lors de notre lune de miel. Peut-être que ça la dissuadera.

Je me recroqueville dans mon siège pour le regarder.

— Je n'ai jamais dit que tu étais nul. J'ai dit que je ne me souvenais pas.

Le coin de sa bouche se lève, sa fossette apparaissant pour un instant seulement.

— C'est un peu pareil. Tout ce que je peux dire en ma faveur, c'est que ce serait mémorable maintenant.

Mon estomac se serre de désir. Je pense à la question de Trevor : *n'as-tu jamais désiré quelqu'un au point de penser que tu vas mourir si tu ne l'obtiens pas* ? Je pense que c'est enfin le cas.

~

Nous retournons à Washington D.C. juste avant l'heure de pointe. J'aurais aimé que le trajet dure plus longtemps.

— Merci pour aujourd'hui, lui dis-je quand il s'arrête devant mon bureau.

— C'était étonnamment amusant, dit-il.

Son regard effleure mon visage, un muscle frémissant dans sa mâchoire.

— Est-ce que Jeff sera à la maison ce week-end ?

La mention du nom de Jeff remplace toute ma tendre infatuation en culpabilité.

— Oui. Il veut aller visiter des maisons. Il ne sera pas content d'apprendre que je veux dépenser mon héritage pour obtenir un diplôme à la place.

Ses narines se dilatent.

— Seul un égoïste serait assez tordu pour te dire comment dépenser ton argent. Surtout dans les circonstances actuelles.

Je secoue la tête.

— Jeff ne fait que veiller sur notre avenir. Tu gagnes probablement assez d'argent pour ne jamais avoir à te soucier de savoir si tu pourras subvenir aux besoins d'une famille. Jeff et moi, nous ne sommes pas dans cette position.

Je me tourne vers la porte et sa main surgit, encadrant ma mâchoire. Un geste intime, que ni sa petite amie ni mon fiancé n'apprécieraient, mais je semble incapable de m'éloigner.

— S'il te plaît, réfléchis-y, d'accord ? N'accepte pas quoi que ce soit avec lui tout de suite.

Mon pouls s'accélère. J'ai l'impression qu'il ne parle pas seulement de la maison. Je ne devrais pas être d'accord, mais avec sa paume pressée contre ma peau et la façon dont il me regarde, je ne peux rien faire d'autre.

CHAPITRE 20

Quinn

La maison est mignonne, mais banale. Cependant, si j'écoute Jeff, on croirait être à Versailles. Il en est tombé amoureux dès notre arrivée. Et quand il a vu le grand jardin, il était prêt à la prendre tout de suite.

— Imagine ce jardin, il serait génial pour les enfants, dit-il. Ce sera comme dans notre enfance. De l'espace pour se balader et jouer.

Un petit pincement désagréable me serre le cœur. La question de Nick d'hier me revient en tête : *veux-tu cela plus qu'un diplôme* ? Et la réponse est non, absolument pas. Je ne suis même pas sûre de le vouloir *sans* le diplôme. Je ne veux pas ce que j'ai vécu enfant. Je veux la ville. Pouvoir commander de la nourriture thaï à minuit, marcher en étant anonyme.

L'agent nous fait visiter puis suggère d'aller dans son bureau pour discuter du prix. Jeff est totalement investi alors que je reste en retrait.

— Pouvons-nous avoir un moment ? demandé-je à l'agent, qui acquiesce tandis que les yeux de Jeff zigzaguent impatiemment entre nous.

— Je pense qu'on doit en discuter, dis-je, après que l'agent soit parti.

— Ça ne coûte rien de regarder, rétorque-t-il. On pourrait écrire un chèque pour l'acompte aujourd'hui. On a quarante-huit heures pour changer d'avis.

Je ressens une étincelle de colère. A-t-il toujours *autant* insisté pour obtenir ce qu'il voulait ? Parce que j'ai clairement montré que je ne voulais pas, et pourtant le voilà qui utilise ses techniques de vente sur moi, sa future femme.

Mais peut-être n'a-t-il jamais eu besoin d'insister autant, car jusqu'à maintenant, j'ai toujours cédé quand il voulait quelque chose. Je ne sais pas pourquoi il m'a fallu autant de temps pour le réaliser.

— En fait, j'ai pensé retourner à Georgetown, dis-je doucement.

Mes mains commencent à transpirer alors que je prononce ces mots à haute voix devant lui, bien plus directement que je ne l'ai fait depuis des années.

Son visage devient vide, perplexe.

— Comme *étudiante* ?

Je lève les yeux, frottant mes paumes sur mon short.

— Oui. Je veux finir mon diplôme.

— Quinn… Merde. Tu es sérieuse ? Tu… Tu ne peux pas. Tu as une idée de combien ça va coûter ?

Me demande-t-il vraiment ça, comme si j'étais une petite fille naïve qui n'a aucune idée du coût des études ? C'est *moi* qui y suis allée, bon sang.

— Bien sûr que je le sais. Mais j'ai l'argent de mon père, et je pense que c'est ainsi qu'il aurait voulu que je l'utilise.

— Pour un diplôme hors de prix que tu n'utiliseras jamais ? Tu plaisantes ? demande Jeff, en roulant des yeux. Il se retournerait dans sa tombe.

Ma mâchoire tombe.

— Es-tu vraiment en train de dire que tu sais mieux que moi ce que *mon* père aurait voulu pour moi ?

Il enfonce ses mains dans ses cheveux, puis me tire à l'écart, loin des regards curieux des autres visiteurs de la maison.

— Je ne comprends pas ce qui se passe. Ça fait des années qu'on parle d'acheter une maison, et maintenant, au moment où on est sur le point de le faire, tu veux aller à l'université ?

Je veux dire, est-ce que la tumeur au cerveau… Je ne sais pas, *t'influence* ? Parce que ça sort de nulle part.

Le sang bat dans mes oreilles si fort que je peux à peine penser. Je n'arrive pas à croire qu'il essaie de blâmer la tumeur. J'ai parlé plusieurs fois de l'université depuis qu'on est ensemble, et il a juste réussi à ne pas m'entendre. Mais avant que je puisse formuler l'accusation, il s'affaisse dans le stupide fauteuil qu'un designer a placé dans l'entrée de la maison et enfouit sa tête dans ses mains.

— Je n'aurais pas dû dire ça. Je suis désolé. J'ai juste beaucoup de stress au travail en ce moment, donc ton timing n'est pas génial.

Je ressens tout à coup de la sympathie, et ça m'agace. Je ne veux pas ressentir ça maintenant - c'est une émotion qui se termine toujours par moi sacrifiant quelque chose.

— Qu'est-ce qui se passe au travail ?

— Ils licencient des gens. Nos profits ont chuté l'année dernière et ne se sont pas redressés... La rumeur dit qu'ils réduisent les effectifs de quarante pour cent d'ici à la fin à de l'année.

Quarante pour cent ? Mes yeux se ferment. Je vais devoir payer le prêt immobilier seule encore une fois. Et pourquoi regardons-nous des maisons dans ce cas ?

— Que feras-tu si ça arrive ?

Je réalise, trop tard, que je n'ai pas demandé ce que nous ferions. Heureusement, il ne le remarque pas. Il fixe le sol, incapable de croiser mon regard.

— Je n'en ai aucune idée. Je ne peux pas retourner à la ferme.

Bien que je n'ai jamais, jamais, voulu vivre dans la ferme de ses parents, ses mots me choquent un peu. Il aimait cette vie et l'a abandonnée seulement pour me suivre ici. Je suppose que j'avais commencé à penser que peut-être, si ça ne marchait pas entre nous, si mes doutes prenaient le dessus, il aurait au moins ça comme plan de secours.

— Pourquoi tu ne pourrais pas y retourner ?

Il ne me regarde pas et ne répond pas.

La peur aiguise ma voix.

— Jeff, tu as toujours des parts dans la ferme ?

— Je les ai vendues, dit-il. Tu te souviens de ce premier emploi que j'ai pris ici, quand je t'ai suivie ? C'était une arnaque pyramidale. Je n'en avais aucune idée jusqu'à ce qu'il soit trop tard. J'étais tellement désespéré de te rendre heureuse, de t'impressionner, que je n'ai pas vu les signes, et j'ai fini tellement endetté que je pensais ne jamais m'en sortir. Alors j'ai vendu mes parts à mon frère. Je savais déjà, de toute évidence, que tu n'allais jamais vouloir y vivre, donc ça semblait être la meilleure solution à l'époque.

Le choc me renverse. Ma bouche s'ouvre et pendant un moment, aucun mot n'en sort. L'homme devant moi est soudainement un étranger. Comment a-t-il pu s'endetter à ce point et ne jamais en parler ?

— Pourquoi je n'apprends ça que maintenant ? demandé-je.

Ma voix résonne comme si j'étais essoufflée et c'est un peu comme ça que je me sens au fond.

Il enfouit son visage dans ses mains.

— Je ne voulais pas que tu le saches. J'avais tellement honte d'avoir été dupé de cette façon, et je voulais juste que tu sois fière de moi.

Ma gorge se serre. Il aimait cette ferme. Il aimait en posséder une partie, et je n'ai jamais voulu qu'il y renonce. Je ne voulais juste pas en faire partie avec lui. Il a provoqué tout ça lui-même et pourtant rien ne serait arrivé si je n'avais pas insisté pour déménager à D.C. Il ne me regarde toujours pas, alors je m'assois sur le sol et pose ma main sur son genou. Ça a été mon rôle pendant longtemps – apaiser ses blessures. C'est naturel, mais je suis un peu fatiguée de le faire.

— On va trouver une solution, d'accord ? Mais si tu t'inquiètes pour ton travail, pourquoi sommes-nous ici à regarder une maison qu'on peut à peine se permettre ?

— Je voulais juste qu'on ait quelque chose à nous, dit-il. Je trouverai un autre emploi. Peut-être pas aussi bon que celui que j'ai maintenant, mais je me disais que si on avait notre propre maison, quelque chose de solide et entièrement à nous, ça suffirait. On n'est pas obligés de prendre celle-ci. Je me suis un peu emporté quand j'ai vu le jardin, mais en réalité, je veux juste savoir que, quand il faudra faire face, on aura un endroit pour élever une famille. Un endroit où on pourra vraiment commencer notre vie.

Je ferme les yeux, essayant de modérer ma réponse parce que la stupidité de ce plan est ahurissante, et j'ai envie de le dire à haute voix. Il y a un gouffre entre lui et moi, et je pense qu'il a toujours été là. On communique en se criant par-dessus, et les cris ont toujours fonctionné. Ça a été. Mais maintenant, je vois ce que c'est que de se sentir si proche d'une autre personne que je ne peux presque pas dire où je finis et où il commence. Et mon dieu, je veux ça. Ça me *manque*.

— S'engager dans un prêt immobilier qu'on pourrait ne pas pouvoir payer ne rendra aucune maison vraiment à nous, lui dis-je finalement.

Nick le saurait, je pense avant de pouvoir le taire. *Nick n'aurait pas besoin qu'on lui rappelle mon désir de retourner à l'école. Nick ne découvrirait pas que je n'ai que quelques années à vivre et ne me pousserait pas à abandonner un rêve.*

— J'ai juste besoin de savoir que, quand on dira pour le meilleur et pour le pire dans quelques semaines, tu le penseras vraiment. Qu'on est dans le même bateau, dit-il, sa voix se brisant sur les derniers mots. On l'est, n'est-ce pas ?

Il a l'air si abattu, cet homme que j'aime et avec qui je me suis engagée. Même s'il y a de nouvelles choses que je veux maintenant, des choses que je désire tellement que je pourrais pleurer et supplier pour les avoir, d'une manière ou d'une autre, je vais juste devoir apprendre à les laisser tomber.

— Bien sûr qu'on l'est, réponds-je.

~

Lundi après-midi, je retourne à Georgetown pour les examens nécessaires avant ma rencontre avec l'oncologue à la fin de la semaine. Nick entre dans la salle d'attente, les manches retroussées, sa cravate desserrée, l'ombre d'une barbe le long de sa mâchoire. Il attire les regards, et pas seulement le mien. L'adolescente et sa mère, assises en face de moi, se donnent des coups de coude en l'observant. J'ai envie de leur dire à toutes les deux de grandir, mais je suppose que je ne suis pas mieux.

Je traverse la pièce vers lui et son sourire devient éblouissant.

— Salut.

Je sonne aussi essoufflée qu'une préadolescente rencontrant son boys band préféré. Il regarde autour de lui.

— Je suppose que Jeff ne vient pas ?

J'entends une pointe de mépris dans sa voix.

— Il a quitté la ville ce matin. Il avait une conférence qu'il ne pouvait vraiment pas manquer, mais il sera de retour pour la rencontre avec le Dr. Patel.

Sa main se pose sur le bas de mon dos alors que nous nous dirigeons vers l'imagerie.

— Et tu n'as rien signé ce week-end ?

Je me raidis un peu.

— Non.

Même si c'est vrai, c'est aussi en quelque sorte un mensonge. Parce que tout ce que j'ai fait, en réalité, c'est repousser l'inévitable.

~

Quand mon examen est terminé, je me dirige vers son bureau, mon esprit passant de Jeff à la maison, à Nick et

CHAPITRE 21

Quinn

Quand Nick me trouve, je suis toujours au sol, affaissée contre le mur.

— Quinn, dit-il, s'agenouillant et saisissant mes épaules. Qu'est-il arrivé ?

— Je viens de voir une adolescente disparaître devant mes yeux, murmuré-je. Elle était là, puis elle n'était plus là.

Je hoche la tête vers les vêtements sur mes genoux.

— Ce sont les siens.

J'attends qu'il sourie, qu'il me regarde de la même manière qu'il a regardé le Dr Grosbaum, mais ça n'arrive pas. Ses yeux rencontrent les miens et je vois la foi en eux. Sa croyance en moi m'ébranle. Il y en a eu trop peu dans ma vie.

— As-tu une idée de qui elle était ?

Je secoue la tête.

— Aucune. Je n'arrive pas à croire que je vais dire ça, mais… Je pense qu'il est possible que le Dr Grosbaum ne soit pas aussi fou que nous le pensions.

— A-t-elle dit où elle allait ? demande-t-il. Et ses vêtements ? As-tu vérifié ?

Il saisit les vêtements sur mes genoux, fouillant dans les poches de la jupe et en sortant une poignée de papier. Des emballages de bonbons, quelques dollars, et autre chose. Il le tient en l'air après l'avoir examiné.

— C'est un billet de concert pour ce soir. C'est à Baltimore, mais on pourrait arriver à temps si on part maintenant.

— Si elle n'a pas son billet, ira-t-elle quand même ?

Un petit sourire fend son visage.

— Crois-tu vraiment qu'une adolescente capable de disparaître dans les airs va considérer un billet de concert manquant comme un obstacle ?

Je ris, un peu dérangée. Je n'arrive pas à croire que nous discutions de cela, et je n'arrive pas à croire que ça puisse vraiment être vrai.

— Je suppose que non.

Il me tire sur mes pieds.

— Alors allons à un concert.

~

Au moment où nous arrivons, après avoir traversé les embouteillages et les travaux sur l'autoroute 95, trouvé le club et acheté nos billets, le groupe de première partie – que je ne connais pas – a terminé, et la foule scande le nom de la tête d'affiche, que je ne connais pas non plus. Heureusement, le concert n'est pas très fréquenté, nous pouvons donc nous frayer un chemin jusqu'au-devant de la scène assez facilement. Nous y arrivons, puis nous faisons tout le chemin en arrière, mais elle est introuvable. Elle était probablement ma seule chance de tout comprendre et ça m'a juste échappé. Mes épaules tombent.

— Elle n'est pas ici.

— On pourrait attendre... insiste Nick. Peut-être–

— C'est inutile, lui dis-je.

Sa mâchoire se serre.

— J'ai l'impression que tu abandonnes.

— Il n'y a rien à abandonner. Tu ne peux pas sérieusement croire que…

Je m'arrête si brusquement qu'il me rentre dedans.

— Elle est là, murmuré-je.

Elle a troqué son sweat-shirt contre un crop-top et porte une jupe écossaise d'écolière, comme un peu plus tôt… Seulement maintenant, elle est bien plus courte et lui arrive au-dessus des cuisses. Elle est assise au bar, entourée d'hommes que je reconnais des affiches et des T-shirts vendus à une table près de l'entrée. Le groupe de première partie, je crois. Chacun d'eux a au moins une décennie de plus qu'elle.

— C'est *elle* notre piste ? demande-t-il avec un scepticisme évident.

— Paraît-elle moins fiable que le Dr. Grosbaum ? rétorqué-je.

— Tu as un point, dit-il, posant sa main sur le bas de mon dos. Après toi.

Je me fraye un chemin à travers la foule plus facilement que Nick à cause de ma taille. Quand j'arrive, je m'appuie contre le coin pour pouvoir établir un contact visuel avec une adolescente voyageant dans le temps et les quatre losers actuellement concentrés sur elle – l'un d'eux tenant maintenant un verre de shot à ses lèvres brillantes.

— Vous savez qu'elle est au lycée, n'est-ce pas ? demandé-je.

Cinq visages se tournent vers moi, et la fille plisse les yeux. Ce n'est peut-être pas la meilleure idée de devenir ennemie avec la seule personne qui peut m'aider, mais tant pis.

— Et je ne sais pas d'où vous venez, mais ici, le viol sur mineur est assez mal vu.

Celui à côté d'elle pose le verre de shot.

— Elle a dit qu'elle avait dix-huit ans.

Je lève les yeux au ciel. *Sérieusement.* La fille a à peine l'air de sortir du collège.

— Regardez-la. Elle a quatorze ans, tout au plus.

La fille me lance un regard furieux.

— Je n'ai pas quatorze ans. Et tu gâches tout.

— Nous serions ravis de boire avec toi à la place, dit le type le plus proche de moi, sa langue balayant sa lèvre supérieure tandis que ses yeux me détaillent.

Sa main jaillit pour me tirer par la ceinture de ma robe, et soudain Nick est entre nous, saisissant le poignet du gars.

— Retire ta main, gronde-t-il

Je cligne des yeux, surprise. Nick a l'air *furieux*. Et possessif. C'est une nouvelle facette de lui. Je ne peux pas dire que ça me déplaise.

Le type regarde Nick et lâche ma ceinture.

— Désolé, mec. Je ne savais pas qu'elle était avec toi.

— Eh bien, maintenant tu le sais, réplique Nick. Alors garde tes putains de mains pour toi.

La fille saute de son tabouret, mais avant que je ne puisse me précipiter pour la saisir, l'un des membres du groupe le fait pour moi.

— Prenons au moins une photo, dit-il, enroulant un bras autour de sa taille et levant son téléphone.

Pendant un instant, un éclair de panique traverse son visage, puis elle baisse réellement la tête pour éviter d'être dans la photo.

— Je n'aime pas qu'on me prenne en photo, dit-elle, se faufilant à l'écart.

Je les contourne et la bloque, saisissant son bras, même si ça ne servira à rien si elle décide de disparaître dans les airs. Ses yeux se lèvent vers moi.

— Je ne peux pas t'aider, murmure-t-elle. Je suis désolée. Je ne peux vraiment pas.

— S'il te plaît, la supplié-je. Tu n'as rien à faire. Nous avons juste besoin de quelqu'un qui nous explique.

Nick s'approche derrière moi, me tirant contre sa poitrine et enroulant sa main autour de ma hanche. Possessif, comme je m'en souviens dans ces rêves. Le geste m'aurait choquée il y a quelques jours, mais maintenant, il semble juste *naturel*. Une raison de plus pour trouver un sens à ça le plus vite possible.

— S'il te plaît, dit-il. Nous sommes désespérés.

Son visage s'adoucit quand elle lève les yeux vers lui, d'une manière qu'elle n'a pas eue pour moi. Elle soupire profondément.

— Je vous dirai ce que je peux.

~

Le bar n'est pas un endroit pour une adolescente délinquante, mais l'arrière de la Jeep de Nick non plus, donc nous nous dirigeons vers un fast-food de l'autre côté de la rue où, sous les lumières vives, elle semble soudain douloureusement jeune et fragile.

Nous glissons sur une banquette en vinyle rouge et Nick lui tend un menu.

— Commande quelque chose, dit-il. Si tu as bu, tu as besoin de manger.

Elle demande à la serveuse un cheeseburger et un Coca. Malgré sa tenue et le fait que nous venons de la surprendre en train de prendre des shots avec un groupe de rock à l'arrière d'un bar miteux, elle est polie en dictant sa commande, et il y a une sorte d'aura de privilège autour d'elle. Je suppose qu'elle vient d'une famille riche, le genre dont les parents ont confié l'éducation à leur personnel.

— Comment t'appelles-tu ? demandé-je.

Elle hésite une fraction de seconde.

— Rose.

Elle ment, mais cela importe peu.

— Et quel âge as-tu vraiment ?

— Seize ans.

Un autre mensonge, mais je ne suis pas sûre que cela importe non plus.

— Mais qu'est-ce qui t'a pris ce soir ? demandé-je.

Je sais que je ne devrais pas gaspiller de précieuses secondes à faire la leçon à cette fille, mais je ne supporte pas l'idée qu'elle se mette dans une situation comme celle de ce soir.

— Tu te rends compte à quel point les choses auraient pu mal tourner si tu étais partie avec ces gars ?

Elle sourit d'un air narquois.

— Tu m'as vue disparaître. Une armée entière de rock stars ne pourrait rien faire que je ne veuille pas.

Nick tressaille à l'idée qu'elle puisse être *consentante* à ce que veut faire une armée de rock stars.

— Tes parents savent où tu es ? demande-t-il.

Elle rit, mais le son n'est pas joyeux.

— En quelque sorte.

— Ça veut dire quoi, *en quelque sorte* ?

Elle détourne le regard.

— Ça veut dire que mon père sait qu'il ne peut rien faire pour m'arrêter et que ma mère est morte, donc s'il y a un paradis, elle observe mes frasques de là-haut.

— Morte ? murmuré-je, le cœur serré. Mais tu es si… jeune.

— Beaucoup d'entre nous meurent, répond-elle, alignant méticuleusement ses couverts tout en évitant mon regard. Il y a tellement de façons pour un humain de mourir, mais pour un voyageur dans le temps, il y en a deux fois plus.

Je pense, brièvement, au Dr. Grosbaum. Je pensais qu'il se mentait à lui-même à propos de la disparition de sa femme, mais s'il ne mentait pas ? Ce serait terrible d'avoir l'amour de sa vie qui disparaît quelque part, vous laissant derrière, vous demandant ce qui s'est passé.

— Donc, tu es seule dans cette histoire de voyage dans le temps, dis-je. Sans personne pour t'aider.

— Ma petite sœur peut le faire aussi, mais elle est née prématurément et a quelques... Problèmes. C'est trop risqué.

— Alors comment tu fais ? demandé-je.

Elle rit.

— Pourquoi tu me demandes ? Tu le fais aussi. Je t'ai vue

ce jour-là.

Je m'enfonce dans la banquette.

— Ce n'était pas un voyage dans le temps. C'était juste un rêve.

— Évidemment, dit-elle, souriant à nouveau avec sarcasme. Tu as choisi d'aller quelque part, puis tu as chuté dans l'obscurité pour y arriver et tu m'as vue en chemin, mais tu peux appeler ça un rêve.

Je croise les bras, ma voix ferme.

— Je ne *choisis* pas d'aller quelque part.

— Bien sûr que si, dit-elle. Tu ne sais juste pas que tu le choisis. Tu t'accroches à un souvenir qui existe. Mais peut-être que ce n'est pas un souvenir dont tu te souviens consciemment.

Nick enfouit sa tête dans ses mains.

— Je suis désolé, mais j'ai vraiment du mal à y croire. Je sais que Quinn t'a vue disparaître, mais ça devait être une sorte de tour de passe-passe.

Elle soupire, apparemment exaspérée par nous deux.

— Écoutez, je pourrais remonter d'un an et te rencontrer, et tu te souviendrais soudainement de moi maintenant, mais je n'ai pas vraiment le temps de le prouver parce que ça demanderait trop de planification. Mais…

Elle se tourne vers moi.

— …Dans environ vingt secondes, j'aurai besoin que tu apportes mes vêtements aux toilettes.

— Quoi…

Je n'ai même pas terminé le mot avant qu'elle ne glisse sous la table. Et quelques secondes plus tard, elle a disparu, ne laissant derrière elle qu'un tas de vêtements.

Nick a l'air d'avoir vu un fantôme.

— C'est quoi ça ?

Il pince l'arête de son nez.

— C'est un tour. Juste un très, très, bon tour. On a visiblement rencontré le prochain David Blaine.

Je ris faiblement.

— *Comment* ? A-t-elle construit un tunnel sous le restaurant ? Ses vêtements sont sous la table, et je suis assez certaine qu'on aurait vu une enfant nue traverser la salle. Tout le monde l'aurait vue.

Il passe une main sur ses yeux.

— Ça ne peut pas réellement arriver.

— Continue de te le dire, réponds-je, lui offrant un petit sourire en prenant ses vêtements. Je vais retrouver notre amie nue.

~

J'aperçois des pieds nus sous la porte fermée d'une cabine et je lui passe ses vêtements par-dessus.

— Je te l'avais dit, chante-t-elle.

— La partie où tu perds tes vêtements doit rendre tous ces sauts assez compliqués.

— Il suffit de planifier.

Elle fait tout paraître si facile et si contrôlable, alors que j'en doute.

— Alors, l'uniforme que tu portais aujourd'hui… c'était le tien ?

— Ma grand-mère habite près de l'école. Je suis allée chez elle en premier, mais elle garde intentionnellement les pires vêtements pour nous décourager de voyager ici, comme des robes prudes et des combinaisons orange. Alors, *j'emprunte* dans la boîte des objets trouvés de l'école.

Elle sort des toilettes avec un large sourire et retourne à la table, où son Coca et son cheeseburger l'attendent désormais.

— La seule chose à propos du voyage, c'est qu'on a une faim de loup en revenant, et on est somnolent si on est allé loin. Tu verras.

Elle se met à manger et Nick la regarde, profondément perturbé. Dans un autre monde, je poserais ma tête sur son épaule et prendrais sa main dans la mienne. C'est ce que je devrais faire. À la place, je tourne encore et encore ma bague de fiançailles autour de mon doigt.

— D'accord, comment tout ça fonctionne, théoriquement ? demande-t-il. Comment es-tu capable de le faire ?

Elle prend une gorgée de sa boisson et lève les yeux vers lui.

— Chaque voyageur dans le temps a ce que nous appelons l'étincelle. Le voyage dans le temps en fait juste partie. Genre, une fois qu'on atteint l'âge adulte, le processus de vieillissement ralentit pour nous aussi. Mais de toute façon, c'est une mutation génétique. La seule raison pour laquelle je l'ai, c'est parce que mes deux parents la portent. Donc les deux parents de Quinn doivent aussi l'avoir.

Je ris. Je peux croire en beaucoup de choses, mais pas à ça.

— Ma mère pense que se rendre à Philly pour la journée est un grand voyage. Ce n'est pas une voyageuse dans le temps.

— Tu peux être porteur sans jamais t'en rendre compte. Ou parfois, pour une raison ou une autre, les gens refusent de l'utiliser, dit-elle, me jetant un regard. Comme toi. Tu en es évidemment capable, mais tu as choisi de ne pas le faire.

Nick se frotte la nuque.

— Si Quinn fait ce que tu fais, *théoriquement*, comment se fait-il que son corps ne disparaisse pas comme le tien vient de le faire ? Elle ne se réveille pas nue ailleurs.

— Parce qu'elle voyage en elle-même. C'est une sorte de premier pas. Mais c'est nul parce que tu n'as aucun contrôle sur tes actions de cette façon, donc tu revis juste des choses. Et c'est dangereux aussi, parce que tu es sous l'emprise du cerveau que tu avais à ce moment-là. Si tu es heureuse là-bas, tu pourrais ne pas revenir. Tu pourrais même ne pas réaliser que tu veux revenir.

Je peux facilement la croire sur ce coup-la. Je me souviens de Nick m'embrassant contre cet arbre à l'extérieur du lycée. Si une autre voix que la sienne m'avait appelée, je ne suis pas sûre que je serais revenue.

— Ce ne sont pas des souvenirs, pourtant, répliqué-je. Ce sont des choses qui ne se sont jamais produites. Comme, je me vois vivre à Londres avec Nick, ou grandir avec lui dans un autre état.

Elle secoue la tête.

— Toutes ces choses se sont forcément produites. Tu ne peux pas voyager vers quelque chose qui n'a jamais existé ou n'existera jamais. Sinon, peut-être que quelqu'un a changé ta ligne temporelle.

C'est exactement ce que Grosbaum a dit. Et ça signifierait que mes rêves sur Londres, sur Nick enfant et notre romance au lycée… Ne sont pas du tout des rêves. Ils se sont réellement produits.

Nick expire bruyamment, s'enfonçant dans la banquette.

— Si tout ça est réellement possible, pourquoi quelqu'un s'amuserait-il avec la ligne temporelle de Quinn ? demande-t-il.

— Je ne sais pas, répond-elle, haussant une épaule. Peut-être pour s'assurer qu'elle ne fasse pas quelque chose dans le futur.

— Je ne suis pas Hitler, répliqué-je. Je n'ai pas un poste puissant. Je ne triche même pas sur mes impôts. Il n'y a aucune raison pour que quelqu'un puisse avoir peur de ce que je pourrais faire.

— Peut-être qu'elle veut quelque chose que tu as, dit Rose. Un voyageur dans le temps peut prendre presque tout ce qu'il veut mais…

Ses yeux passent de moi à Nick.

— Il y a certaines choses qu'on ne peut pas juste *prendre*. Peut-être que c'est lui que cette personne veut.

Je n'arrive pas à croire que j'entends à nouveau *cette* suggestion.

— Nous, euh... Ne sommes pas ensemble.

La fille lève un sourcil parfaitement soigné et commence à rire.

— Ah *vraiment* ?

Elle n'est pas juste sceptique. Elle agit comme si ce que j'ai dit est tellement ridicule que le rire est la seule réponse possible.

— Oui. *Vraiment.* Je me marie le mois prochain.

La main de Nick, reposant au bord de la table, se ferme en un poing.

— Alors il n'y a qu'une autre possibilité, dit-elle. Quelqu'un essaie de te tuer et rate constamment le coup.

Le corps de Nick se penche en avant, soudain parcouru de tension.

— Pourquoi quelqu'un voudrait la tuer ?

Elle me jette un regard, hésitant.

— Je ne pense pas que je doive en dire plus.

Je la vois regarder autour d'elle comme si elle prévoyait de disparaître à nouveau et mon pouls s'accélère. J'ai *besoin* d'avoir la réponse.

— S'il te plaît, la supplié-je. Nous devons comprendre. Si je trouve un moyen d'arrêter ce que je fais, ou d'arrêter cette personne, peut-être que la tumeur dans mon cerveau cessera de croître. Tu es mon dernier espoir.

Elle avale, regardant derrière elle avant de se tourner à nouveau vers nous.

— Il y a quelque chose appelée la Règle des Trois.

Des frissons me parcourent les bras. Je reconnais l'expression. C'est quelque chose dont j'ai parlé en thérapie quand j'étais enfant.

— J'en ai entendu parler, dis-je doucement à Nick. J'en ai parlé dans ces rêves que j'avais enfant.

Sous la table, ses doigts s'entrelacent avec les miens alors qu'il regarde Rose.

— C'est quoi ?

— L'étincelle que j'ai mentionnée qu'elle possède ? dit Rose. Imagine que c'est comme une flamme qui peut être partagée mais qui ne peut pas être trop diluée. Elle est limitée à trois femmes dans une famille. Personne ne sait pourquoi c'est ainsi, mais c'est ce qui maintient la population petite et assure qu'aucune famille n'ait trop de pouvoir.

Je dois manquer quelque chose. Il n'y a absolument aucun moyen que ça s'applique à ma famille. J'ai au plus deux parentes féminines vivantes.

— Alors comment choisit-on qui l'obtient ? demande Nick.

Rose baille, couvrant sa bouche de l'arrière de sa main. Je me demande d'où elle vient et quelle heure il est là-bas.

— C'est comme demander comment on choisit la couleur des yeux, dit-elle. Tu nais avec la mutation, ou pas. Et ce serait incroyablement rare, mais si quatre personnes naissent avec la mutation dans une famille, alors il y en a une de trop, et la plus faible… meurt. Habituellement la plus âgée, à moins qu'il y ait quelqu'un comme Quinn, qui a laissé son étincelle s'éteindre.

— Je ne vois pas pourquoi ça pousserait quelqu'un à la tuer, argumente Nick.

Elle hausse les épaules.

— Pensez à moi et à ma sœur. Ça n'arrivera pas, mais disons que ma sœur donne naissance à deux voyageurs dans le temps. Alors il y aurait quatre d'entre nous, et l'une de nous mourrait. Me tuer garantirait qu'elle et ses enfants seraient en sécurité.

Nick se frotte le visage avec sa main.

— Il n'y a pas… Je ne sais pas… Des pénalités pour ça ? Je n'arrive pas à croire que je pose cette question, mais n'y a-t-il pas une autorité qui vous empêche de vous faire du mal les uns aux autres ?

— Il y a des pénalités pour beaucoup de choses, répond Rose, poussant sans but les frites restantes sur son assiette. Mais si toutes les histoires à ce sujet sont vraies, pas pour ça. En théorie, si vous le faites de la bonne manière – poignarder un membre de la famille ayant l'étincelle dans le cœur – ça renforcera la vôtre. Ça pourrait même guérir la tumeur de Quinn. Ou ça pourrait être une vieille légende absurde. Je ne l'ai jamais fait, évidemment, donc je n'en ai aucune idée.

Mes doigts tapotent nerveusement sur le siège à côté

de moi. Nous perdons un temps précieux sur une ligne de discussion qui ne peut pas être pertinente.

— Écoute, il n'y a aucun moyen que ça s'applique à moi, interviens-je. Je n'ai plus de famille proche à part ma mère, et elle ne voyage clairement pas dans le temps. Mais ces voyages étranges que je fais – pourquoi sont-ils si limités ? Chaque souvenir concerne Nick et est lié à lui. Je ne me souviens pas de mes parents ou de mes amis ou de mes cours... C'est comme si ma vie entière était une ardoise vierge à part lui.

— *Limité* ? dit-elle avec un rire tranchant. Voyager entre les lignes temporelles comme tu le fais – c'est inouï. Je n'ai aucune idée de comment tu fais et comment ça n'a pas complètement grillé ton cerveau, mais je te garantis que tu ne seras pas assise ici maintenant si tu laisses entrer *plus* de souvenirs. Pour que tu arrives à le faire… Il doit y avoir quelque chose que tu veux vraiment désespérément, c'est tout ce que je peux dire. Assez pour que tu sois prête à mourir.

Je rougis lorsque les yeux de Nick croisent les miens. Je suis certaine que nous savons tous les deux ce que je veux de ces lignes temporelles précédentes. Il se penche en avant, ses avant-bras sur la table, les mains jointes.

— Alors, y a-t-il un moyen que tu puisses nous aider ?

— Comme quoi ? demande-t-elle avec méfiance.

— Je ne sais pas, dit-il, fixant ses mains. Peut-être que tu pourrais annuler quelque chose. Ou voyager dans le futur pour voir s'ils ont développé un moyen de contourner l'amygdale pour atteindre la tumeur de Quinn.

— J'ai quinze ans. Vous allez vraiment faire autant confiance à ce que je vous dis ? Si je vous dis de découper son cerveau ?

Il esquisse un sourire.

— Probablement pas. Surtout depuis que tu as dit que tu avais seize ans il y a une minute.

Elle sourit. Son sourire me rappelle quelqu'un, mais je ne peux pas le replacer.

— J'ai voyagé toute la journée. Peut-être que ça a un peu brouillé mes calculs.

— Pratique, dit Nick, en retenant un sourire. Et que dire de revenir en arrière pour arranger les choses ? Si quelqu'un est décédé et que tu savais comment le guérir ou changer quelque chose, tu pourrais le faire ?

Je sens un nœud dans ma gorge. Il pense à son frère, j'en suis sûre, et je me demande encore une fois à quel point ça a dû être dévastateur pour lui de perdre son jumeau. Je n'ai jamais rencontré Ryan dans cette vie, mais d'une manière ou d'une autre, le fait qu'il soit mort est difficile à accepter, même pour moi.

— Genre, pourrais-je retourner en arrière et assassiner Hitler et arrêter toutes ces morts pendant la Seconde Guerre mondiale ? demande-t-elle. Non, pour diverses raisons, mais surtout, ça ne servirait à rien. Une fois que quelqu'un est parti, il ne peut pas revenir, dit-elle en détournant les yeux. Sinon, je serais retournée pour sauver ma mère.

Pendant un moment, elle semble jeune et d'une fragilité déchirante.

— Ce qui me rappelle que je dois rentrer chez moi pour ma sœur, dit-elle en jetant sa serviette sur son assiette.

Je lance un regard paniqué à Nick. Je n'en ai pas fini. Rose est la clé pour résoudre tout ça, j'en suis sûre.

— Y a-t-il un moyen de te contacter ? lui demande-t-il.

Elle sourit.

— Bien sûr, si Quinn apprend enfin à voyager dans le temps.

Elle réfléchit un moment, passant un doigt sur sa lèvre inférieure.

— Bon, je dois vraiment y aller. Mais je peux revenir ici demain matin, si vous voulez. Tôt, cependant. Genre, à sept heures. Apportez simplement mes affaires.

Après ça, elle glisse sous la table. Et tout ce qui reste sont ses vêtements.

CHAPITRE 22

Quinn

Nick et moi sommes assis seuls, en état de choc.

— Merde. J'aurais aimé qu'elle reste cinq minutes de plus.

— Nous avons encore demain, dis-je.

Je regarde ma montre.

— Il est déjà minuit passé. Tu devrais rentrer chez toi. Je vais trouver un hôtel ici et voir ce qu'elle a à dire demain matin.

Sa mâchoire se serre.

— Pas question. On est ensemble dans cette histoire. On reste ici et on revient demain.

Mon cœur bat dans ma poitrine. C'est une chose d'aller chercher un second avis avec mon magnifique médecin. Jeff n'aurait pas aimé, mais c'était justifiable. Comme le fait de conduire à Baltimore ce soir. Mais rester ici avec lui ? Il n'y a aucune excuse valable. Et pourtant, me voilà, hochant la tête. Nous montons dans la Jeep de Nick.

— Je vais aller sur Expedia, dis-je, sortant mon téléphone.

Il fait tout ça pour moi, je ne peux pas le laisser payer sa chambre, mais mon estomac se noue en voyant le coût d'une chambre, sans parler de deux.

Il secoue la tête, s'engageant dans une rue.

— C'est bon. Je sais exactement où nous pouvons aller.

Quelques minutes plus tard, nous arrivons devant le service de voiturier du Four Seasons. Je tressaille. Une chambre ici coûtera une fortune. Six cents ? Plus ? Et je devrais en payer deux. Je pense brièvement à toutes les choses que j'aurais pu payer avec cette somme. C'est la moitié d'un prêt immobilier. Et comment diable vais-je expliquer ça à Jeff ? Je ne peux pas.

— Nick, murmuré-je. Je pense que cet endroit est peut-être un peu hors de mes moyens.

Il est surpris.

— Tu pensais vraiment que j'allais te laisser payer ?

— Bien sûr, lui dis-je, fronçant les sourcils. Tu en fais déjà suffisamment. Je suis certaine qu'on peut trouver quelque chose de plus raisonnable à proximité.

Il donne sa clé au voiturier et baisse la tête, essayant de ne pas rire.

— Quinn, tu ne vas rien payer. Je pense que tu te souviens de moi à Londres, quand j'étais un résident sans le sou. Ce n'est plus le cas maintenant.

— Mais…

— Arrête, dit-il. Considère ça comme un retour pour la lune de miel à Paris pendant laquelle, apparemment, je ne t'ai jamais laissée sortir de la chambre.

Avec ça, il pose sa main dans le bas de mon dos et me mène au bureau d'enregistrement. Il demande deux chambres et le grand sourire de la réceptionniste s'efface un peu.

— Vous n'avez pas de réservation ? demande-t-elle.

J'ai cru que c'était évident, mais apparemment non. Elle va sur l'ordinateur et fait une mine triste en nous regardant.

— Nous sommes presque complets. Il reste trois chambres disponibles mais deux d'entre elles ne sont pas encore nettoyées. Je peux vous proposer une suite si ça vous convient ? Il y a un canapé-lit.

Nick et moi échangeons un regard. C'est moins qu'idéal pour nous deux.

— Ça te va ? demande-t-il. Je peux prendre le canapé.

— C'est moi qui prendrai le canapé, répliqué-je.

— Non, dit-il, se tournant vers la réceptionniste et lui tendant une carte de crédit.

Elle commence à nous enregistrer.

— Je te promets que ce sera aussi ennuyeux que notre lune de miel, ajoute-t-il à voix basse.

La réceptionniste donne à Nick nos clés magnétiques.

— Pouvons-nous vous aider avec vos bagages ce soir ?

Je sens mes joues rougir – même si nous avons demandé deux chambres, arriver ici sans bagages donne l'impression que nous sommes des *amants*.

— Pas de bagages, dit Nick décontracté. Nous sortons d'un spectacle et avons décidé qu'il valait mieux ne pas rentrer à D.C. aussi tard.

Nous nous dirigeons vers les ascenseurs.

— On dirait que tu as l'habitude de t'enregistrer dans des hôtels avec des inconnus, murmuré-je.

Il lève un sourcil.

— Et toi, on dirait que tu es jalouse.

— Tu aimerais bien, réponds-je, bien qu'il ait raison.

Je suis douloureusement jalouse de toute femme qui a déjà passé une nuit dans un hôtel avec Nick Reilly. Je ne suis pas la première et je ne serai pas la dernière, et cette constatation me dérange plus que je ne veux l'admettre.

~

La suite dispose d'une chambre avec deux lits doubles ornés de couettes blanches moelleuses et une montagne d'oreillers. Je les regarde avec envie alors que je l'aide à ouvrir le canapé-lit, qui est à peu près tout le contraire de confortable. Il y a aussi des Cheerios éparpillés à l'intérieur, ce qui me donne un peu la nausée.

— Il faut demander des draps au service de ménage, dis-je. Va te coucher. Je vais les appeler et attendre qu'ils arrivent.

Il rit fatigué.

— Quinn, tu ne vas pas dormir dans ce lit pourri.

Je remonte mes cheveux en queue-de-cheval avec mes mains puis les libère.

— Tu ne peux pas dormir ici. Ce lit n'est même pas aussi long que toi, même si tu dors en diagonale.

Il croise les bras sur sa poitrine.

— Tu ne vas absolument pas dormir sur ce truc. J'ai passé de nombreuses nuits en tant qu'interne à somnoler dans un placard à fournitures. C'est du luxe en comparaison.

— Et tu rentrais à la maison complètement épuisé et misérable, répliqué-je, avant de réaliser que je ne *dois* pas savoir ça.

Je soupire lourdement.

— Écoute, c'est stupide. Il y a deux lits. Prends-en un et je prendrai l'autre, à moins que ce soit une question d'éthique.

Il tressaille.

— Je suis presque sûr d'avoir tout gâché dès l'instant où j'ai accepté qu'on puisse rester dans la même suite.

Merde. Ma vie est un désastre, mais est-ce que je rends la sienne aussi compliquée ? Il devra probablement mentir à sa petite amie à ce sujet. Et quelles seront les conséquences si son patron l'apprend ?

— Tu vas avoir des ennuis à cause de ça ?

— C'est bon, dit-il. Ne commence pas à te sentir coupable. C'était mon idée. Écoute, tu as raison. Il y a deux lits. Et j'ai été un parfait gentleman la nuit où je suis resté dans ta chambre à l'hôpital, n'est-ce pas ?

J'ai soudain une vision de lui, allongé sur un lit – torse nu, seulement un drap le couvrant en dessous – me demandant d'admettre qu'il avait été un gentleman la veille. Je me souviens aussi combien j'avais envie de lui suggérer d'arrêter de l'être. Mon souffle est court.

— Oui, murmuré-je. Tu as été un parfait gentleman.

— Tu veux prendre une douche ? demande-t-il.

Mes yeux s'écarquillent et il retient un sourire.

— *Seule*, je veux dire. Tu veux aller te doucher *seule*, derrière une porte fermée à clé ?

Je ris.

— Oui.

Je me lave et ressors quelques minutes plus tard en peignoir d'hôtel. Ses yeux glissent sur moi avant qu'il ne détourne le regard. Je suppose que ce que je porterai pour dormir ici une fois le peignoir enlevé ne lui échappe pas, mais je ne peux pas dormir dans la robe que je portais au travail.

— Tu as fini dans la salle de bain ? demande-t-il.

Je hoche la tête, cachant un bâillement derrière ma main.

— Je suis tellement fatiguée, je serai peut-être déjà endormie quand tu sortiras.

Son sourire s'élève haut d'un côté.

— Peut-être es-tu la raison de notre lune de miel inoubliable.

La vérité, c'est que je n'ai pas de souvenir précis d'avoir dormi avec lui. Juste la montée de l'excitation, la lourdeur de l'anticipation dans le creux de mon estomac, un petit cœur battant entre mes jambes. Et c'est probablement mieux de ne pas me souvenir davantage – la dernière chose dont j'ai besoin est une autre raison pour laquelle la vie réelle est insatisfaisante.

— Non, je suis sûre que c'était toi, réponds-je, m'asseyant sur le bord du lit. Peut-être que tu étais impuissant.

— Si tu te souviens de *ça*, dit-il, avec un regard qui serre tout mon intérieur, alors tu ne te souviens certainement pas de *moi*.

~

Quand il sort de la salle de bain, je suis déjà au lit, les lumières éteintes. Il y a juste assez de lumière de la lune dans la chambre pour révéler tous ses muscles, et qu'il remplit ses caleçons d'une manière qui ferait saliver Trevor.

— Je viens de te voir en sous-vêtement.

Je vois un éclair de dents.

— C'est un boxer. C'est comme me voir en short.

— Hmmm. Intéressant que tu penses ça. Attends-toi à ce que mon ami Trevor passe désormais à l'hôpital les vendredis.

Il grimpe sur son lit, les draps tirés à la hâte jusqu'au bas de sa cage thoracique. Je peux distinguer la définition de ses bras, même dans la faible lumière. Je suis déchirée entre la culpabilité et le désir de regarder davantage.

Il se tourne vers moi.

— Nous avons réussi à éviter de parler du sujet le plus évident, dit-il.

— Le fait que nous partageons actuellement une chambre d'hôtel ? Je pensais qu'il valait mieux faire semblant que ce n'était pas le cas.

— Comme ça pourrait me faire virer, tu as probablement raison. Mais je faisais référence au fait que deux personnes différentes, sans lien entre elles, nous ont dit ces derniers jours que tu pouvais voyager dans le temps.

Ça n'a pas été loin de mes pensées non plus.

— Je trouve tout ça un peu difficile à croire, réponds-je. J'ai 28 ans, tous les pouvoirs magiques que je devrais avoir se seraient déjà manifestés.

— Rose a dit que tu pourrais même ne pas te rendre compte que tu le fais, rétorque-t-il.

Je fais un geste de la main pour écarter ses paroles.

— Comment quelqu'un pourrait-il ne pas se *rendre compte* qu'il voyage dans le temps ?

Il se redresse un peu, son coude plié, sa tête soutenue par son avant-bras. Je me demande s'il a une idée de combien il est beau comme ça.

— Tu as pensé que tu rêvais, toutes ces fois où tu retournais me voir, n'est-ce pas ? demande-t-il. As-tu déjà rêvé de quelque chose d'autre qui s'est ensuite réalisé ?

J'hésite. J'avale l'impulsion folle de lui dire des choses que j'ai jurées, enfant, de garder pour moi.

— Oui, mais tout le monde le fait. C'est juste une coïncidence.

— Ok, et qu'en est-il de cette Règle des Trois ? Il doit y avoir quelque chose à creuser de ce côté.

— Comment pourrait-il y avoir quelque chose ? demande. Je veux dire, j'ai une tante que je n'ai jamais rencontrée du côté de mon père, mais autant que je sache, elle n'a jamais eu d'enfants, et j'ai un oncle du côté de ma mère, mais il est gay. Et même si ma tante avait eu des enfants, et que ça déclenchait toute cette histoire, pourquoi s'amuserait-elle avec ma ligne temporelle ? Pourquoi ne pas simplement me tuer ?

Il rit.

— C'est bien de savoir comment *tu* gérerais la situation.

Je lui souris dans l'obscurité.

— Je ne dis pas que je le ferais. Mais tu sais que j'ai raison. Si elle a besoin de me sortir du tableau et veut prendre mon étincelle ou quoi que ce soit, elle pourrait le faire assez facilement. De toute façon, à quoi bon changer ma ligne temporelle ?

Sa voix est douce lorsqu'il répond finalement.

— Ça pourrait t'empêcher de me rencontrer.

Nous tombons tous les deux dans le silence, et l'absence soudaine de sons souligne quelque chose dont je suis de plus en plus certaine : je devais le rencontrer. Rester avec lui. C'est arrivé avant, ça se passe sûrement maintenant… et quelqu'un fait tout pour l'empêcher.

— J'aurais aimé que Rose ait pu changer les choses, dit-il.

J'aurais aimé qu'elle le puisse aussi. En fin de compte, le voyage dans le temps semble avoir bien plus d'inconvénients que d'avantages. On ne peut empêcher quelqu'un de mourir, mais on a bien plus de chances de finir mort soi-même.

— Je suis désolée qu'elle n'ait pas pu t'aider… avec ton frère.

— Ce n'est pas pour ça que je lui demandais de revenir en arrière pour sauver quelqu'un, dit-il.

Nos regards se croisent, se verrouillent, pendant une demi-seconde, mon pouls s'accélère. Je souhaite tant de choses en ce moment. Je veux vivre et je veux résoudre ça. Mais surtout, je veux me glisser dans le lit à côté de lui, ne serait-ce que pour presser ma tête contre sa poitrine nue et sentir ses jambes s'entremêler avec les miennes.

Je ferme les yeux, désespérée d'arrêter mes pensées, et quand je les ouvre, il s'est retourné sur le dos et regarde le plafond.

— C'est tellement étrange que tu saches pour Ryan. Je n'en parle à personne. Même mes parents n'en parlent plus.

Pour une quelconque raison, le sujet de son frère me fait *peur*. Je ne veux pas demander comment il est mort, je ne veux pas savoir, mais ça ressemble au monstre sous le lit : je ne vais jamais être tranquille tant que je n'aurai pas vu ce qui s'y cache.

— Comment est-il mort ? je demande.

— Il est monté dans une voiture avec cet idiot ivre. Je ne comprends toujours pas pourquoi il l'a fait. Il savait que c'était une mauvaise idée. Mais si j'étais allé à cette fête, ça ne se serait jamais produit.

Sa voix est lourde, pleine de culpabilité.

— Tu ne peux pas te blâmer pour ça, dis-je doucement.

— On était en compétition sur tout à cette époque, dit-il. Je ne sais même plus *pourquoi* on l'était. C'est comme si l'adolescence avait débarqué et soudain, on se déchirait. Mais de toute façon, je savais qu'il prenait de mauvaises décisions et j'en avais marre de ses conneries. C'est pourquoi je ne me suis pas proposé de le conduire.

Le souvenir d'une conversation passée avec lui me revient en tête. À Londres, juste après notre rencontre. Ses mains sur mon visage, ses yeux si sincères. *Comment puis-je mériter ça, disait-il, alors que Ryan n'a rien eu* ?

Un morceau du puzzle se met en place dans mon cerveau. Je peux presque l'entendre cliquer.

— C'est pour ça que tu es avec Meg, murmuré-je.

Les mots me surprennent. Je ne suis même pas sûre d'avoir voulu les dire à haute voix.

Ses yeux se tournent vers moi, lumineux sous l'éclairage de la Lune.

— Comment ça ?

Je continue, disant des choses que je n'ai pas le droit de dire.

— J'essayais de comprendre pourquoi tu es avec elle alors que c'est évident que tu ne l'aimes pas. Et je pense que c'est parce que tu penses que tu ne mérites pas plus, tu ne mérites pas d'être heureux alors que Ryan ne le peut pas.

Il reste silencieux assez longtemps pour me laisser me demander si je l'ai énervé.

— Peut-être, dit-il finalement. Donc c'est mon excuse, mais quelle est la tienne ? Pourquoi penses-tu ne pas mériter mieux que Jeff ? Et s'il te plaît, ne t'embête pas à essayer de me dire qu'il est tout ce dont tu as toujours rêvé. C'est évident que ce n'est pas le cas.

J'ai moi-même provoqué la question, même si elle me déplaît.

— Jeff n'est pas parfait, réponds-je fermement. Mais moi non plus. Je l'aime pour ce qu'il est et je lui pardonne ce qu'il n'est pas.

— Et qu'est-ce qu'il est ? demande Nick.

Les mots résonnent avec dédain, mais ça ne devrait pas être le cas, parce qu'il y a beaucoup à aimer chez Jeff. Des qualités que j'ai négligées depuis que Nick est entré dans ma vie, ce qui est si injuste.

— C'est une bonne personne. Il est gentil avec les enfants. Il s'arrête pour saluer chaque chien qu'il croise. Et il a essayé plus que quiconque que je connais de s'adapter à D.C., peu importe combien de fois il échoue.

Je pourrais continuer, mais j'ai l'impression qu'il n'y a rien que je puisse dire qui convaincrait Nick.

— Je sais que vous étiez en désaccord l'autre jour et tu sembles le sous-estimer parce qu'il travaille beaucoup, mais tu l'as vu dans ses pires moments. Nous n'aurions pas aussi bien traversé la mort de mon père sans lui.

— Mon chef de scout était aussi une bonne personne, grogne-t-il. Ça ne signifie pas que je dois l'épouser. Et c'est bien s'il a aidé ta famille mais c'était quoi – il y a sept ou huit ans ? Qu'a-t-il fait depuis ? Parce qu'il me semble putain de centré sur lui-même de là où je me tiens.

— Il ne l'est pas. Il a abandonné ce qu'il aimait le plus pour me suivre à D.C. Et il a tenu bon, peu importe les difficultés, tout ça pour moi.

— Il t'a suivi parce qu'il le voulait. Il n'a pas abandonné ce qu'il aimait le plus… Tu es ce qu'il aime le plus. Il l'a fait pour lui-même. Dis-lui que tu vas retourner à l'école. Voyons alors à quel point il est altruiste.

Je me retourne sur le dos et tire les couvertures jusqu'à mon cou.

— Tu rends tout ça si terrible, mais c'est facile de prendre un aspect d'une relation et de la faire paraître défectueuse. Tous les couples se disputent et tous les couples veulent des choses différentes. Je ne vais pas le blâmer d'avoir ses propres opinions.

Il ferme les yeux et quand ils s'ouvrent, je vois des excuses dans son regard.

— Tu as raison. Je suis désolé. J'ai juste l'impression que tu devrais avoir plus que ça.

Non, je pense. *J'ai exactement ce que je veux*. Même si je me souviens de quelque chose de mieux. Même si je peux sentir dans ma poitrine ce que c'était que d'être amoureuse de Nick, ce genre d'amour qui se déploie tellement que ça fait mal. Parce qu'une sorte de terreur me consume quand j'imagine avoir ça maintenant. Je ne peux pas commencer à expliquer ce que c'est, mais alors que je suis allongée ici, je sais que c'est lié, d'une manière ou d'une autre, à Ryan. Cette simple pensée propage de la crainte à travers mes os.

— Je suis désolée pour ton frère, murmuré-je finalement,

alors que je m'endors.

— C'était il y a longtemps, répond-il.

Sauf que je ne m'excusais pas pour sa perte. Je m'excusais parce que je pense que c'est ma faute.

~

Le comité a fait de son mieux avec le thème «Minuit à Paris», mais la vérité est qu'un tas de ballons et de dessins de la tour Eiffel ne suffisent pas à transformer notre gymnase en autre chose que… un gymnase avec des ballons et des dessins faits à la main.

— Alors, c'est ça que j'ai raté en faisant l'école à la maison, dis-je.

Nick et moi échangeons un sourire.

— J'ai l'impression que je n'ai même plus besoin d'aller en Europe maintenant.

Nick rit et repousse une mèche de cheveux de mon visage, ses yeux balayant ma bouche avec un désir que je ressens jusqu'au fond de moi.

— Donc je n'ai plus à m'inquiéter que tu partes pour Londres et me laisse derrière, dit-il. Mission accomplie.

— Tu pourrais toujours venir avec moi, suggéré-je. Tu pourrais faire ta résidence là-bas.

Je ne sais pas pourquoi mon cœur bat si fort quand je dis ces mots. On parle de quelque chose qui se passera dans plusieurs années.

Il se rapproche assez près pour que sa bouche soit presque sur la mienne.

— Nous pourrions prendre un appartement ensemble. Mais je devrais probablement t'épouser avant.

Il a seulement l'ombre d'un sourire sur son visage. Pareil pour moi. Mais nos yeux sont sérieux. Nous formulons ces choses comme des plaisanteries, mais nous pensons chaque mot.

— Oui, tu devras probablement m'épouser.

Il lâche un petit souffle, comme si le désir déplaçait l'oxygène dans sa poitrine.

— Dieu comme j'ai envie de t'embrasser là, tout de suite.

Il suffit qu'il utilise cette voix basse sur moi et je me sens faible. Je lui envoie un baiser et recule d'un pouce.

— C'est mon premier bal. Je ne vais pas le passer à être malmenée sur la banquette arrière de la Volvo de tes parents.

Il réduit à nouveau la distance entre nous.

— Tu adores être malmenée sur la banquette arrière de la Volvo de mes parents.

C'est vrai. J'aime ça, bien trop. Mais il est trop tôt dans la soirée.

— Allons-y, dis-je, le tirant par la main, le forçant à se mêler aux autres et à me verser un verre de punch.

Il joue le jeu, mais après une heure, il a très envie de partir.

— On doit au moins attendre de voir si tu es élu roi du bal, le grondé-je.

Il détourne le regard.

— Je ne le serai pas. J'ai demandé à ce qu'ils jettent tous les votes en ma faveur.

Ses yeux restent fixés sur le sol entre nous.

— C'est juste que… Les choses sont déjà assez tendues.

Ce qu'il veut dire, c'est qu'elles sont tendues avec Ryan. À cause de moi.

— Allons danser, dit-il, essayant de me distraire.

Ce qu'il réussit facilement, car personne au monde n'est plus distrayant que Nick, que nous soyons au milieu d'un gymnase bondé ou seuls dans la cabane dans les arbres, bien que ma mère ait maintenant interdit ce dernier point.

Il entrelace ses doigts aux miens et me mène sur la piste de danse. Une ballade sentimentale joue.

— Je ne pense pas qu'on puisse danser le swing sur celle-ci.

Nos regards se croisent. Il a essayé de m'apprendre à danser le swing une fois, dans la cabane dans les arbres. C'était l'un des rares moments où nous nous sommes retrouvés seuls, sans adultes autour. Inutile de dire que la leçon a rapidement dévié vers quelque chose de tout à fait différent.

— Je ne suis pas sûre d'avoir eu assez de leçons, réponds-je, en enroulant mes bras autour de son cou.

Même avec mes talons, il me domine de toute sa hauteur. Son visage est juvénile, mais ce n'est pas le cas du reste de son corps. Ses heures d'entraînement dans la piscine lui ont donné le corps musclé d'un homme adulte. Je ressens une chaleur à la base de ma colonne vertébrale, rien qu'en l'imaginant sortir de l'eau. J'ai fait une promesse à ma mère que j'ai l'intention de tenir, mais ça devient de plus en plus difficile chaque jour pour nous deux.

Il se penche vers mon oreille.

— Rappelle-moi de te donner une autre leçon un de ces jours.

Je m'apprête à répondre quand il me fait tourner, et je me retrouve face à Ryan, qui nous observe avec cette expression sur son visage, celle qu'il affiche trop souvent ces derniers temps. Il est ici avec Lisette Durand, une étudiante française en échange que presque tous les garçons de l'école veulent inviter, pourtant nos regards se croisent et son expression – déjà sombre – se transforme. Pourquoi ne peut-il pas simplement laisser tomber ?

— Ça va ? demande Nick en sentant que je me raidis.

— Oui, réponds-je. Mais je suis prête à partir quand tu veux.

— Alors allons-y, dit-il, tirant ma main.

J'ai promis à ma mère d'attendre d'avoir fini le lycée pour avoir des rapports sexuels, mais quand nous sommes seuls, c'est difficile de s'en souvenir. Et le regard dans ses yeux en ce moment me dit que ce sera particulièrement difficile de s'en souvenir ce soir.

Nous nous dirigeons vers la sortie de l'auditorium, mais Ryan est déjà là. Il se tient main dans la main avec une Lisette irritée, bloquant la porte, les jambes écartées comme s'il était prêt à se battre.

— Où allez-vous ? demande-t-il à Nick, sans me regarder une seule fois, car je n'existe plus pour lui.

Plus comme avant.

Nick se redresse et lève le menton.

— Je n'ai pas à te répondre.

— Non, mais tu dois répondre à Maman et Papa, dit Ryan, ses yeux se déplaçant vers moi. Et tu leur as fait une promesse.

— Je sais, grogne Nick. Et je n'ai pas besoin que tu me le rappelles.

— Vu que maintenant, on sait que respecter les règles est un défi pour toi, j'ai pensé que je ferais mieux de te le rappeler.

Leur mère leur avait dit qu'ils ne pouvaient pas me demander de sortir avec eux jusqu'à ce que j'aie seize ans, un accord que Nick a enfreint quand il m'a embrassée ce jour-là dans les bois. J'allais choisir Nick. Mais Ryan n'y croit pas.

— Écarte-toi, Ry, dit Nick.

Il a un tempérament calme, mais il y a de l'acier dans sa voix quand il est sur le point de perdre son calme, et même Ryan sait qu'il ne faut pas le provoquer quand c'est le cas.

— N'oublie pas, putain, dit Ryan, alors que Lisette l'entraîne.

On se dirige vers sa voiture, mais la culpabilité me pèse tout le long du chemin. Je déteste être la raison pour laquelle les choses tournent mal. Je reste immobile près de la porte côté passager, fixant le gymnase.

— Allez, murmure Nick, les mots si proches que je peux les sentir contre mes lèvres. Partons avant qu'un des professeurs ne sorte ici.

Il sourit, se penchant plus près. L'anticipation monte dans mon estomac, me coupant le souffle.

Je ne suis pas celle qui fait le premier pas normalement, mais ce soir, je le fais. J'ignore ses mots et attire sa bouche vers la mienne, laissant le mouvement de mes lèvres et de ma langue faire le travail pour moi. Je ferai en sorte que nous oublions tous les deux combien Ryan nous déteste dorénavant.

CHAPITRE 23

Nick

Je suis certain que je ne vais pas réussir à m'endormir. Pas avec Quinn à quelques pas de moi, ne portant très probablement *rien*. J'essaie de me concentrer sur autre chose, de peur qu'elle se réveille et me trouve en train de frotter le matelas dans mon sommeil, mais je n'y arrive pas. Je me souviens de son visage après avoir quitté le bureau du Dr Grosbaum, détendue et plus heureuse que je ne l'ai jamais vue. Je me souviens du moment où elle est entrée dans la pièce pour l'anniversaire de Darcy, d'une beauté si éthérée qu'elle semblait irréelle.

Puis je pense au lac, et quand je m'endors, c'est là que je vais. Quinn est en bikini rouge, flottant sur le Sunfish, me criant de venir l'aider, paniquée et riant en même temps. Je nage vers elle, me hissant, et son corps se presse contre le mien. Sa peau est chauffée par le soleil, et tandis que nos bouches se joignent, j'ai envie de gémir de soulagement – des décennies, des siècles de séparation enfin derrière nous. Je la tire sur moi et elle vient volontiers, glissant contre ma peau. Son haut a disparu, bien que je ne me souvienne pas de l'avoir déshabillée. Mes paumes fusionnent avec ses seins – comment ai-je pu oublier à quel point ils sont parfaits ? – puis avec ses tétons durs contre moi. Elle halète, et je perds les dernières onces de retenue auxquelles je m'accrochais.

Je la fais rouler sous moi, mes mains saisissant ses hanches, ma bouche avide de chaque centimètre de sa peau. Je suis dur comme du fer et la friction, pressé contre son ventre, me rapproche dangereusement de l'orgasme. Je glisse son bas sur le côté. Elle est trempée, prête.

Sauf que… il y a quelque chose qui ne va pas. Je veux plonger en elle plus que tout, mais comment en sommes-nous arrivés là ? Comment se fait-il que son bikini ait disparu et que sous nous, c'est doux, rien à voir avec le fond en fibre de verre du Sunfish ?

J'ouvre les yeux.

Je ne suis pas dans un bateau. Je ne suis plus au lycée. Et Quinn est sous moi, dans la chambre d'hôtel que nous avons louée. Je n'ai aucune idée de comment elle a fini dans mon lit, mais elle dort visiblement profondément, malgré le fait qu'elle se cambre contre moi et que ma main soit entre ses… Merde. Je suis tellement excité que mon sexe a traversé la fente de mon boxer. Avec un gémissement réprimé et réticent, je retire ma main et me précipite vers la salle de bain pour m'occuper d'un problème que j'aurais probablement dû régler plus tôt. Mon obsession pour elle doit cesser… C'était une chose d'avoir un crush douloureux, mais ça va trop loin. Je pourrais perdre ma putain de licence médicale pour ce qui vient de se passer.

Je me tiens sous le jet brûlant, une main appuyée contre le mur pour me soutenir. Je pense à la sensation de son corps sous le mien et à la façon dont elle s'arquait contre moi, implorant plus. Je pense à ce qui aurait suivi, comment j'aurais pénétré en elle et l'aurais prise rapidement et avec force, avec le genre de désespoir qui vient d'années de déni.

Je jouis en cinq secondes chrono.

CHAPITRE 24

Quinn

J'ouvre les yeux, la lumière du jour inondant la pièce, et me redresse d'un coup en reprenant mon souffle. Je me suis endormie dans le lit à côté de la fenêtre. Je *sais* que je me suis endormie dans le lit à côté de la fenêtre.

Je ne suis plus dans ce lit. Je serre le drap supérieur contre ma poitrine et me tourne vers Nick, qui cligne lentement des yeux pour se réveiller.

— Bonjour, coloc, dit-il en bâillant.

— Pourquoi je suis dans ton lit ? demandé-je d'un ton sec.

— Peut-être que tu as voyagé dans le temps jusque-là.

Son sourire est taquin, mais je le remarque à peine. Mon cœur semble prêt à exploser. *Je savais que nous n'aurions pas dû partager une chambre*. La praticité et le manque de sommeil ont eu raison de moi, mais je savais que c'était une mauvaise idée.

— J'ai vraiment besoin de savoir pourquoi je suis dans ton putain lit.

— Tu as dû somnambuler, dit-il. Je me suis réveillé et tu étais là, donc je suis passé dans ton lit.

Mon estomac fait un plongeon. Il en rigole, mais je suis montée dans son lit, ne portant rien d'autre qu'un string. Même si rien de plus ne s'est passé, c'est déjà trop.

— Oh mon dieu.

— Quinn, dit-il, faisant une pause suffisamment longue pour que je sois obligée de le regarder. Ce n'est pas grave.

— Je suis quasiment sûre que Jeff ne serait pas d'accord avec ça, murmuré-je.

Il s'appuie sur un bras. Le drap est à sa taille, donc je peux observer des milliers de muscles se réveiller avec le mouvement. Pendant un moment, je suis tellement fascinée que j'oublie ce que je viens de dire.

— S'il te plaît, dis-moi que tu ne vas pas te sentir coupable pour quelque chose d'aussi insignifiant, surtout que ça s'est passé pendant que tu dormais.

— Je vais essayer, dis-je avec un soupir. C'est quand même…

Affreux, humiliant, inapproprié. Il y a tant de façons de terminer cette phrase.

— Mal.

— Hé, dit-il avec un sourire. Toi et moi sommes apparemment mariés dans un univers alternatif, tu te souviens ? Techniquement, je pense que ça signifie que tu *me* trompes quand tu es avec Jeff.

Je ris malgré moi.

— C'est comme ça que ça marche ?

Il me fixe de là où il est allongé, son sourire s'effaçant. Les mots sont là, juste au bout de sa langue, mais ils ne sortent pas. Il repousse le drap et se dirige vers la salle de bain, et je reste derrière, contemplant la vue – ce dos de nageur, ce boxer adhérant à ses fesses parfaites. Aussi horrifiée que je sois par ce qui aurait pu se passer la nuit dernière, j'aimerais presque pouvoir me souvenir de chaque seconde, quoi que ce fût.

Nous arrivons au fast-food bien plus tôt que prévu, tous les deux débraillés, portant nos vêtements de la veille, avec un air de honte.

Comme quelqu'un couvre ses rondes matinales, il n'est pas pressé, donc nous commandons le petit-déjeuner et buvons lentement nos cafés en attendant. Rien n'est magique ici. Le fast-food n'est pas particulièrement propre et le café n'est pas exceptionnellement bon. Mais je suis *heureuse*. Pas cette version tiède et fade du bonheur que je ressens habituellement, mais quelque chose de meilleur. Pour la première fois, mon âme est pleine. Tout ce que je veux dans le monde en ce moment, c'est plus de lui. Plus de temps pour mieux le connaître.

— Quelle est ta couleur préférée ? demandé-je.

Il me regarde longuement.

— Vert, dit-il. Ton film préféré ?

Je hausse les épaules.

— Je ne pense pas en avoir un. Le tien ?

Un petit sourire réchauffe son visage.

— *Inception*. Tu l'as vu ?

Je secoue la tête. J'ai toujours voulu le voir, mais quand on fait partie d'un couple, les choses ont tendance à être décidées en fonction de celui pour qui ça importe le plus, et ce n'est jamais moi.

— Tu devrais, dit-il. Ta chanson préférée ?

— C'est une vieille chanson des Foo Fighters. *Everlong*.

Son sourire devient légèrement mélancolique. Il passe une main dans le dos de son cou.

— Moi aussi.

La serveuse remplit à nouveau nos cafés, et il ajoute de la crème dans le sien jusqu'à ce qu'il soit clair. Presque comme la couleur de sa peau en ce moment, avec son bronzage. Avant que je ne puisse m'en empêcher, je pense à cette peau, que j'ai vue en grande quantité ce matin. Son dos lisse, ses larges épaules. *Arrête, Quinn. Ces pensées ne peuvent qu'apporter des ennuis*. Je me concentre sur mon propre café à la place.

— Tu penses que Rose pourrait aider Darcy si elle peut vraiment faire ce qu'elle dit ? Comme retourner dans le temps et changer quelque chose ?

Il pose sa cuillère sur la soucoupe et me regarde, réfléchissant.

— Darcy a eu des maux de tête pendant des mois l'été dernier, et son pédiatre n'en a pas tenu compte. Je suppose qu'elle pourrait avertir Christy de la tumeur d'une manière ou d'une autre, mais qu'est-ce qui la convaincrait de croire les conseils d'une adolescente plutôt que ceux d'un pédiatre ?

Je ris.

— Rose est beaucoup plus maligne que nous deux. Elle peut probablement trouver quelque chose.

— Cette gosse, grogne Nick. La seule chose pire que d'avoir une adolescente délinquante et incontrôlable serait d'en avoir une capable de voyager dans le temps.

— Et qui atterrit nue partout.

— *Et* qui aspire à faire la fête avec une armée de rock stars, ajoute-t-il en secouant la tête.

— Quoi qu'il en soit, en parlant de notre nouvelle amie, j'essayais de trouver des questions pour elle, car nous pourrions ne pas avoir beaucoup de temps.

J'acquiesce.

— Nous devrions lui demander s'il y a quelqu'un d'autre à qui nous pouvons parler, lui dis-je. Peut-être que sa grand-mère ou quelqu'un qui fait ça depuis plus longtemps.

Il se penche en arrière dans la banquette.

— Je pense aussi que nous devrions demander s'il y a un moyen pour elle de revenir en arrière et de tout réinitialiser d'une manière ou d'une autre. Si elle pouvait t'empêcher d'aller au lac, peut-être que tu n'aurais jamais eu ces flashbacks du tout.

Je ressens soudainement une envie de sourire et de pleurer en même temps.

— Si je n'avais pas eu ces flashbacks, je ne t'aurais pas rencontré.

Il détourne le regard.

— Je croyais que c'est ce que tu voulais.

— Non, je…

La chaleur envahit mon visage. Ce serait mieux si nous ne nous étions pas rencontrés. Je ne peux tout simplement pas me résoudre à le souhaiter.

— Il est presque sept heures. Je ferais mieux d'y aller avec les vêtements.

Je glisse hors de la banquette, avant qu'il ne puisse voir mon visage, et je me dirige vers les toilettes, mon esprit tourbillonnant avec des choses qui ne sont en aucun cas liées à ma tumeur cérébrale, ou au fait que les voyages dans le temps existent, encore moins que je pourrais en être capable. Avec tout ce qui s'est passé au cours des douze dernières heures, la révélation la plus terrifiante de toutes est la suivante : je ne voudrais rien changer de ce qui s'est passé si cela signifie ne jamais rencontrer Nick.

Dans les toilettes, je m'appuie contre le lavabo et j'attends que des pieds nus apparaissent au bas de la porte d'une cabine. Comment fait-elle ça ? Comment atterrit-elle dans une cabine de toilettes sans se rendre compte qu'elle est occupée ? Que fait-elle quand il n'y a personne à l'extérieur avec des vêtements à sa taille ? Si j'étais capable de voyager dans le temps, je pense que j'éviterais simplement parce que ça semble si compliqué.

À 7h00, j'attends avec impatience. À 7h01, je hausse les épaules, juste parce qu'elle peut voyager dans le temps ne signifie pas qu'elle est ponctuelle. À 7h05, je commence à m'inquiéter. C'est alors que j'ouvre enfin la porte des toilettes et trouve son mot.

Je suis tellement désolée. Je ne peux vraiment plus vous aider. Bonne chance - Rose

CHAPITRE 25

Nick

Quinn et moi sommes tous les deux silencieux en rentrant chez nous. Elle regarde par la fenêtre d'un air absent et son désespoir me détruit.

— Hey, dis-je en tendant la main pour attraper la sienne. Ne baisse pas les bras, d'accord ?

Elle force un sourire.

— Il me semble improbable que nous rencontrions un *second* voyageur dans le temps pour répondre à toutes nos questions.

— Il y a beaucoup d'autres possibilités. Tu as rendez-vous chez le Dr. Patel vendredi. N'abandonne pas la médecine classique pour le moment.

Elle soupire.

— Ce n'est évidemment pas une tumeur standard. Un oncologue peut-il même aider ?

J'ai essayé d'éviter d'y penser, car je ne supporte pas l'endroit où mes pensées me mènent. En ce moment, j'ai juste besoin de croire en quelque chose, et elle aussi.

— Nous n'en savons rien tant que nous n'avons pas essayé.

Elle reste silencieuse un moment, fixant par la fenêtre.

— Pourquoi as-tu décidé de faire ta résidence à Londres ? demande-t-elle soudainement.

La question me surprend, principalement parce que je n'ai vraiment aucune réponse à donner.

— Je n'en ai aucune idée, pour être honnête. Ça m'a frappé quand j'étais au lycée, et je n'ai jamais sérieusement envisagé autre chose. Pourquoi ?

Elle passe son pouce sur sa lèvre inférieure.

— J'ai fait un rêve à ce sujet la nuit dernière. Nous étions adolescents, et dans mon rêve, c'était moi qui voulais aller à Londres, pas toi. C'est juste étrange que tu aies fini par y aller quand même.

Elle pointe une rue et je tourne, m'arrêtant devant une petite maison qui a connu de meilleurs jours. Dans un quartier qui a connu de meilleurs jours aussi. Je déteste l'idée de la laisser ici seule.

— Combien de temps Jeff est-il encore hors de la ville ? demandé-je.

Ses lèvres se serrent.

— Juste jusqu'à jeudi soir.

Je n'aurais pas dû poser cette question et je ne devrais pas non plus poser la question que je m'apprête à poser, mais la vie a l'air très solitaire ici, toute seule, dans cette boîte dépressive qui lui sert de maison.

— Que fais-tu le soir, quand il n'est pas là ?

Elle hausse les épaules.

— D'habitude, je rentre juste à la maison. Parfois, je sors avec mes amis ou je marche jusqu'au port pendant un moment. Les gens dansent le swing là-bas quand il fait beau.

Des frissons me parcourent l'échine. C'est l'un de mes deux rêves récurrents - moi avec une fille que je suppose être elle, dansant sur l'herbe. Je n'y avais jamais vraiment pensé jusqu'à maintenant, mais je suis presque sûr que nous dansions le swing et que je lui apprenais comment faire. Est-ce que ça s'est passé avant ? Est-ce que ça doit se passer maintenant ?

— Et tu regardes juste ?

Elle sourit timidement.

— Je suis trop maladroite pour danser, et j'aurais l'air

assez ridicule toute seule, même si je savais comment faire.

— N'importe qui peut danser le swing.

Sa bouche s'ouvre pour parler, puis se referme. Quoi qu'elle ait voulu dire, elle a décidé de le garder pour elle.

— Pas moi.

— Peut-être que je descendrai là-bas un de ces jours pour te prouver le contraire, dis-je doucement.

Mille émotions passent sur son visage. Amour, désir, et finalement, chagrin. Je donnerais tout pour guérir cette peine, sauf que je pense que j'en suis la cause.

~

Je vais au travail, mais la pensée de Quinn et de tout ce que nous venons d'apprendre n'est jamais loin de mon esprit. Je fixe les images d'une récente analyse de l'un de mes patients atteints d'Alzheimer, étudiant l'enchevêtrement de plaques amyloïdes qui indiquent sa progression. La conversation que je m'apprête à avoir avec ses enfants ne sera pas joyeuse. Je ne regrette pas ma décision de me spécialiser en neurologie, aussi déprimante soit-elle, mais pour la première fois, je questionne vraiment ce qui m'a poussé à faire ce choix.

Si la vie de Quinn a changé, la mienne a dû changer aussi. Y a-t-il une partie de moi qui *savait* d'une certaine manière qu'elle aurait des problèmes cette fois-ci ? Savais-je que ma meilleure chance de la retrouver était d'entrer dans une spécialité qu'elle serait susceptible de rechercher ? Ou est-ce qu'une partie de moi désirait simplement être avec elle et s'est attachée à la discipline qui m'a menée à elle en premier lieu ?

Un coup retentit à la porte et Meg entre. Elle a assisté à des conférences la semaine dernière et je ne m'attendais pas à la voir revenir aussi tôt aujourd'hui, mais vu sa présence ici et son air profondément malheureux, je suppose qu'elle est rentrée hier soir… Et veut savoir pourquoi je n'étais pas là.

La culpabilité me frappe durement. Même si je peux m'accorder un peu d'indulgence pour ce que j'ai fait avec Quinn, sans le savoir, le problème majeur est le suivant : découvrir à quel point mes sentiments pour elle sont forts m'a prouvé que je ne ressens *pas assez* pour quelqu'un d'autre. Ce que Quinn a dit hier soir était juste – j'ai laissé les choses aller aussi loin avec Meg parce qu'il ne me semblait pas juste de demander plus alors que Ryan n'a rien eu. Mais elle mérite d'être plus que la pénitence que je paie pour ce que j'ai fait à mon frère.

— Je pensais que tu ne revenais que ce soir, dis-je, momentanément à court de mots.

Elle s'assoit en face de moi, les bras croisés sur sa poitrine.

— Oui, c'est ce que j'ai cru comprendre quand tu n'es pas rentré hier soir.

Je me balance en arrière sur ma chaise.

— Je suis allé à un spectacle à Baltimore, et il était tard, alors j'ai dormi là-bas.

Ses yeux se rétrécissent alors qu'elle cherche les failles dans ma réponse. Dieu merci, c'est réellement vrai.

— Seul ? demande-t-elle. Tu es allé à Baltimore *seul* ?

— Oui, dis-je.

Un petit mensonge, plus pour sa protection que pour la mienne.

— Mais je pense que nous devons parler.

Elle se fige. Je suppose que la phrase «*nous devons parler*» ne mène jamais nulle part de bon.

— Parler de quoi ?

Je pose mes mains à plat sur le bureau et me force à dire des mots que, je sais, la blesseront, peu importe la douceur avec laquelle je les prononce.

— Meg… Tu es incroyable, mais je ne pense pas que c'est ce que je veux.

Rien dans son visage ne change. Elle était malheureuse avant et elle l'est toujours.

— Je savais que tu ferai ça, dit-elle enfin, les yeux rétrécis.

Je n'ai jamais vu un homme aussi effrayé par l'engagement de toute ma vie.

Je me frotte l'arête du nez. J'aurais dû anticiper une dispute. Elle n'est pas du genre à laisser les choses couler.

— Je ne pense pas que ce soit ça.

— Évidemment que si ! s'exclame-t-elle, jetant ses mains en l'air. Et *pourquoi* ? Je suis celle qui a des parents divorcés, alors que les tiens sont toujours mariés et heureux ! Si l'un de nous devrait être paniqué, c'est moi. Tu n'as aucune raison d'avoir peur. Mais tu l'es. Et c'est tout ce que c'est... tu paniques.

Si elle savait ce que je ressens pour Quinn, elle réaliserait combien elle se trompe, mais Dieu sait que ça n'améliorerait pas la situation.

— Je suis tellement désolé. Je ne ressens pas assez pour m'engager sérieusement. On passe de bons moments ensemble, mais tu mérites plus que ce que je peux te donner.

Ses yeux s'écarquillent.

— Tu es sérieux là ? exige-t-elle. On passe de *bons* moments ? Ça fait un *an* qu'on est ensemble ! On a pratiquement vécu ensemble pendant les trois quarts de ce temps, et tout ce que tu peux dire, c'est que c'était *agréable* ?

Je ferme les yeux. Je n'ai jamais fréquenté quelqu'un aussi longtemps que Meg, mais j'ai vécu une version de cette situation des milliers de fois.

— Je voulais que ça fonctionne, mais ce n'cst pas juste de continuer sur cette voie, quand ça nc va pas.

— Nick, implore-t-elle, la voix brisée. Si personne n'est jamais la bonne personne, ça signifie que tu veux quelque chose qui n'existe pas. On a déjà eu cette conversation, tu te souviens ? C'est juste ta manière d'être.

Je pensais qu'elle avait raison à l'époque. J'avais fréquenté plus de femmes belles et intelligentes que je ne pouvais compter, et ça n'avait jamais marché – parce que j'attendais une personne spécifique sans jamais m'en rendre compte.

— Je pense que ça existe, Meg.

C'est la mauvaise chose à dire. Ses yeux se dirigent vers les miens, me rappelant une lionne se concentrant sur sa proie.

— Il y a quelqu'un d'autre.

— Non, pas vraiment.

— «Pas vraiment» ce n'est pas un *non*, siffle-t-elle.

Je me penche en avant, joignant mes mains sur le dessus de mon bureau.

— Je ne vois personne, si c'est ce que tu demandes.

Elle essuie les larmes sur son visage.

— Mon propriétaire a déjà loué mon appartement. Je dois le quitter dans une semaine.

La culpabilité frappe de nouveau. Je ne peux pas rompre avec elle et la forcer à se débrouiller chez des amis pendant des semaines tout en essayant de trouver un nouvel endroit.

— Tu peux prendre le mien. Je trouverai autre chose.

Elle enfouit son visage dans ses mains.

— Donc c'est juste fini ? Comme ça ?

Je me racle la gorge.

— Oui. Je suis désolé.

Elle se lève brusquement et sort en marchant rapidement. Je la regarde partir, sachant que j'ai pris la bonne décision et me demandant, en même temps, si je vais le regretter. Ce que nous avions était agréable, et c'était facile, et je ne suis pas sûr de ce à quoi je me suis ouvert, à part une vie à désirer une femme sur le point d'épouser quelqu'un d'autre – une femme avec qui je ne pourrais même pas être si elle était libre.

Ce ne sera jamais juste pour toute femme avec qui je finirais. Parce que je souhaiterai toujours être avec Quinn à la place.

CHAPITRE 26

Quinn

Dee a passé la majeure partie de mardi à être furieuse parce que je suis arrivée en retard. Comme j'ai pris un congé maladie, elle ne pouvait pas vraiment me réprimander, mais elle a passé la journée à me punir, et mercredi semble être tout aussi pénible.

— J'ai besoin d'une ébauche du supplément de logement de D.C. sur mon bureau pour seize heures, aboie-t-elle.

Je laisse échapper un soupir las. Je m'attendais à sa réaction, mais ça me fatigue quand même. Peut-être est-ce simplement parce que perdre ma dernière chance de parler à Rose m'a épuisée.

— Nous n'en avons pas besoin avant deux semaines.

— Et maintenant, nous en avons besoin aujourd'hui, répond-elle avec un sourire cassant. Si tu avais été plus présente cette semaine, ça ne poserait pas de problème.

Elle s'éloigne, et je pense à ma conversation avec Nick lors du voyage au New Jersey. À propos de l'architecture, de pourquoi je reste dans ce travail que je déteste. Je suppose que c'est égoïste de considérer dépenser cet argent pour un diplôme que je n'utiliserai peut-être jamais quand Jeff pourrait commencer une nouvelle vie avec après mon départ. Mais il y a une petite graine de résistance en moi qui dit que *non, ce n'est pas égoïste. Tu as assez sacrifié pour lui, suivi ce qu'il voulait et fait ce qui était le mieux pour lui assez longtemps. Non.*

Je vais en ligne et cherche les informations pour le service des admissions de Georgetown. Puis, les mains tremblantes, j'envoie un e-mail pour leur demander s'il serait possible que je revienne.

~

Jeff m'appelle ce soir-là, misérable. Il déteste voyager. Pour lui, chacun de ces déplacements est une série interminable de petites irritations : la longue file d'attente pour la voiture de location à Albany, la chambre d'hôtel qui sent la cigarette, la restauration rapide pendant des jours, la pénurie de dentifrice dans une ville où toutes les boutiques sont fermées depuis une heure. Nous savions tous les deux dès le départ que ce boulot ne lui conviendrait pas à bien des égards. Mais il était désespéré de trouver du travail après son dernier licenciement, et moi aussi. J'aurais probablement dû l'encourager à attendre quelque chose de mieux.

— Je suis désolée, soupiré-je. Peut-être que tu devrais chercher autre chose quand tu reviendras.

— C'est l'enfer à D.C., dit-il. On devrait juste rentrer chez nous.

Ce n'est pas la première fois que je l'entends dire ça. Jusque dans ses os, Jeff sera toujours un homme de la campagne. Il veut le calme et de grands espaces ouverts, mais pas moi. Je ne l'ai jamais voulu.

— L'entraîneur a suggéré mille fois qu'il voulait que je revienne en tant qu'assistant, et il doit prendre sa retraite bientôt. Là-bas, on pourrait vivre décemment avec un salaire d'enseignant.

Un signal d'alarme retentit dans ma tête, suivi d'un frisson entre mes omoplates. J'ai toujours eu le dessus dans notre relation. C'est moi qui suis partie pour D.C., prête à tout arrêter. C'est lui qui m'a suivie, renonçant à beaucoup pour être avec moi. Mais une fois mariés, qu'en sera-t-il ? Il sait que je ne veux pas vivre là-bas, mais il sait aussi que je ne suis pas du genre à beaucoup me battre pour quoi que ce soit. S'il insiste, je finirai par accepter d'y aller. Et mon héritage ne sera plus *mon* argent, mais le *nôtre*, et il aura très probablement autant de droits dessus que moi.

— J'ai envoyé un e-mail à Georgetown aujourd'hui, lâché-je brusquement. Au service des admissions. Pour voir si je peux revenir.

Je voulais introduire le sujet doucement. *Mince.*

Il reste silencieux si longtemps que je commence à me demander s'il m'a même entendu.

— Chérie, dit-il finalement d'une voix faible. Tu ne l'envisages pas vraiment hein ?

Il fait de l'obtention d'un diplôme en architecture quelque chose qui semble être un rêve irréalisable. Comme si je venais de lui dire que je veux être gymnaste olympique ou jouer dans *Hamilton.* C'est une des nombreuses façons dont lui et ma mère se ressemblent – les choses qu'ils désirent dans la vie n'ont jamais nécessité de diplôme, donc pour eux, c'est un accessoire inutile. Donc un *deuxième* diplôme serait complètement superflu.

— Évidemment que si, sinon je ne leur aurais pas envoyé de mail.

— Merde, Quinn, soupire-t-il. Je te dis que je pourrais perdre mon emploi et tu penses que c'est le bon moment pour démissionner ?

Y aura-t-il jamais un bon moment pour ça, Jeff ? Y aura-t-il jamais un moment où tu ne seras pas sur le point de perdre un emploi ? L'irritation se transforme en colère alors que je retiens tout ce que je veux dire.

— Pourquoi était-il acceptable pour moi de gaspiller mon héritage dans cette maison que je ne voulais même pas à Manassas, mais il n'est pas acceptable que je l'utilise pour un diplôme que j'ai voulu toute ma vie ?

Il soupire.

— Parce qu'une maison fait avancer nos vies. Notre quartier n'est pas un bon endroit pour les enfants. Tu le sais. Mais pense à combien de temps ton diplôme va prendre. Quatre ans ? Cinq ans ? Et tout ce temps, tu accumules des dettes et tu ne travailles pas. Ce qui signifie que nous n'aurons pas d'enfant avant que tu aies terminé. J'ai 32 ans. Je ne veux pas attendre d'être dans la quarantaine pour commencer une famille, et c'est essentiellement ce que tu me demandes.

— Je n'ai peut-être que quelques années à vivre, réponds-je. Je ne pense même plus que les enfants soient envisageables pour moi.

— Arrête de dire des choses comme ça ! exige-t-il. Tu n'as aucune idée de combien de temps tu vas vivre ! Nous n'avons même pas encore rencontré l'oncologue.

— Que j'aie un an ou un siècle, je vais vouloir le diplôme plus qu'une maison.

Il se tait de nouveau, recalibrant sa pensée.

— Écoute chérie, dit-il enfin. Je sais que je ne réagis pas comme tu le voudrais, mais tu me prends un peu de court avec ça. Si le diplôme est si important pour toi, nous pouvons en discuter, d'accord ? Attends juste que je sois de retour à la maison.

Je suis d'accord, mais quand je raccroche, il n'y a qu'une pensée dans ma tête : *cet argent est à moi*. Et soudain, il me semble très important de le dépenser comme je le souhaite avant qu'il ne devienne le *nôtre*.

CHAPITRE 27

Nick

Ça fait quarante-huit heures que je n'ai pas parlé à Quinn.

Trop longtemps.

J'ai besoin d'entendre son rire rauque, de voir son sourire surpris et le plaisir sur son visage pour le moindre détail.

Dieu sait que je ne devrais pas, mais je me retrouve à composer son numéro jeudi matin. Je pourrais prétendre que c'est un appel professionnel, mais je ne trompe personne à ce stade.

— Je voulais juste vérifier combien d'adolescents disparus tu as croisés depuis la dernière fois que je t'ai vue, dis-je.

Elle rit.

— Mon yaourt semble avoir disparu de notre salle de pause, si ça compte. Hé, devine ce que j'ai fait ?

Je m'installe dans ma chaise, appuyant ma tête contre le mur derrière moi.

— Appris à voyager dans le temps ?

— Pense plus petit. J'ai demandé à Georgetown de revenir.

Il y a quelque chose de nouveau dans sa voix. Une certaine énergie, une excitation que je n'ai jamais entendue auparavant.

— Qu'est-ce qu'ils t'ont dit ?

Elle soupire.

— J'avais un espoir ridicule qu'ils puissent me trouver une place pour l'année scolaire à venir, mais c'est trop tard. Par contre, ils ont dit l'automne prochain à coup sûr, et peut-être janvier.

Je pourrais peut-être l'aider, mais je ne veux pas lui donner de faux espoirs.

— L'important, c'est que cela se réalise.

— Oui, acquiesce-t-elle, l'excitation quittant sa voix. Probablement.

— Qu'entends-tu par *probablement* ? demandé-je. C'est ce que tu veux. Il n'y a pas de *probablement*. Ça va se faire.

Elle hésite. Je peux l'imaginer là, appuyant des doigts sur sa tempe ou tournant sa bague.

— Je ne sais pas. Si je l'utilise pour une maison, Jeff pourra en profiter... Ou il pourrait la vendre et retourner en Pennsylvanie pour recommencer. C'est ce qu'il veut faire de toute façon. Est-ce égoïste de dépenser cet argent pour un diplôme que je n'utiliserais peut-être jamais ?

Une colère aiguë et englobante me transperce. Elle a une putain de tumeur au cerveau. Il devrait renverser le monde pour réaliser chacun de ses rêves.

— Non, sifflé-je. Ce n'est pas égoïste. Ce qui est égoïste, c'est qu'il te demande de faire autre chose avec cet argent.

— Eh bien, une fois mariés, ce sera notre argent, non ? Ça ne sera même plus ma décision.

Putain de merde. L'idée qu'elle aille vraiment jusqu'au bout de ce mariage me tue. L'idée que Jeff l'empêche d'obtenir ce diplôme me dérange presque autant.

— Peut-on se voir au port ce soir ? Vers dix-huit heures ? demandé-je. Il se pourrait que je puisse faire quelque chose. Je dois passer quelques coups de fil d'abord.

Elle hésite.

— Bien sûr, dit-elle enfin, sa voix douce et un peu incertaine.

Et je commence à compter les minutes jusqu'à ce que je voie une femme que je ne pourrai jamais avoir.

~

La lumière commence déjà à faiblir quand je sors finalement de l'hôpital. Je marche vite, me frayant un chemin à travers la foule d'étudiants et de touristes, un flot de personnes entrant dans Dean & Deluca, et un autre essayant de s'en échapper. Le soleil est à mi-chemin lorsque j'arrive au bord de l'eau, et je scrute la foule avec le cœur lourd, me demandant si je l'ai manquée.

Elle est assise sur un banc, dans une robe bleue, le tissu léger flottant autour de ses genoux. Son expression est mélancolique alors qu'elle regarde les danseurs. Lorsque nos regards se croisent, elle me donne un sourire qui rivalise avec le soleil.

Je prends place à côté d'elle, essayant de me concentrer sur mes raisons d'être ici et non sur sa proximité, sa peau lisse, l'odeur de son shampooing. C'est plus difficile qu'il n'y paraît.

— J'ai passé un appel aujourd'hui. Un ami à moi travaille au bureau des admissions. Tu es acceptée pour cet automne, si tu le souhaites. La plupart des cours dont tu auras besoin seront déjà pleins. Il a dit qu'il trouverait un moyen de te faire entrer dans la majorité d'entre eux. Il t'enverra un e-mail demain matin.

Sa bouche est ouverte, ses yeux grands et incertains.

— Qu... Quoi ? Tu m'as fait entrer dans la promo de l'automne ? Comme ça ?

Je hoche la tête.

— Si tu le souhaites. Je ne veux pas que tu te sentes sous pression. Je pensais juste–

Elle se précipite en avant et me serre fort dans ses bras, riant et pleurant en même temps.

— Sous pression ? Tu viens de me sauver ! s'exclame-t-elle. Oh mon Dieu, je t'aime tellement !

Putain, ce que je ne donnerais pas pour l'entendre le dire pour de vrai.

Elle me lâche, appuyant ses paumes sur ses joues rosies.

— C'est incroyable ! Je commence l'école ! s'écrie-t-elle. Je commence vraiment l'école !

Elle rayonne, et il m'est impossible de ne pas lui sourire en retour, mais j'ai encore quelque chose d'autre à discuter avec elle, et c'est un peu plus délicat.

— J'ai également parlé à un ami avocat en droit de la famille pour protéger ton argent. Il a dit qu'un contrat prénuptial serait le mieux, mais tant que tu as signé le contrat avec Georgetown avant la date de ton mariage, l'argent de ton père sera légalement considéré engagé pour ton éducation et devrait primer sur toute réclamation que Jeff pourrait avoir dessus.

Elle hoche la tête légèrement.

— Merci, dit-elle doucement. Tellement. Je ne sais même pas quoi dire.

— Tu n'as pas à dire quoi que ce soit. Je veux juste m'assurer que tu sois heureuse.

Elle mordille sa lèvre alors que ses yeux se posent sur les miens. Peut-être entend-elle la finalité dans ces mots, la manière dont j'essaie de me convaincre que c'est un adieu. Et ça doit être un adieu. Autant je ne veux pas partir ce soir, la laissant entre les mains incompétentes de Jeff, autant je n'ai pas le choix. Il me suffira de savoir qu'elle retourne à l'école. Qu'elle épouse Jeff ou non, au moins elle obtient quelque chose qu'elle voulait.

Je me lève.

— Je pense que tu me dois une danse avant de partir.

Elle lève les yeux vers moi avec prudence, puis se lève lentement.

— Je ne suis vraiment pas douée, dit-elle.

Je prends sa main gauche et la place sur mon épaule, avant de prendre sa main libre dans la mienne.

— D'accord, marche, lui dis-je. Un, deux. Un, deux. Maintenant, un pas de rock.

Ce rêve que j'ai toujours de nous dansant ensemble – était-ce quelque chose du passé ou rêvais-je de ce moment, ici et maintenant ? Ce dont je me souviens surtout, c'est combien je la désirais. Combien je voulais la garder avec moi pour toujours. Je le ressens à présent, tout autant.

— Ça va ? demande-t-elle, fronçant les sourcils.

— Je suppose que tu ne trouveras pas ça étrange si je te dis que je crois avoir rêvé de ce moment ?

Son regard se détourne de moi.

— Moi aussi. Tu avais l'habitude de… Je veux dire, j'ai *rêvé* que tu venais me retrouver à la sortie d'un de mes cours pour me raccompagner chez moi. Et une nuit, nous avons dansé sur l'herbe.

Ses mots s'installent, remplissant les espaces vides dans mon esprit. Je la tire plus près.

— C'est pour ça que tu viens ici ?

Parce que si j'avais su que ça existait, je pense que je serais venu aussi.

Son sourire s'éteint un instant alors qu'elle regarde autour de nous.

— Je pense que oui. Et maintenant ça me rappelle…

Elle rougit, laissant ses mots en suspens.

Ma main se pose sur sa hanche.

— Ça te rappelle quoi ?

Elle fixe le sol plutôt que moi.

— La nuit où tu m'as demandée en mariage.

Je m'arrête de danser juste un moment, surpris par ce qu'elle vient de dire, mais encore plus surpris de savoir que je le savais déjà en quelque sorte. Je ne peux pas détailler notre passé comme elle le fait, mais j'en connais la couleur, le sentiment qui se cache derrière. Je sais que je voulais l'épouser, même si je ne me souviens pas d'avoir posé la question.

— J'ai l'impression de le savoir, lui dis-je.

Elle est toujours embarrassée par son aveu, alors je reprends nos pas.

— Et maintenant, on fait un petit tour.

— Je ne peux pas to– commence-t-elle, mais elle est déjà en train de tourner loin de moi, se déployant sans effort comme une toupie avant que le mouvement ne la ramène vers moi.

Elle atterrit contre ma poitrine, et lorsque je baisse les yeux, nos bouches sont à quelques centimètres. Mes yeux s'y attardent un moment de plus qu'ils ne le devraient. Nous avons déjà été ici. Exactement ici. Je me demande si je la désirais autant à l'époque que maintenant.

Elle avale sa salive et s'éloigne.

— Il commence à faire noir, dit-elle. Je devrais probablement aller au métro.

Sa voix haletante me donnerait des frissons si je n'en avais pas déjà. Je veux qu'elle reste. Je veux que cet adieu ne finisse jamais, mais ce n'est pas à moi de décider. Nous prenons le chemin près de l'eau, bien que ce soit le plus long. Le soleil est dans son dernier souffle, colorant le ciel de bandes de charbon et de rose. Les grillons semblent commencer à chanter tous en même temps, bien que ce soit probablement juste qu'il y ait enfin assez de silence pour les entendre.

— J'ai fait un autre rêve, dit-elle doucement. La nuit où nous étions à Baltimore.

Je me fige. Elle serait mieux de rester ignorante sur certaines choses qui se sont passées cette nuit-là.

— Ah ouais ?

— À propos de ton frère.

Mon frère est mort depuis plus d'une décennie, mais l'idée qu'elle se soit glissée dans mon lit en cherchant Ryan me donne envie de passer mon poing à travers un mur.

— Dis-moi que tu ne te souviens de rien de sexuel avec mon frère quand tu étais apparemment mariée avec moi.

Elle rit.

— Non. Ce n'était pas comme ça. J'étais à un bal avec toi, et il était là avec… Comment s'appelait-elle ? Lisette Durand. Elle était française.

Merde de putain de merde. Elle se souvient de choses dont même moi, je ne me souviens pas.

— Donc, je t'ai emmenée au bal et ce dont tu te souviens,

c'est de mon frère. Tu es en train de détruire ce qu'il reste de mon estime de moi.

Son rire est rauque, et le son va directement vers mon sexe.

— Es-tu jaloux ?

— Bizarrement, oui.

— Ne le sois pas, dit-elle, souriant. Nous avons fini à l'arrière de *ta* voiture.

Je gémis. Ce n'est pas ce que j'ai besoin d'entendre dans un lieu public, mais je ne peux pas m'empêcher de demander plus.

— Et je suppose que, tout comme notre lune de miel, tu ne te souviens mystérieusement pas de ce qui s'est passé là-bas non plus ?

Elle rougit, sa langue tapotant une fois contre sa lèvre supérieure.

— En fait… commence-t-elle. Je m'en souviens.

Nous avons atteint le métro au pire moment possible.

— Mais tu ne vas rien me dire de tout ça, n'est-ce pas ?

Elle secoue la tête, rougissant furieusement.

— Non.

Et, en appuyant ses lèvres sur le coin de ma mâchoire, elle se retourne et s'éloigne.

CHAPITRE 28

Quinn

Rentrer à la maison depuis Foggy Bottom n'est *jamais* facile. Ça implique de prendre la ligne orange jusqu'à Metro Center, puis d'attraper la ligne jaune jusqu'à mon arrêt. Je suis bousculée et poussée, projetée en avant quand je monte dans le train, repoussée en arrière quand d'autres nous rejoignent. On me marche sur les pieds. Inévitablement, je cède ma place à une personne âgée ou à un enfant, tandis qu'un type désagréable s'assoit jambes écartées, occupant deux sièges au lieu d'un.

Ce soir n'est pas différent, pourtant je souris tout le long du trajet.

Retourner à l'école joue beaucoup – ça signifie prendre les cours dont j'ai rêvé si longtemps et dire à Dee d'aller se faire voir dans un avenir proche – mais je me mentirais si je lui attribuais tout le mérite. Car ce qui me fait vraiment sourire en ce moment, en fermant les yeux pour me remémorer la dernière heure plus pleinement, c'est Nick. C'est de danser avec lui, de l'avoir qui m'accompagne au métro, de l'appel qu'il a passé, réalisant en un instant quelque chose que j'ai voulu pendant des années.

Lorsque le trajet se termine enfin, je rentre à pied à la maison, me préparant pour des choses moins joyeuses – comme la discussion avec Jeff qui s'annonce. Il est dans la cour quand j'arrive, jouant au football avec Isaac, et je reste un moment à les observer.

— Vas-y à fond ! crie Jeff, et Isaac court à toute allure, attrapant le ballon du bout des doigts avant de se retourner pour sourire à Jeff, attendant les éloges qu'il sait qu'il va recevoir.

Jeff lui fait un pouce levé, rayonnant comme un père fier. La vue me rend heureuse et triste en même temps, parce que c'est ce que Jeff est destiné à être. Un père et un entraîneur de football dans une petite ville. Mais à la place, il a essayé de s'adapter à mon monde, essayant de se conformer à mes paramètres, tentant une chose après l'autre, qui ne l'intéresse pas ou ne lui vient pas naturellement. Il a fait tout ça pour moi. Ai-je pensé une seule fois à lui alors que je fantasme sur quelqu'un d'autre et que je prévois de quitter mon travail ?

Une boule se forme dans mon estomac alors que Jeff me voit m'approcher et sourit largement, serrant le ballon de football contre sa poitrine. Son amour pour moi est si pur, mais je ne peux plus en dire autant.

— Salut chérie, dit-il, embrassant mon front.

Il lance le ballon à Isaac et lui fait signe en m'enveloppant d'un bras et en me guidant vers l'intérieur. Il ouvre la porte du réfrigérateur.

— J'allais commencer le dîner, mais je n'étais pas sûr de quand tu rentrerais.

Sa bonté me fait me sentir mesquine.

— Je pensais que tu n'arriverais que plus tard.

— J'ai pris un vol plus tôt, dit-il, serrant mon épaule. J'avais juste besoin de te voir après notre discussion hier soir. Je sais que les dernières semaines ont été assez stressantes, entre ta tumeur et la perte de notre salle de réception. Et peut-être que j'ai été trop insistant sur la maison. Je veux juste…

— Georgetown me laisse commencer à l'automne, dis-je, d'un seul trait.

Sa mâchoire s'ouvre.

— *Quoi* ? On a dit qu'on en parlerait.

— Non, réponds-je. *Tu* as dit qu'on en parlerait. Je veux finir mon diplôme en architecture, et j'ai l'argent pour le faire. Je donnerai mon préavis à Dee dans les prochaines semaines.

— Sérieusement, Quinn ? s'exclame-t-il. On discute de ces choses. Tu ne peux pas faire ce que tu veux.

Je croise son regard, et je me sens… différente. Comme s'il y avait une autre version de moi-même impatiente de voir le jour, une version fatiguée de faire des sacrifices. J'abandonne tout ce que je pourrais avoir avec Jeff, mais j'en ai fini de ménager mes coups. J'en ai fini de faire comme si son bonheur et celui de ma mère comptaient plus que le mien.

— Est-ce qu'on discute de ces choses ? demandé-je. Parce que je ne me souviens pas que *tu* aies dit un mot avant de quitter ton emploi. Deux fois.

— Tu sais que j'ai essayé, dit-il, presque muet de choc.

Ce qu'il veut vraiment dire, c'est *comment peux-tu me jeter ça au visage maintenant* ? Et peut-être qu'il a raison. Je ne suis plus sûre de rien.

— Et ce dont tu parles, c'est tellement différent. Je te dis que je pourrais perdre mon emploi et toi, tu décides de *quitter* le tien. Même si je garde mon travail, tu te rends compte à quel point les choses seront serrées avec un seul revenu ?

Ma main serre le comptoir. *Vient-il vraiment de me poser cette question* ? Nous vivons avec un seul revenu – *le mien* – par intermittence depuis six ans. Je ne suis pas sûre d'avoir réalisé, jusqu'à cet instant, à quel point je lui en veux pour ça.

— Bien sûr que je me rends compte à quel point les choses seront serrées, réponds-je, et je marche vers la chambre et ferme la porte derrière moi avant de pouvoir dire quelque chose de pire.

J'entends le rugissement de son pick-up, et au lieu de m'inquiéter que nous nous disputions, je suis juste vraiment contente qu'il soit parti.

Je veux Nick maintenant. À la place, j'allume Netflix et cherche *Inception*. Le fait de le regarder est comme un petit acte de rébellion. J'en suis à deux minutes quand Nick m'envoie un texto, et ça ne me surprend même pas. J'avais besoin de lui, et le voilà.

Nick : J'écoute Everlong en boucle.

Moi : Je regarde Inception. Ça vient de commencer.

Nick : Avec Jeff ?

J'hésite. L'impulsion de me plaindre de la dispute que nous venons d'avoir est indigne.

Moi : Non, il est sorti.

Quelques secondes plus tard, le téléphone sonne.

— Je vais le regarder avec toi, dit Nick. Où en es-tu ?

Je lui dis, me demandant si sa petite amie n'est pas là ou s'il a juste été un peu plus ouvert avec elle que je ne l'ai été avec Jeff à propos de tout ça. Quelque part, je doute qu'il l'ait été.

Nous regardons, principalement en silence, à part mes demandes occasionnelles de spoilers.

— Sa femme va s'en sortir ? murmuré-je.

Son rire est doux. Je peux presque le sentir contre mon oreille, sentir sa chaleur à mes côtés, le chlore et son shampoing.

— Je ne peux pas te le dire.

— Juste dis-moi si…

Il me coupe.

— Regarde le film, bébé.

Ce mot. Un frisson silencieux me traverse. Je me demande s'il se rend compte qu'il l'a dit.

À la fin du film, je pleure. Pas une jolie pleurnicherie, mais des sanglots hystériques.

— Je suis si contente que tu ne puisses pas me voir, dis-je avec une sorte de rire mêlé de sanglots. Je ressemble à une idiote en ce moment.

— Non, ce n'est pas le cas, dit-il doucement, avec certitude dans sa voix. Tu as aimé ?

J'avale. Je me sens apaisée et le cœur brisé en même temps.

— C'était le film le plus magnifique que j'aie jamais vu. Mais tu penses qu'il est rentré chez lui ? Je suppose qu'on n'est pas censé le savoir.

Ma voix se brise. Je n'arrive pas à croire que je pleure autant pour un film.

— Je pense qu'il est rentré chez lui.

— Je pense aussi qu'il l'a fait, dit Nick.

Nous restons en silence un moment, et je me laisse imaginer toute une vie comme celle-ci, où toutes les choses belles et douloureuses du monde sont partagées avec quelqu'un d'autre, quelqu'un qui les ressent et les voit comme moi. Mes yeux se ferment fort.

J'aimerais pouvoir avoir ça.

J'aimerais qu'il soit à moi.

CHAPITRE 29

Quinn

Le lendemain matin, Dee m'interpelle depuis son bureau et je me dirige lentement vers elle, les dents serrées. Je ne suis jamais d'humeur à supporter ses absurdités, mais c'est particulièrement le cas aujourd'hui avec tant d'autres choses qui me stressent. Je n'ai toujours pas échangé un seul mot avec Jeff depuis notre dispute hier soir.

Dee me regarde avec encore plus de haine que d'habitude quand j'entre dans son bureau, mais je m'y attendais. Aujourd'hui, en me préparant, je n'ai rien minimisé. J'ai mis ma robe fourreau gris pâle préférée, des talons rouges à lanières, un maquillage soigné. Je savais que je risquais d'attiser sa colère en arrivant avec les joues roses et éclatantes. C'était *libérateur* de ne plus avoir à m'en soucier. C'est libérateur même maintenant. Je n'arrive pas à croire que j'ai passé tant d'années dans ce travail que je déteste, me recroquevillant comme si le sort du monde dépendait de ma présence ici.

Je n'ai pas encore décidé quand je démissionnerai – ça serait logique d'attendre juste avant le début de l'école, surtout que Jeff pourrait perdre son emploi à tout moment – mais je m'attends à ce que ce soit le moment où elle me poussera à bout. Ce qui pourrait être n'importe quand, en réalité. Peut-être aujourd'hui.

Elle a une énumération de plaintes, bien sûr. Elle déteste la mise en page, la couverture, elle déteste même les éléments de design qu'elle a elle-même exigé. Curieusement, ça me dérange moins que d'habitude, car je vois enfin la lumière au bout du tunnel. Son temps pour m'utiliser comme souffre-douleur s'épuise.

Je suis à mon bureau en train de faire encore un autre ensemble de modifications inutiles quand Trevor tire une chaise à côté de moi.

— Tu es magnifique aujourd'hui, dit-il. Et beaucoup trop heureuse.

Je lui souris.

— Les temps changent.

— Et maintenant, tu cites Bob Dylan, dit-il. Donc, tu te transformes soit en septuagénaire, soit tu as enfin eu une aventure.

Mon téléphone sonne. Le nom de Jeff apparaît sur l'écran et mon sourire s'estompe. Il était dans le lit à côté de moi quand je me suis réveillée ce matin. J'ai observé son visage, en remontant chaque bon souvenir que j'avais de nous pour ressentir ce que je suis censée ressentir mais ça n'a pas marché.

— Personne ne s'envoie en l'air, je t'assure. Mais je pars tôt aujourd'hui, ce qui est presque aussi bien.

— Pour voir le Dr. Canon ? demande-t-il avec enthousiasme.

Je ravale ma salive.

— Nous rencontrons un autre médecin, mais je pense qu'il sera là.

— Jeff et Nick dans la même pièce ? demande-t-il en illuminant ses yeux. Puis-je venir ? Je serai ton accompagnateur. Des coups vont certainement être échangés.

Je ris à contrecœur.

— Je ne suis pas sûr qu'on amène un accompagnateur à un rendez-vous chez le médecin. Et il n'y aura pas de bagarre. J'ai l'intention de dire à Jeff de rester civil.

Trevor sourit.

— D'après ce que j'ai vu l'autre jour, je doute que ce soit *Jeff* dont tu devrais t'inquiéter.

~

Je remets les épreuves à Trevor pour Dee en chemin vers le déjeuner. À mon retour, elle m'attend dans la réception, faisant cliqueter ses ongles sur le bureau dans une tentative ratée de maîtrise de soi.

— Ça ne va pas du tout, dit-elle en me tendant les pages que j'avais données à Trevor plus tôt.

Mes dents grincent l'une contre l'autre.

— C'est exactement ce que vous avez demandé.

— Recommence simplement, dit-elle. Repars de zéro. Rien ne va.

Je la fixe. Elle s'attend à ce que je jette deux semaines de travail à la poubelle et refasse tout cinq jours avant notre date d'impression.

— Ce n'est pas possible, dis-je d'un ton plat. Nous devons imprimer mardi. Il n'y a tout simplement pas assez de temps.

Elle me lance un sourire bref et amer.

— Eh bien, il semble que tu sais comment tu passeras le week-end, n'est-ce pas ?

Il n'y a rien de mal avec cette mise en page. Elle me punit simplement. Peut-être à cause de la robe, peut-être à cause de mon insouciance du jour. Jeff me demanderait pourquoi j'ai cherché à la provoquer en premier lieu, mais Nick me demanderait pourquoi diable je suis encore ici, et pourquoi diable j'ai laissé quelqu'un me traiter si mal. Des questions que je me pose maintenant.

Je lui rends l'exemplaire.

— Je ne vais pas le refaire.

Ses sourcils se froncent.

— Tu sembles oublier qui signe ta paie.

Je voulais partir en beauté, mais à la place, la fin sera simple et sans drame.

— Alors ne les signez plus, réponds-je sans émotion. Je démissionne.

Je n'ai jamais vu Dee choquée jusqu'au silence. Je me dirige vers mon bureau et elle me suit.

— Tu ne peux pas faire ça, bafouille-t-elle. Nous imprimons la semaine prochaine.

Je saisis mes affaires, reconnaissante que presque tout le monde soit parti déjeuner, donc je n'ai pas d'audience.

— Eh bien, j'ai remarqué que vous vous amusez avec la mise en page quand je ne suis pas au bureau, donc peut-être que vous pourrez trouver une solution.

Je sors directement par la porte. La fin juillet à D.C. est misérable – l'air est si épais qu'il est difficile de respirer et la chaleur colle à vos vêtements dès que vous mettez le pied dehors – mais en ce moment, pour moi, c'est parfait. En ce moment, je ne suis pas Quinn, la femme de vingt-huit ans qui pourrait mourir. J'ai de nouveau dix-huit ans. Une fille avec des rêves, sur le point de quitter la ferme et d'aller en ville, avec tout son avenir devant elle. Mon père me soutenait à l'époque. Je ne suis pas sûre de ce qui a changé quand il est tombé malade, ce qui l'a rendu désespéré de me garder en sécurité et de me maintenir dans cette petite vie avec Jeff. Mais j'aime cette version de moi-même, et je pense qu'il l'aurait aussi aimée.

Je sors mon téléphone et passe un appel avant de changer d'avis. Nick répond dès la première sonnerie.

— Quinn ? Tout va bien ?

Il semble légèrement paniqué. J'aime qu'il se fasse du souci pour moi.

— Oui, tout va bien, je... Est-ce que je te dérange ?

— Non, pas du tout, dit-il. Attends un instant.

J'entends du bruit en arrière-plan, puis une porte se ferme et il y a le silence.

— C'est bon. Je suis dans mon bureau. Qu'est-ce qui se passe ?

Ma bouche se courbe en un sourire.

— Devine qui vient de quitter son travail ?

— Tu es sérieuse ? demande-t-il.

J'aime que le son de sa voix soit plus enthousiaste que préoccupé.

— C'est fantastique. Ta patronne était furieuse ?

— Tellement furieuse.

Il rit.

— Mon dieu, j'aurais tellement aimé être là.

Je m'appuie contre le mur, à l'ombre d'une marquise.

— C'était plutôt cool. Je dirais presque que ça a failli valoir la peine de rester là-bas aussi longtemps que je l'ai fait, mais ce serait évidemment un mensonge.

— Je suis fier de toi, dit-il. J'aurais juste aimé que tu l'aies fait il y a des années.

— Ouais, moi aussi.

Pourquoi ne l'ai-je pas fait ? Pourquoi diable ai-je laissé Jeff décider de ce que je ferais pour l'université ? Ma seule réponse est que je faisais plus confiance à l'avis de mon père sur les choses qu'à ma propre opinion et que j'ai laissé Jeff prendre cette position une fois qu'il est parti.

— Enfin bon, on se voit à la réunion avec le Dr Patel.

— Est-ce que Jeff sera présent cette fois ? demande-t-il.

Il n'y a aucun doute sur l'hostilité dans sa voix.

Je soupire, passant une main dans mes cheveux.

— Ouais. Mais en parlant de Jeff, je, euh, ne lui ai pas dit que j'avais démissionné. Alors, si tu pouvais peut-être ne pas en parler, je t'en serais reconnaissante.

Il y a un instant de silence.

— Tu me l'as dit avant de le dire à ton fiancé ? demande-t-il. Intéressant.

Je grogne.

— Non, ce n'est pas ça. Je…

Je n'ai vraiment pas d'excuse. La vérité, c'est qu'en quelques semaines seulement, Nick est devenu ma personne. C'est lui, pas Jeff, vers qui je veux me tourner avec tous mes problèmes, qu'ils soient bons ou mauvais. Je veux lui confier mes problèmes emballés dans un joli paquet et le voir m'aider à porter le poids. Je veux qu'il me confie les siens aussi.

— On se voit plus tard, dis-je, en mettant fin brusquement à l'appel.

Je ferme les yeux, souhaitant pouvoir mettre en pause ma vie pendant une semaine. Assez longtemps pour remettre de l'ordre dans ma tête. Nick est pris, je suis prise. Même si nous nous disputons, j'aime Jeff. Je m'imagine à quel point il serait dévasté si je suggérais d'annuler le mariage, et je ressens ce lourd malaise dans mon estomac. Il m'a aimée et fait confiance pendant la majeure partie de notre vie d'adulte, et je ne peux pas tout lui jeter au visage maintenant, quelques semaines avant la cérémonie. Je ne peux tout simplement pas être cette personne.

~

Je déambule dans la ville et arrive à l'hôpital une heure plus tard. Jeff est dans la salle d'attente quand j'entre. Il se lève et m'enlace.

— Je suis désolé pour hier soir, dit-il. Je n'aurais pas dû partir comme ça.

Mes yeux se ferment et l'air sort de ma poitrine.

— Moi aussi, je suis désolée.

J'ai toujours détesté tout type de dispute entre nous, alors je ne sais pas pourquoi je me sens simplement résignée plutôt que soulagée. Une infirmière nous conduit dans le bureau du Dr. Patel, et alors que nous sommes présentés, une blague que j'ai entendue quelque part il y a longtemps me vient à l'esprit : *Pourquoi doit-on clouer les cercueils ? Pour empêcher les oncologues d'entrer*. En d'autres termes, si vous êtes confronté à un oncologue qui ne semble pas optimiste, qui n'a pas une longue liste d'options pour quelqu'un qui est manifestement sans espoir, vous êtes vraiment dans de sales draps.

Et le Dr. Patel ne paraît pas optimiste.

Son sourire est atténué, plutôt qu'encourageant. Il y a un manque d'urgence dans ses gestes, comme s'il savait déjà qu'il ne ferait pas grand-chose aujourd'hui.

— Nous sommes un peu en avance, dit-il. Nous devrions laisser le Dr. Reilly arriver.

— Je pense que nous pouvons commencer sans lui, dit Jeff, avec une pointe d'irritation dans sa voix.

— Attendons, dis-je.

Heureusement, Nick apparaît à la porte à ce moment-là, avec l'air de quelqu'un qui a couru pour arriver ici – cravate desserrée et cheveux ébouriffés. Ses yeux se posent immédiatement sur moi, son regard parcourant chaque centimètre de ma peau avec une telle intensité qu'elle semble palpable. Il y a une connexion entre nous, quelque chose de physique que je ne peux pas expliquer. C'est comme si mes terminaisons nerveuses se réveillaient après un long repos chaque fois qu'il est près de moi.

Les deux médecins se serrent la main. Jeff et Nick se contentent de hocher la tête l'un à l'autre, le geste si petit et si hostile des deux côtés que même le Dr. Patel semble le remarquer. Nick tire une chaise à côté de la mienne.

— J'ai examiné vos scanners, commence le Dr. Patel en me regardant. Ainsi que les rapports du Dr. Reilly. Je pense qu'il vous a expliqué que cette tumeur se trouve dans une zone que nous ne pouvons pas atteindre, n'est-ce pas ?

Je hoche la tête, retenant mon souffle. Je veux qu'il expose les options et me dise qu'il y a des chances. Soixante-dix pour cent de chances serait l'idéal, mais je me contenterai de trente. Je me contenterai même de vingt.

— Malheureusement, une tumeur comme celle-ci est peu susceptible de bien réagir aux traitements disponibles, poursuit-il.

Je laisse échapper mon souffle et ma colonne vertébrale se courbe. L'espoir me maintenait, et il vient de me l'ôter. La main de Nick se crispe en un poing. Il savait, tout comme moi, que la situation n'était pas optimiste. Nous espérions tous les deux un miracle, alors que ni l'un ni l'autre n'y croit.

— *Peu susceptible* ne signifie pas que ça ne fonctionnera pas, dit Jeff.

Le Dr. Patel hoche la tête.

— C'est vrai, ça ne signifie pas que ça ne fonctionnera pas. Mais je pense que notre meilleur scénario serait que la chimiothérapie puisse donner un peu plus de temps à Quinn.

Mes mains tremblent, mais à l'intérieur, je me sens vide, épuisée. *Zéro pour cent*, voilà ce qu'il dit. J'ai zéro pour cent de chances de survivre. Je regarde par la fenêtre. Il y a des étudiants au loin, des sacs à dos sur les épaules, qui parlent, envoient des messages et réfléchissent à leurs projets de soirée. C'est le moment où je me sépare officiellement d'eux, de toutes les personnes dans le monde qui ont oublié la valeur du temps. Et Patel m'offre plus de temps, mais j'ai vu de mes propres yeux comment ça se passe. Nous avons supplié mon père de se battre. Nous l'avons convaincu d'essayer des traitements expérimentaux quand les traitements classiques ont échoué. Il a gagné trois mois de plus, mais ce fut trois mois pendant lesquels il était alité et nauséeux. Il est devenu un vieil homme sec et ratatiné devant nos yeux.

— Plus de temps pendant lequel je serai très, très malade, dis-je enfin, en regardant toujours par la fenêtre.

Le médecin fronce les sourcils.

— Dans des circonstances normales, une tumeur de cette taille aurait des effets secondaires significatifs, et je ne suis pas tout à fait sûr de la raison pour laquelle ce n'est pas le cas dans votre situation. Mais étant donné à quel point vous allez bien, je comprends que vous pourriez hésiter à suivre un traitement, sachant que cela vous rendra malade.

Je réfléchis. Je pense au fait que je retourne enfin à l'école. J'ai une chance de survivre suffisamment longtemps pour obtenir mon diplôme. *Et de passer plus de temps avec Nick,* je pense avant de pouvoir m'arrêter. Si je commence la chimiothérapie, vais-je en profiter ? Serai-je en assez bonne santé pour aller à l'école ? Non. Je serai malade, frêle et misérable.

— Ça ne m'intéresse pas, réponds-je.

— Quinn, murmure Jeff. Tu ne peux pas simplement écarter ce qu'il dit sans l'envisager.

Il se tourne vers le Dr. Patel.

— Quelles sont les options ? Parce que bien que la tumeur ne la rende pas malade, elle affecte définitivement sa personnalité.

La tête de Nick se tourne brusquement vers Jeff. Il a l'air d'un volcan sur le point d'exploser.

— Que voulez-vous dire par là ? s'écrie-t-il.

Jeff plisse un œil en sa direction et adresse sa réponse à moi plutôt qu'à Nick.

— Tu prends des décisions qui ne sont pas… qui pourraient ne pas être rationnelles. Je crains que ça soit un signe qu'il y ait pire à venir.

Je serre la mâchoire. Est-il vraiment en train d'insinuer que la décision de suivre ce diplôme est irrationnelle ? Un produit de ma tumeur plutôt que la chose que je veux sans cesse depuis une décennie ? J'ai beaucoup de choses à dire à ce sujet, mais pas devant un public.

— Nous en discuterons à la maison, dis-je d'une voix serrée. Mais je ne suis pas intéressée par un traitement.

— Je sais que tu ne veux pas l'entendre, dit-il doucement. Mais les tumeurs cérébrales provoquent des changements de personnalité, et l'irritabilité et le jugement altéré sont deux de ces changements. Je me suis renseigné à ce sujet plus tôt. Tu dois au moins entendre quelles sont les options.

Il se tourne à nouveau vers le Dr. Patel.

— Donc, il y a la chimiothérapie et la radiothérapie, n'est-ce pas ? Lesquelles pourraient aider ?

La voix de Nick émerge, un grognement sourd.

— On dirait que vous avez du mal à entendre ce que Quinn dit, fulmine-t-il. Alors permettez-moi de le répéter : elle ne veut pas de traitement.

Jeff tourne brusquement son regard vers Nick, la mince façade de civilité jetée aux oubliettes.

— Et il semble que vous oubliez que vous ne faites pas partie de cette décision.

Les yeux de Nick ont une lueur qui ne présage rien de bon.

— Je n'ai rien oublié. Ce qui n'est pas clair pour moi, c'est pourquoi vous pensez que c'est acceptable d'ignorer ce qu'elle veut et de parler à sa place.

Jeff se lève, repoussant sa chaise, et en quelques secondes, Nick se lève aussi. Leur haine l'un pour l'autre est telle un cinquième membre de notre petite réunion, et quelqu'un est sur le point de se faire frapper. La peur me propulse de mon siège.

— Jeff, reste ici et termine la conversation, dis-je avec précipitation. Découvre quelles sont les options. J'ai des questions à poser au Dr. Reilly dehors.

Sans attendre les protestations de Jeff, je place ma main contre la poitrine de Nick et je le pousse. Il ne bouge pas d'un muscle, même avec toute ma force, mais je lève les yeux vers lui, un appel silencieux, et il cède, quittant lentement la pièce avec moi dans son sillage.

Nick est rigide lorsque nous marchons vers son bureau. Je soupçonne que ça lui demande chaque once de maîtrise de soi de ne pas faire demi-tour et de tirer Jeff de son siège.

Il ouvre sa porte et me fait entrer. La dernière fois que j'étais ici, j'ai refusé de regarder ses photos parce que j'avais tellement peur de voir une femme et des enfants. J'ai toujours peur de ce que je vais voir, mais cette fois, je regarde quand même. Il y en a une de lui avec ses parents, une avec lui et un groupe de gars en costume… Et une très jolie femme en tenue médicale qui doit être sa petite amie. J'aurais préféré ne pas regarder.

Il referme la porte, mais au lieu de prendre place à son bureau, il se tourne vers moi, se tenant plus près qu'il le devrait pour notre propre bien.

— Ça va ?

Je hoche la tête, mes épaules s'affaissant. Ce que le Dr Patel vient de nous dire a été un choc, mais seulement brièvement. La vérité, c'est que je n'ai jamais eu beaucoup d'espoir en premier lieu.

— J'avais depuis longtemps l'impression que ça n'allait pas marcher. Je savais à quoi m'attendre.

Ses yeux se ferment et il appuie son épaule contre le mur.

— Je n'abandonne pas. Je pense toujours qu'il y a des gens qui peuvent nous aider.

— Peut-être, soupiré-je.

C'est une chance mince, mais je m'accrocherai à tout espoir que je peux trouver pour le moment.

— Je devrais probablement retourner là-bas.

Nick se déplace, me bloquant.

— Alors, avais-tu réellement quelque chose à discuter avec moi, ou essayais-tu simplement de m'empêcher de lui casser la figure ?

Il est tellement foutrement arrogant, et ça ne fait que le rendre plus attirant à mes yeux. Je viens juste d'apprendre que je vais définitivement mourir, mais me voilà avec la *luxure* comme émotion principale.

— Tu dis ça comme si tu savais que tu aurais gagné.

Il s'approche de moi, beaucoup trop près. Je respire à peine. Sa main se lève, les extrémités de ses doigts effleurent ma pommette alors qu'il repousse mes cheveux, mais au lieu de s'éloigner, sa main reste en suspension là, prête à descendre à tout moment pour soutenir ma mâchoire.

— J'aurais gagné.

Mon dieu, j'ai envie de me pencher dans la chaleur de sa paume.

— Je…

— Dis-moi ce que tu veux faire, dit-il d'une voix rauque. Je refuse d'abandonner. Il doit y avoir un moyen de retrouver Rose ou quelqu'un d'autre et d'arranger les choses. Je ferai n'importe quoi, putain, n'importe quoi que tu me dises, si ça peut nous aider.

Je reconnais le désespoir sur son visage. Je l'ai vue quand il m'a embrassée pour la première fois au lycée. Quand j'étais à l'hôpital et que ma tension artérielle a chuté. Quand je suis sortie des toilettes du fast-food mardi et que je lui ai dit que Rose était partie. Ses yeux glissent vers ma bouche, et l'attraction est si forte que ça me demande toute ma volonté pour ne pas réduire la distance entre nous.

— Je... Je ne peux pas penser à quoi que ce soit là.

Il avale sa salive.

— Je vais au lac demain. Tu pourrais venir avec moi. Voir la maison, le quai. Peut-être que ça te rappellerait quelque chose.

Pendant un bref instant, je l'imagine : nous deux, comme je m'en souviens. Lui nageant jusqu'à moi, se hissant dans le bateau sans effort. La brise dans mes cheveux, le soleil qui nous réchauffe. Ses mains glissent sur ma peau.

Je le veux tellement. Et en même temps, ça me terrifie.

— Je ne peux pas.

— Je ne te demande pas de faire quelque chose de mal. Tu auras ta propre chambre. Tu n'as même pas besoin de rester. Viens juste quelques heures.

Je secoue la tête, même si une partie de mon cerveau essaie de rationaliser un accord. Je veux me dire que c'est une enquête, altruiste d'une certaine manière. Ce n'est pas le cas.

— Imagine si la situation était inversée, dis-je doucement. Imagine que je suis fiancée avec toi, et pendant que tu es hors de la ville, je vais séjourner au lac avec un autre gars. Est-ce que tu trouverais ça correct ?

Il reste silencieux, la réponse écrite dans le battement de sa mâchoire.

— Je ne t'aurais pas laissée en premier lieu.

Je me tiens sur la pointe des pieds pour presser ma bouche contre sa joue.

— Je sais.

Ma poitrine me fait mal alors que je sors par la porte.

CHAPITRE 30

Quinn

Jeff sort du bureau du Dr. Patel pour me trouver assise dans la salle d'attente. Nous marchons jusqu'à la voiture en silence et la foule s'écarte sur notre passage, craignant que notre malheur puisse être contagieux.

Nous arrivons à la voiture. Il met la clé dans le contact, mais ne la tourne pas, se penchant dans son siège pour me faire face. Il semble plus incrédule qu'en colère.

— Pourquoi tu agis comme ça ? Pourquoi tu abandonnes simplement ?

— Il n'y a rien à abandonner, dis-je. Tu as entendu le médecin toi-même. Il n'y a aucune chance de survie. Aucune.

— Mais il peut te donner du temps ! crie-t-il. Et tu n'as aucune idée de combien de temps il pourrait te donner parce que tu ne l'as même pas laissé parler. Tu as simplement accepté la première chose qu'il a dite comme si nous discutions d'une réparation de voiture. Tu n'as même pas semblé surprise.

— Je ne l'étais pas. J'avais déjà parlé à Nick et je…

— Nick, dit-il avec dédain. Depuis quand vous êtes des putains de meilleurs potes ?

Mon estomac se contracte. C'était si évident lors de cette réunion aujourd'hui ? J'ai essayé de paraître professionnelle, mais je doute d'avoir réussi. Cependant, admettre quoi que ce soit ne me mènera nulle part, alors je passe à l'offensive.

— Et depuis quand tu essayes de te battre avec le médecin qui a essayé de sauver ma vie ? Si tu veux vraiment aider, peut-être que tu ne devrais pas t'efforcer de faire de lui l'ennemi.

— Je n'aime pas la façon dont il te regarde.

Mon cœur bat dans ma poitrine.

— Je ne vois pas de quoi tu parles.

— Quand il est entré dans la pièce aujourd'hui, il n'a regardé que toi, comme si le docteur Patel et moi n'étions même pas là. Comme s'il était ton mari et que j'étais juste un minable qui te harcèle.

Je détourne le regard, sachant qu'il a raison et que je ne pourrai jamais l'admettre.

— Je pense que tu interprètes trop les choses. Et ne nous éloignons pas du sujet, qui est que tu ignorais mes souhaits, comme il l'a dit. Et tu insinuais que le fait que je poursuive un diplôme que je veux depuis toute ma vie est une sorte de symptôme de cette tumeur, alors que c'est simplement moi qui refuse de mettre tout ce que je veux dans la vie en veilleuse au profit de ce que tu veux.

Sa bouche s'ouvre.

— J'essaie de faire avancer nos vies. Ce n'est pas une question de ce que je veux ou de ce que tu veux. C'est une question de logique.

Mauvais choix de mots, Jeff. La rancœur, retenue depuis si longtemps, m'envahit.

— C'est drôle comment ta logique m'a toujours amenée à renoncer à des choses, répliqué-je. Tu te rends compte que j'aurais déjà fini l'école à l'heure actuelle si tu ne m'avais pas convaincue d'attendre ? Mais tu l'as fait. Et ensuite, tu m'as convaincue que nous devrions acheter une maison, juste avant de quitter ton emploi. Oui, je peux voir à quel point c'était logique pour *toi*, tu peux passer d'un emploi à l'autre en sachant que je vais combler les trous, mais comment tout ça est-il logique pour *moi* ?

Il me fixe pendant un long moment, secouant la tête comme s'il ne pouvait pas croire ce qu'il entendait.

— Mon dieu, Quinn. C'est ce que tu ressens depuis le début ? Je pensais que tu étais d'accord. Je pensais que tu voulais la maison.

— Ce n'est *pas* que je ne la voulais pas. Je ne savais juste pas que ça signifiait renoncer à tout ce que je voulais encore plus.

— Tu aurais dû me le dire, dit-il. Je n'en avais aucune idée.

Ses épaules sont voûtées. Toute la confiance qu'il a retrouvée ces derniers mois semble lui avoir été arrachée. Mon instinct me dit de revenir en arrière, de m'excuser, mais je ne le fais pas.

— Et je n'avais aucune idée que tu pensais que le fait que je retourne à Georgetown était un signe que mon cerveau *dysfonctionne*. Tu aurais pu le dire en privé au lieu de l'annoncer d'abord à mes médecins.

Il reste silencieux, puis il se penche et me prend dans ses bras. Autant que je veuille résister, je ne le fais pas.

— Je suis désolé, dit-il, sa voix étouffée. Je veux être ce dont tu as besoin, mais toute cette situation fait ressortir le pire en moi. Tout change, et je déteste ça. Je ne sais pas ce qui se passe entre nous, mais j'ai l'impression de ne rien faire correctement avec toi.

Je laisse ma tête tomber sur son épaule. Cette situation est allée trop loin et c'est entièrement ma faute. Je l'ai repoussé depuis ce jour à l'auberge, avant même de savoir que Nick existait. Je me disais que je le protégeais, mais quand Nick a passé la nuit dans ma chambre d'hôpital, quand il est venu avec moi rencontrer Grosbaum, quand nous avons fini par rester ensemble à Baltimore... Je n'ai pas gardé ces choses pour moi à cause des tendres sentiments de Jeff. Je l'ai fait parce que je savais qu'elles ne devraient pas avoir eu lieu. Chaque étape a été légèrement moins justifiable que la précédente.

Je ravale ma salive, me forçant à faire une suggestion que j'aurais probablement dû faire depuis longtemps.

— Devrions-nous annuler le mariage ?

Sa tête se redresse.

— L'annuler ? Pourquoi ?

J'espérais que ça serait évident pour lui.

— Parce que nous ne nous entendons pas. Je veux dire, es-tu même sûr de vouloir toujours te marier ?

— Bien sûr que oui ! C'est quel genre de question ?

Son étonnement me laisse désemparée. Sûrement l'idée lui est venue au moins une fois ?

— C'est juste… Je suis juste réaliste.

Je presse les lèvres, fixant la dense végétation estivale juste au-delà du parking. Ce sont les derniers jours de juillet, et je ne sais même pas si je serai là dans un an.

— Nous ne voulons pas la même vie. Tu veux retourner chez toi et vivre dans une ferme, ce qui est l'idée que je me fais de l'enfer. Je t'empêche de réaliser toutes les choses que tu veux dans ce monde, à part moi, et la vérité, c'est qu'aucun de nous ne sait combien de temps je serai encore là.

Ses yeux s'embuent.

— Mais c'est toi qui comptes, Quinn. Toi. Pas le fait de rentrer chez moi. Pas la ferme. D'accord ? Donc, nous allons toujours nous marier. Si tu veux annuler le grand mariage, nous le ferons. Les gens comprendront, vu les circonstances. Je vais parler à l'église de la rue pour voir si on peut organiser quelque chose dès le week-end prochain.

Je reste figée. L'effroi que je ressens – pour l'avenir, pour rester avec Jeff – s'imprègne en moi à ses mots.

— Le week-end prochain ? répété-je, ma voix trop haletante. Je ne sais pas si nous pouvons tout organiser aussi rapidement.

— Juste la famille et les amis proches, dit-il. Tu as déjà la robe. Au lieu d'une réception, peut-être qu'on irait juste dîner quelque part.

Un poids s'installe au fond de mon estomac. J'ai pris un engagement – envers Jeff, envers mon père – et de toute façon, Nick n'est pas une option. Je regarde les larmes dans les yeux de Jeff et mes épaules s'affaissent. Je ne suis pas sûre qu'une ou deux années d'indépendance en vaudraient la peine si je devais blesser autant de personnes pour l'obtenir.

~

Ce soir-là, j'essaie de persuader Jeff de partir en ville comme prévu pour son week-end d'enterrement de vie de garçon/camping, mais il insiste pour rester.

— Je partirai demain matin à la place, dit-il. Passons juste une soirée agréable à la maison. Ça fait trop longtemps.

C'est probablement ce dont nous avons besoin. Une soirée où nous apprécions quelque chose ensemble, au lieu d'une soirée où je pense à tout ce qu'il n'est pas. J'aurais pu regarder *Inception* avec lui hier soir. Il y a cette vilaine hypothèse en moi que Jeff ne peut pas tout à fait remplir les chaussures de Nick dans n'importe quelle situation donnée, mais je ne lui donne même pas la chance d'essayer.

— South Park ? demande-t-il après le dîner, en allumant la télévision.

— Regardons Inception, lui dis-je, ignorant la tension sur son visage quand je le dis.

Juste parce qu'il préfère regarder des comédies ne signifie pas qu'il est incapable de ressentir quelque chose aussi profondément que Nick.

Le film commence. Je suis aussi captivée que la dernière fois, peut-être même plus, car je sais à quel point tout va mal tourner. Jeff n'a pas l'air particulièrement intrigué, mais il ne se plaint pas non plus. *Donne-lui une chance, Quinn. Laisse-lui une chance.*

À la quarantième minute, il soupire et met pause.

— Je suis désolé, chérie, dit-il. Ce film n'a aucun sens. Tu peux continuer à regarder. Je vais me coucher.

J'ai envie d'argumenter. Pour une raison quelconque, c'est aussi important que mon avenir, le destin de notre relation repose sur le simple fait de le faire arriver jusqu'à la fin du film. Et c'est insensé. Il n'a pas à aimer ce que j'aime. Je n'aime pas regarder le football, et ce n'est pas rédhibitoire pour lui.

Mais dès qu'il part le lendemain, je fais ce que je ne devrais absolument pas faire. Je prends le téléphone et appelle Nick.

CHAPITRE 31
Nick

Depuis que Quinn est partie de mon bureau hier, je recherche une solution qui, je sais, n'existe pas. Il y a une très bonne raison pour laquelle les médecins ne peuvent pas sortir avec leurs patients, surtout dans une situation comme la nôtre. Il est possible que nous puissions dire les bons mensonges et le cacher suffisamment pour nous en sortir, mais ça ne rendrait toujours pas la situation éthique.

Pourtant, dès que je reçois son appel, je sais que je serai prêt à le faire quand même.

Elle insiste pour conduire elle-même. Nous convenons de nous retrouver dans un marché près du lac, car la maison de mes parents se trouve au bout d'une série de routes non balisées.

— Et prends le bikini rouge, ajouté-je, à moitié en plaisantant.

— Nick, dit-elle doucement. Je suis toujours fiancée. C'est juste un dernier effort pour comprendre les choses.

Mais qu'elle l'admette ou non, c'est aussi une dernière chance pour elle de comprendre qu'elle préférerait être avec moi.

~

L'air est chaud et humide, le bourdonnement des insectes s'élevant vers les nuages. Je me tiens un instant à l'extérieur de la voiture juste avant de partir retrouver Quinn, ressentant un sentiment qui a été absent si longtemps que j'avais oublié qu'il y avait un temps où je l'espérais – l'espoir.

Tout ce que je *devrais* vouloir aujourd'hui, c'est que Quinn se souvienne suffisamment pour que nous résolvions cette situation, ou qu'elle se souvienne suffisamment de qui elle était pour décider d'en finir avec Jeff. L'espoir que je ressens est alarmant, un rappel que mon désir de l'éloigner de Jeff n'est pas totalement altruiste. Il y a des choses que je veux aujourd'hui aussi bien pour moi-même que pour elle, que j'en aie le droit ou non.

Elle arrive sur le marché peu de temps après moi. Je la regarde sortir d'une vieille Jetta, portant une robe sans manches en mousseline avec une fente sur le côté. J'essaie du mieux que je peux de faire semblant de ne pas voir un éclair de cuisse bronzée alors qu'elle marche vers moi. Aujourd'hui, il s'agit de la convaincre d'essayer, de lui faire comprendre qu'elle n'a aucune raison de me craindre. Les pensées à propos de ses cuisses me chevauchant dans un hôtel quelques nuits auparavant devront attendre.

— Il y a une épicerie ici, dis-je en tirant la poignée. Je pensais qu'on pourrait prendre un déjeuner et le manger sur le quai.

Elle entre devant moi et fait cinq pas avant de s'arrêter brusquement, en pressant les doigts contre ses tempes. Mes mains sont sur ses bras en un instant.

— Ça va ?

Elle hoche la tête, s'affaissant contre la porte vitrée d'un réfrigérateur à boissons.

— Je suis déjà venue ici, chuchote-t-elle. Avec toi. Nous achetions de la nourriture pour le week-end, mais l'épicerie n'était pas encore là.

Un frisson descend dans le bas de mon dos.

— Oui, dis-je avec désinvolture, faisant semblant que ce n'est pas complètement bizarre qu'elle le sache. L'épicerie a ouvert juste avant que je ne termine mes études universitaires.

Elle regarde au loin, comme si elle regardait notre passé sur un écran de cinéma que seule elle peut voir.

— Nous avions acheté beaucoup de nourriture ici, assez pour tout le week-end, mais nous sommes revenus…

Elle s'interrompt, ayant l'air tellement gênée.

— Quoi ?

Elle secoue la tête et se tourne vers la charcuterie.

— Rien. Alors, qu'est-ce qu'on prend ?

— Ce n'est pas juste, lui dis-je, en lui prenant doucement le coude pour la tourner vers moi. Tu ne peux pas commencer un souvenir et ne pas le finir.

La couleur monte sur son visage.

— Nous n'avions plus de préservatifs, chuchote-t-elle, ne me regardant pas dans les yeux. Alors tu es venu ici pour en acheter d'autres. Deux fois. Le caissier t'a embêté à ce sujet.

Ça me frappe en plein cœur, mais dans le bon sens. L'idée de finir plusieurs boîtes de préservatifs avec Quinn… *Mon Dieu.* J'ai envie de la plaquer contre le réfrigérateur et de faire en sorte que ce qui s'est passé à Baltimore ressemble à un jeu d'enfant.

Reprends-toi, Nick. Je me racle la gorge.

— Je pourrais en acheter maintenant, seulement dans l'intérêt d'une enquête en bonne et due forme ?

Elle rit, comme si je plaisantais. Ce n'était pas le cas.

~

La maison blanche de mes parents a deux étages et elle se trouve au bout d'un long chemin de gravier qui est parsemé de lumière du soleil sous un auvent d'arbres. D'un commun accord, elle est montée avec moi au lieu de me suivre derrière. Il ne semble toujours pas possible que la vue de la maison elle-même déclenche ses crises, mais il y a quelques semaines, je ne pensais pas non plus que les voyages dans le temps étaient possibles. À mesure que la maison se rapproche, sa main se retrouve dans la mienne. Je ne suis même pas sûre duquel de nous deux en est responsable.

— Ça va toujours ?

— Oui. Je suis déjà venue ici aussi. Ta chambre avec Ryan est là-haut.

Je me raidis alors qu'elle pointe du doigt la chambre que je partageais autrefois avec mon jumeau.

— C'est probablement la première fois que quelqu'un prononce son nom ici depuis une décennie, lui dis-je. Ma mère… Je suppose que nous essayons tous de la protéger.

Son visage s'assombrit. Elle ne pourrait pas avoir l'air plus coupable si elle essayait.

— Je suis désolée.

— Ça va. Sincèrement.

J'ouvre sa porte et j'aperçois à nouveau ses jambes alors qu'elle sort de la Jeep. C'est probablement mieux qu'elle ait refusé d'apporter le bikini. J'ai déjà assez de problèmes comme ça.

Nous entrons dans la maison et je regarde son visage, espérant, *priant* pour une réaction. Quelques souvenirs qui fourniront une réponse dont nous avons besoin.

Sa bouche s'incurve vers le bas.

— C'est comme entrer dans la maison de ton meilleur ami d'enfance en tant qu'adulte. Familier, mais sans signification. Pourquoi diable ai-je pensé que la voir pourrait guérir une tumeur au cerveau ? Il faut que j'arrête de croire aux miracles.

Je reviens et je sens mes mains s'enrouler autour de ses bras, la forçant à me regarder dans les yeux.

— Qui dit que ce doit être un miracle ? demandé-je. Nous ne pouvons rien expliquer de ce qui se passe. Mais il fut un temps où les gens ne pouvaient pas expliquer le changement de saisons, la lumière du soleil ou encore la gravité. Ça ne signifie pas qu'il n'y avait pas d'explication. Ça signifiait simplement qu'elle n'avait pas encore été découverte.

Pourquoi ça devrait-il être différent ?

Elle détourne le regard, pressant les lèvres.

— Mais la tumeur… Tu ne crois pas vraiment que nous pouvons arrêter sa progression, n'est-ce pas ?

Je relève son menton, désespéré. Elle ne peut pas commencer à perdre espoir. J'ai besoin qu'elle continue de se battre jusqu'à ce que nous trouvions une solution.

— Est-ce que je pense que cette théorie étrange peut arrêter la tumeur ? Oui. Ta tumeur est aussi différente de tout ce que j'ai jamais vu. Et comment pourrais-je dire que c'est impossible de toute façon ? Chaque jour, toi et moi, nous assistons à l'impossible. Nous faisons les mêmes rêves, bon sang. Tu sais des choses que tu ne devrais pas savoir, et depuis le moment où je t'ai rencontrée, j'ai eu l'impression que tu étais…

— Tu avais l'impression que j'étais quoi ?

— Mienne, réponds-je.

L'embarras de ce mot nous submerge tous les deux. Je n'ai jamais eu personne «à moi» de ma vie, et elle est avec quelqu'un d'autre. Mais je sais aussi que ce que j'ai dit est vrai. Elle est censée être à moi d'une manière ou d'une autre et aujourd'hui je dois l'en convaincre.

~

Elle est assise sur le quai pendant que je me prépare à sortir le jet-ski de l'eau. Je jette ma chemise dans l'herbe et je suis sur le point de remonter la remorque quand je lève les yeux et je la vois – ses yeux sur moi, ses joues rouges, ses lèvres charnues légèrement entrouvertes. Je n'ai jamais vu une femme me regarder avec une telle luxure flagrante et inconsciente. Probablement comme je la regarde chaque fois que nous sommes ensemble. Mon Dieu, qu'est-ce que je ne donnerais pas pour pouvoir agir en conséquence.

Je croise son regard.

— Tu te souviens de notre lune de miel ?

— Notre lune de miel était en décembre, dit-elle. Personne ne portait de maillot de bain.

Je souris.

— Si c'était une *bonne* lune de miel, j'imagine que nous portions beaucoup moins.

— Ouais, respire-t-elle, ses paupières se fermant un instant.

Elle se souvient, putain, juste devant moi. Aujourd'hui mon *self-control* va être mis à l'épreuve et le premier test est de regarder Quinn quand elle pense au sexe.

— Putain, ne fais pas ça, la supplié-je, donnant à la ceinture de mon short un tiraillement rapide et désespéré.

— Ne fais pas quoi ?

— Ne dis pas ouais comme ça, comme si tu te souvenais de tout en restant assise là.

Ses joues deviennent roses.

— Désolée, commence-t-elle. Je ne me souvenais pas de notre lune de miel, je te promets.

Mes dents grincent. Ça fait des semaines que je n'ai pas couché avec quelqu'un et la seule fille que je veux réellement porte une robe retroussée autour de ses cuisses et balance ses jambes nues à quelques centimètres de moi.

— Eh bien, tu te souvenais de *quelque chose*. C'était écrit partout sur ton visage.

— J'ai fait ce rêve à ton sujet, commence-t-elle. Nous étions au lycée, juste après le bal, et nous étions à l'arrière de ta voiture. Dans le parking. Et…

Sa voix est de nouveau devenue basse et sensuelle, emplie de désir. Elle est avec son idiot de petit ami depuis si longtemps qu'elle a oublié à quel point elle est excitante, même quand elle ne parle pas. Ajoutez à ça ce timbre rauque dans sa voix pendant qu'elle décrit un souvenir clairement sexuel – avec *moi* qui plus est – et je suis foutu. Elle ne sait peut-être pas qu'elle le fait, mais mon sexe le sait parfaitement.

— Ne fais pas ça non plus, lui dis-je, et je me tourne en m'éloignant, tirant la remorque vers le haut de la colline.

Je me sens immédiatement comme un idiot, mais je ne sais tout simplement pas comment faire – comment être ce dont elle a besoin et contenir ce que je veux en même temps. Je mets le jet-ski dans le hangar et reviens.

Elle me regarde, le visage solennel.

— Qu'est-ce que j'ai fait de mal ? demande-t-elle.

Je passe ma main sur mon front, me creusant la tête à la recherche de la moindre excuse que je puisse trouver, avant d'abandonner complètement.

— Rien. Mais tu nous décrivais, ensemble, de la voix la plus sensuelle et la plus sexy imaginable. Disons simplement que je suis parti pour une raison.

— Oh.

Puis ses yeux s'élargissent.

— Ohhhhh.

Il y a quelque chose d'innocent en elle par moments. J'adore cette innocence et je veux la préserver, mais en même temps, je veux la détruire en mille morceaux. Le jury n'a pas encore rendu son verdict sur la direction que je vais prendre.

CHAPITRE 32

Quinn

Nick se rend à la maison et revient avec nos sandwiches et boissons dans les mains. Il n'a pas pris la peine de remettre son t-shirt, bien que je l'aurais souhaité. Mes yeux descendent trop souvent, se posant sur cette ligne de poils châtains sous son nombril, imaginant où elle pourrait mener si je dégrafais le bouton de son short pour la suivre.

Je ne veux pas avoir ces pensées à son sujet, des pensées que je n'ai jamais eues pour personne d'autre. Mais comment arrêter de penser à ce qui est mal et le désirer ? Il pose le sac derrière nous, s'asseyant à la distance où il pourrait s'asseoir si j'étais à lui et lui à moi, soit trop près.

Je pense à la façon dont il a dit ce mot plus tôt – *mienne* – et comment ça a envoyé un frisson viscéral dans ma poitrine. La façon dont quelque chose en moi – cette graine qui a commencé à fleurir dès que je l'ai rencontré – a fait un autre bond, s'épanouissant complètement.

Alors qu'il sort la nourriture du sac, je regarde les planches de paddle sur la plage, le Sunfish tanguant à proximité.

— Est-ce que c'est ce qu'on aurait fait si on était venus ici au lycée ?

Il me donne un sourire gêné, me tendant mon sandwich.

— Eh bien, je suppose, en me basant sur ton souvenir des achats de préservatifs, que ce n'est pas *tout* ce qu'on aurait fait.

Je sens mes joues rougir en me rappelant ce moment de déjà-vu intense à la charcuterie. C'était notre première fois ensemble. Quelque chose que nous avions attendu pendant des années. Différent de Londres, où nous n'avons sûrement pas attendu *longtemps*, vu la rapidité avec laquelle nous nous sommes mariés. Je ne sais pas combien de vies j'ai vécu avec lui, mais il me semble un peu injuste de ne pas pouvoir vivre celle-ci avec lui aussi.

Il observe mon visage d'une manière qui n'a rien d'*amicale*.

— J'aime t'avoir ici, dit-il.

Je tourne ma bague, laissant mes pieds se balancer au-dessus du quai, à quelques centimètres de l'eau.

— C'est le meilleur samedi que j'ai passé depuis longtemps.

C'est déloyal de l'avouer, mais pas autant que ce que je pense réellement, c'est le meilleur samedi dont je me souvienne. Je capte un éclair de sa fossette.

— Même si ce n'est pas Paris.

— Tu dis ça comme si j'allais régulièrement à Paris. Je ne suis jamais sortie du pays.

— Pourquoi ? demande-t-il.

Je souris.

— Dit comme ça, on dirait un enfant qui a grandi avec tout. J'étais pauvre, dans une ville tellement petite que tu la manquerais si tu clignais des yeux.

Il se penche un peu en arrière, un geste décontracté, mais il n'y a rien de détendu dans la manière dont il me regarde maintenant.

— Je suppose que c'est comme ça que tu as fini avec Jeff.

Je me raidis. Il donne l'impression que je suis *coincée* avec Jeff, comme si je l'avais choisi par défaut.

— Que veux-tu dire ?

— Vous êtes juste… mal assortis. Il ne semble pas être quelqu'un que tu aurais choisi si tu avais eu d'autres options.

Il n'a pas vu le meilleur côté de Jeff depuis que cette histoire a commencé, mais ce n'est pas comme si je l'avais choisi par désespoir. J'avais beaucoup d'options chez moi.

— Vivre une tragédie avec quelqu'un te montre des facettes que tu n'aurais pas vues autrement. Et quand mon père est mort, j'ai réalisé à quel point Jeff était une bonne personne.

Sa bouche se tord comme s'il venait de manger un fruit pourri.

— Bien sûr. Ton père meurt, et Jeff, qui te court après depuis des années, arrive soudainement à la rescousse.

Je pose délicatement mon sandwich sur l'assiette et me tourne vers lui.

— Oui, il l'a fait. Pourquoi tu essaies de faire passer ça pour quelque chose de sournois ?

— Je soupçonne juste qu'il avait un autre motif.

Je passe ma langue sur mes dents, me sentant frustrée et en colère, bien que je ne sache pas pourquoi. Il est vrai que Jeff s'intéressait à moi bien avant. Il est resté discrètement dans les coulisses, nous aidant comme il le pouvait.

— Ce n'est pas une mauvaise personne, quoi que tu en penses.

Ses yeux sont aussi orageux que les nuages qui commencent à se rassembler au loin.

— Il n'est également pas aussi bienveillant que tu sembles vouloir le croire. Il t'a laissée seule à l'hôpital après que ton monde s'est effondré, dit-il, sa voix basse et rauque. Il aurait dû être là. Il aurait dû rentrer à la maison chaque putain de nuit depuis que ça a commencé.

J'ai envie de me couvrir les oreilles comme une enfant, ou simplement de m'éloigner.

— Eh bien, nous ne pouvons pas tous être médecins, Nick. Il essayait de garder son emploi. Et c'est ainsi que nous avons été élevés. Les hommes se lèvent à cinq heures du matin et travaillent jusqu'à la nuit tombée, et ils le font jusqu'à ce qu'ils soient dans la tombe. C'est ainsi que Jeff montre qu'il se soucie de moi.

Sa mâchoire se tend.

— Ça ne signifie pas que c'est ce que tu mérites.

C'est un sujet stérile à explorer. Nick a été élevé avec des valeurs différentes. Il mettra toujours celle avec qu'il aimera en premier, le reste du monde peut bien aller se faire voir. Il y a une partie de moi qui réclame cette attention, mais ce n'est pas raisonnable d'espérer ça de Jeff.

— Et puis pourquoi on parle de ça au fait ?

Il fixe durement l'eau.

— Parce que je pense que tu devrais annuler le mariage.

Je le regarde rapidement et détourne le regard. J'aimerais lui demander s'il le dit en tant que médecin, ou comme quelque chose… de plus, bien que je doute qu'il me dise la vérité.

— Jeff suggère d'avancer la date, réponds-je. Il veut faire quelque chose de petit et privé le week-end prochain à la place.

Sa tête se tourne brusquement vers moi.

— Je ne disais pas que tu devrais annuler la grande cérémonie. Je disais que tu devrais annuler tout le mariage. Tu ne peux pas sérieusement penser à l'épouser le week-end prochain.

Mon échine se redresse.

— Je suis avec lui depuis des années. Pourquoi je devrais l'annuler ?

— Parce que tu n'es pas amoureuse de lui, dit-il en se levant, les poings serrés.

— Ah, le défié-je, ramassant nos affaires tandis que je me lève. Mais toi et Meg, vous l'êtes ? Ça doit être une vraie histoire d'amour, surtout avec toi passant tout ton temps libre avec moi.

— Je ne vais pas *l'épouser*.

Ma gorge se serre, et je sens les larmes commencer à monter… des larmes de *colère*.

— Mais tu le feras, murmuré-je. Ou avec quelqu'un comme elle.

Il s'avance vers moi, arrachant le sac de ma main et le jetant derrière lui avant de saisir l'arrière de mon cou et d'attirer ma bouche vers la sienne. Sans hésitation ni douceur, il m'embrasse, et dès que sa bouche touche la mienne, toute pensée semble s'arrêter. Je ne suis plus qu'un amas de terminaisons nerveuses, de sensations et de désirs. La chaleur et la pression m'envahissent, ses mains glissant sur ma peau pour laisser un sillage de feu derrière elles.

Je gémis contre sa bouche et il me tire plus fort contre lui. *Ça m'a manqué. Mon Dieu, ça m'a tellement manqué.* Pendant des années, des décennies. Je fonds littéralement, ne devenant rien de plus qu'une collection d'atomes brûlants, si légère que je pourrais flotter pour autant que je sache. Mes mains sont sur sa poitrine, mais elles me démangent de descendre, de tirer sur son short, de remonter ma robe autour de ma taille.

Pour moi, le sexe a toujours été réfléchi, guidé par la pensée plutôt que par l'impulsion. C'est tout le contraire ici. Je suis entièrement guidée par l'instinct, une ancienne partie de moi qui se lève et prend le contrôle. Je veux tout de lui, ici même sur ce quai. Je me fiche de qui nous voit. Ses mains sont sur mes cuisses et mes doigts avides glissent déjà dans sa ceinture avant que je ne m'arrête soudainement, choquée.

Jeff.

Je reprends mon souffle, le repoussant si brusquement que je trébuche en arrière, me stabilisant seulement grâce à ses mains sur mes hanches.

— Oh mon Dieu. Qu'est-ce qu'on vient de faire ?

Ses mains s'adoucissent, mais il ne me lâche pas.

— Je dois être ridiculement mauvais à ça si ce n'était pas clair.

— Tu es sur le point d'emménager avec quelqu'un, et je suis fiancée, réponds-je, appuyant une paume sur mon front.

Oui, mes actions concernant Nick n'ont pas toujours été pures, et mes rêves nettement moins, mais ça franchit une ligne que je ne peux pas commencer à rationaliser.

— J'ai rompu avec Meg le matin où nous sommes revenus

de Baltimore, dit-il, réduisant la distance que j'ai mise entre nous. Parce que je veux ressentir ce que je ressens avec toi, et je ne suis pas prêt à me contenter de moins que ça. Et toi non plus, tu ne devrais pas te contenter de moins.

Le monde semble s'arrêter. Les oiseaux se taisent, l'air devient immobile. Rien n'existe à part Nick devant moi, et cette chose grandit dans ma poitrine – terreur et désir, se tordant jusqu'à ce que je ne puisse plus distinguer l'un de l'autre. Il m'offre tout ce que je veux dans le monde, et pourtant quelque chose en moi panique à l'idée de l'accepter. Je déteste l'idée de décevoir Jeff et ma mère, mais ce n'est pas de ça qu'il s'agit.

— Dis quelque chose, insiste-t-il.

Mes mains sont pressées contre sa poitrine, et je peux sentir, sous elles, son cœur battre à un rythme qui ne peut pas être normal, son corps tendu de ce qui pourrait être du désir, ou de l'impatience. Je pense à ses mains tirant sur ma robe, à la chaleur de sa bouche sur mon cou.

— Je ne peux pas réfléchir quand tu es si proche, chuchoté-je. J'ai besoin de partir.

Il se raidit.

— Quinn… commence-t-il, mais je le coupe parce qu'il est trop convaincant, et une grande partie de moi espère déjà qu'il refuse de laisser tomber, refuse de *me* laisser partir.

— Je ne suis pas infidèle, dis-je doucement, en me concentrant sur sa poitrine. J'ai... Juste besoin de réfléchir. Et je ne peux pas prendre une décision raisonnable quand nous sommes ici, comme ça.

Il me lâche lentement, passant une main frustrée dans ses cheveux.

— Je sais que ce que je te demande est énorme, et je vais te ramener à ta voiture. Mais promets-moi juste d'y penser.

Je lui dis que je le ferai, mais c'est un mensonge. Parce que je n'ai pas vraiment besoin de réfléchir, et ça n'a rien à voir avec l'ampleur de ce qu'il a demandé. Ce qui me retient ici, refusant de prendre ce que je désire le plus au monde, est une vérité que j'ai toujours sue, une vérité que je sais depuis l'enfance : quelque chose de dangereux se cache en moi, et il suffirait d'aimer quelqu'un trop fort pour le libérer.

Et si je me le permettais, j'aimerais certainement Nick de cette manière. Je l'aimerais bien plus que Jeff. En fait, j'ai peur que ce soit déjà le cas.

~

Le trajet du retour est silencieux. Il conduit lentement, mais nous arrivons au marché rapidement. Je n'ai jamais été aussi réticente à sortir de la voiture de quelqu'un. Si seulement ses mots n'avaient pas autant de sens. Il se peut que je n'aie pas beaucoup de temps devant moi. Serait-il si mal de me rendre heureuse tant que je le peux ?

Je ne sais tout simplement pas.

Mes yeux se posent sur sa bouche, me rappelant notre baiser plus tôt. J'ai envie de me pencher vers lui et d'enfouir mon nez dans sa peau, de consommer cette légère odeur de savon de sa douche du matin. J'ai envie de mordre sa lèvre inférieure et de le chevaucher.

— Merci pour aujourd'hui, dis-je à la place.

Je tends la main vers la poignée de la porte, et il me tire vers lui, ses mains saisissant ma mâchoire alors qu'il presse sa bouche contre la mienne pendant un long moment. Je respire, mémorisant tout – l'odeur de sa peau, la douceur de ses lèvres, la pression de ses mains calleuses.

— Reviens-moi, Quinn.

Mes côtes se serrent. Je veux lui promettre quelque chose, mais la terreur et le désir… Ils sont égaux pour le moment. Puis-je vraiment abandonner Jeff après tout ce qu'il a sacrifié pour moi ? Puis-je dépasser cette peur sans nom et céder à ce genre d'amour désespéré que j'ai ressenti pour Nick dans mes souvenirs d'autres vies ?

Je ne sais pas. Alors, au lieu de répondre, je presse mes lèvres contre sa joue, puis je glisse hors de la voiture, refusant de regarder en arrière alors que je m'éloigne.

CHAPITRE 33

Quinn

— Je suis devant ton immeuble, chuchoté-je.

Ma voix est rauque après avoir pleuré presque tout le trajet jusqu'à D.C.

— Tu peux me laisser monter ?

Caroline me connaît depuis assez longtemps pour ne poser aucune question.

— Bien sûr, dit-elle simplement et quelques instants plus tard, sa tête apparaît à la porte, regardant d'un côté puis de l'autre.

Nous montons dans son appartement. Même maintenant, dans mon désespoir, ça me rappelle la maison d'une princesse arabe dans un conte de Disney – une maison remplie de tapis, d'œuvres d'art et de meubles, tout cela vivant et éclatant.

Je m'assois sur son canapé en velours violet et elle prend le fauteuil en face de moi, enlaçant un coussin en fourrure contre sa poitrine.

— En me basant sur ton niveau actuel de rougeurs, j'estime que tu pleures depuis au moins une heure entière.

Mon rire est tremblant. Il menace de se transformer en sanglot, mais je le retiens juste à temps.

— Bonne supposition. Tu devrais te reconvertir.

— Comme l'enfant qui parle aux morts, mais moi je devine combien de temps les gens ont pleuré ? demande-t-elle. Je ne vois pas comment ça pourrait échouer.

Je souris, mais je n'essaie pas de rire cette fois. Trop risqué.

— Alors, qu'est-ce qu'il y a ? demande-t-elle doucement. Toi et Jeff ne vous disputez jamais.

— Il est parti ce matin faire du camping, réponds-je, frissonnant un peu.

Il est parti pour son enterrement de vie de garçon et je l'ai *trompé*. Je n'arrive pas à croire que je l'ai fait, mais je n'arrive pas à le regretter non plus.

— On ne s'est pas disputé.

Elle incline la tête, réfléchissant, puis sa bouche s'ouvre en un cercle parfait.

— Oh. Mon. Dieu. Tu as couché avec ce médecin.

Elle n'est pas précise, bien sûr, mais elle n'est pas si loin de la vérité non plus, ce qui est assez impressionnant.

— Je n'ai pas couché avec lui.

Elle se penche en avant, tout son visage illuminé, plus excitée que préoccupée.

— Raconte-moi tout.

Et je le fais. L'incapacité de Jeff à regarder le film jusqu'au bout. Le voyage au lac. Nick me demandant d'annuler le mariage. Le baiser. C'est à ce moment-là que son visage s'assombrit.

— C'est tout ? Il t'a juste embrassée ?

Je parviens à esquisser un autre sourire. Seule Caroline serait déçue que je n'aie pas *assez* été infidèle.

— Je l'ai embrassé en retour, et… Je ne sais pas.

Ma voix se brise.

— Je ne sais même plus ce que je fais.

— Quinn, soupire-t-elle. Dois-je obtenir un panneau lumineux clignotant ? Ou peut-être faire descendre Dieu du ciel pour te parler directement ? C'est tellement évident que tu ne devrais pas épouser Jeff pour les autres, mais pas pour toi visiblement.

Je m'enfonce dans les coussins derrière moi. Je veux qu'elle me convainc qu'elle a raison. C'est probablement la raison pour laquelle je suis venue ici en premier lieu. Et, en même temps, j'ai besoin de la convaincre qu'elle a tort – sauf que les objections que je peux réellement exprimer à haute voix sont faibles.

— J'aime Jeff.

— Tu l'aimes peut-être, mais pas de la bonne manière, argumente-t-elle. Il t'est familier et tu tiens à lui, mais il n'y a pas d'étincelle. Je ne t'ai jamais vu t'illuminer à son sujet de la manière dont tu le fais quand tu parles de Nick.

— Même si c'est vrai, Jeff a tout abandonné pour venir ici. Et mon père… Il m'a *suppliée* de le choisir. C'est comme s'il savait quelque chose que je ne savais pas.

Elle se penche en avant.

— C'était un homme mourant sous l'effet des analgésiques, et tu étais sa fille chérie. Il voulait juste quitter ce monde en sachant que tu avais quelqu'un. Et c'est touchant, mais ça ne veut pas dire qu'il était devin.

C'est si tentant de la laisser me persuader, mais mes peurs demeurent. Et je ne peux pas imaginer rompre avec Jeff maintenant, surtout quand le reste de sa vie ne se passe pas si bien.

— Raconte-moi au moins comment était le baiser, insiste-t-elle. Parce que si c'est le genre de mec qui utilise trop la langue ou quoi que ce soit, tu dois le dire clairement, pour que je sache si je dois encourager ta liaison ou la décourager. Tu connais mes opinions sur l'usage de la langue.

Je ris à travers mes larmes.

— Oui, tu préfères qu'elle soit utilisée avec parcimonie. Je sais.

— Et alors ?

Je peux encore sentir son empreinte sur ma bouche. La chaleur, la pression. L'odeur de son savon, la façon dont ses doigts pressaient sur ma peau. J'ai envie de gémir en me rappelant.

— C'était bien, avoué-je.

Un tel euphémisme. C'était parfait.

— Eh bien, alors je pense qu'il n'y a qu'une seule manière infaillible de décider si tu dois aller jusqu'au bout de ton mariage, dit-elle. Tu dois coucher avec Nick.

Je la regarde pour m'assurer qu'elle plaisante. Je ne suis pas tout à fait sûre qu'elle le soit.

— Je ne vais pas *coucher* avec lui. Je ne trompe pas.

— D'accord. Je vais faire le sacrifice ultime et coucher avec lui moi-même pour te faire un rapport.

Je sais qu'elle plaisante, mais ça n'empêche pas la jalousie de me traverser comme une aiguille brûlante. Je cache ma tête dans mes mains. Il a rompu avec Meg, mais il y aura quelqu'un pour la remplacer tôt ou tard. Même si je le choisis, il y aura quelqu'un d'autre de toute façon, à cause de la tumeur. Et cette pensée me donne envie de fuir avant que ça ne soit encore plus douloureux.

~

Finalement, je rentre chez moi, vidée, malgré les supplications de Caroline pour me joindre à elle pour suffisamment de margaritas afin que «j'oublie complètement Jeff». Je fais mécaniquement toutes les choses normales que je ferai lors d'une soirée à la maison. Je prends une douche, enfile un pyjama, et mets une pizza surgelée au four. Rien n'est différent dans ma vie. Ça me rend juste engourdie. Je pense peut-être que j'ai été engourdie pendant très longtemps, et rencontrer Nick m'a juste ouvert les yeux.

Je regarde pendant des heures une émission stupide qui ne suscite pas un seul rire. Il est plus de vingt-deux heures, et je me prépare à aller me coucher quand l'allée s'allume. Mon cœur bondit malgré lui. Jeff est dans les montagnes en Pennsylvanie en ce moment. Et il n'y a qu'une seule autre personne qui se présenterait à cette heure. Je sais que je devrais le faire partir. Peut-être que je ne devrais pas répondre du tout. Mais cette partie de moi, impatiente et désespérée, ouvre quand même la porte… Pour trouver Jeff en train de descendre de son pick-up.

Il transporte son équipement dans la maison et je tiens la porte, tandis que la déception continue de creuser son trou dans mon estomac. Je suis incapable d'un faux sourire, encore moins d'un vrai.

— Qu'est-il arrivé à ton enterrement de vie de garçon ?

Il dépose le reste de son équipement dans le hall et pointe les éclairs à l'ouest.

— Il est censé y avoir un orage toute la nuit. Ce n'était pas vraiment idéal pour faire du camping.

Son ton est forcé, ce qui me fait soupçonner que je n'ai pas toute la vérité.

— Mais… Tu ne voulais pas aller dans un bar ou quelque chose du genre au moins ?

Il lève un sourcil.

— Je pensais que tu serais heureuse de me voir.

Je *devrais* l'être. Et peut-être que je le serais réellement, si je n'avais pas attendu Nick à sa place. Si je me concentre, si j'évite Nick désormais, pourrais-je de nouveau être heureuse avec ce que nous avons ? C'est ça le problème. Je ne suis pas sûre de savoir comment arrêter de désirer la joie et la plénitude, une fois que vous réalisez qu'elles existent.

— Je déteste juste que ton enterrement de vie de garçon ait été gâché.

Il se rapproche, me faisant reculer vers la porte.

— J'ai eu une idée en chemin, et je devais rentrer directement à la maison, dit-il.

Sa bouche s'empare de la mienne. Ses lèvres sont sèches et minces, le baiser expéditif. A-t-il toujours été comme ça ? Je suis paniquée, incapable de répondre, et ma réticence ne fait que le pousser à essayer davantage.

Je me décale.

— Quelle était ton idée ?

— Je pensais à Vegas, comme tu l'as dit il y a un moment et tu avais raison. Je nous ai réservé des places sur le premier vol demain matin, dit-il en me ramenant vers lui. Demain, à cette heure, tu seras ma femme et tout sera terminé, comme tu le voulais.

Je me fige. Je… Je ne suis tout simplement pas prête. Cette autre version de moi, celle de Londres, me dit *d'arrêter ça. De lui dire que je ne peux pas y aller*. Mais je reste là avec un regard vide sur mon visage et les mots coincés dans ma gorge.

Il rit de ma réaction.

— Tu pensais que j'étais incapable de spontanéité, n'est-ce pas ? demande-t-il en enroulant un bras autour de ma taille.

C'est vrai. Et je m'endors en souhaitant avoir eu raison.

~

Nick et moi sommes dans la chambre principale de la maison au bord du lac. J'entends le froissement d'un emballage de préservatif qui se déchire. Le matelas s'enfonce lorsqu'il monte derrière moi, sa main saisissant la courbe de ma hanche.

— Tu peux toujours changer d'avis, dit-il contre mon oreille. À tout moment. D'accord ?

Je me tourne vers lui.

— Je ne vais pas changer d'avis.

Tout ce que je veux dans la vie est un lointain souvenir à côté de lui. Même la promesse que j'ai faite à ma mère. Je pense que je le sais depuis un moment, mais quand il s'est hissé dans le bateau aujourd'hui et a prononcé ces mots – «Je ne te laisserai jamais dériver» – je l'ai ressenti. Et je savais qu'il était temps.

Mon bikini est dénoué, et le bas est tiré vers mes chevilles. Sa main glisse entre mes jambes.

— Merde, murmure-t-il, en pressant son visage dans mes cheveux et en respirant profondément. Tu es déjà trempée.

Ma main glisse entre nous, mais il m'arrête.

— Rien que l'idée... Ça sera fini avant même de commencer si tu fais ça.

Il se déplace vers le bas du lit. Son souffle frôle ma cuisse intérieure, se rapprochant de plus en plus jusqu'à atteindre mon centre. Sa langue claque une fois, deux fois et encore quand il glisse un doigt en moi au moment où mon dos se cambre. Il continue et après un moment, il ajoute un second doigt, me regardant pour s'assurer que je vais bien.

Ça fait mal, mais c'est étrangement agréable en même temps. Ses doigts bougent et ça devient moins douloureux, comme un petit feu qui brûle et réchauffe simultanément. Je flotte, ancrée seulement par la pression de sa main. Et je veux plus.

— Viens, supplié-je et je sens un souffle contre moi, son rire bas.

— Pas encore.

Il ajoute un troisième doigt et mes objections meurent sur mes lèvres. Ça brûle, mais sa langue bouge plus vite et sans même une seconde pour le prévenir, je me brise, serrant mes doigts si fort que je suis surprise que rien ne casse.

Mon orgasme n'est pas suffisant. Je me redresse juste assez pour poser mes mains sur ses épaules et l'attirer vers moi.

— Maintenant, exigé-je.

Il y a un petit bruit rauque dans sa poitrine à ces mots – besoin, capitulation et soulagement. Il se déplace jusqu'à ce qu'il soit au bon endroit. Je sens cette première pression, cette plénitude à venir.

— Je ne vais pas tenir longtemps, gémit-il.

~

Un éclair frappe l'extérieur et je me réveille en sursaut, tout mon corps rigide, à quelques secondes de jouir. Jeff ronfle tranquillement à côté de moi et tout ce que je veux dans le monde entier, c'est de retourner là où j'étais. Parce qu'être avec Nick à cet instant était tellement différent, tellement mieux que tout ce que j'ai jamais connu que je ne peux supporter de ne pas l'avoir.

Je m'assois, enroulant mes genoux contre ma poitrine et pressant mon visage contre eux. Dans quelques heures, Jeff et moi nous dirigerons vers l'aéroport et ce sera fini. Je ne vais jamais rien risquer et je ne saurai jamais ce que c'est que d'appartenir entièrement à une autre personne, d'aimer quelqu'un si profondément et de le désirer tellement que je donnerais tout pour lui.

Dehors, la tempête fait rage, et le tonnerre frappe au-dessus de nos têtes, faisant trembler la maison comme une petite chose terrifiée. Je glisse hors du lit et me tiens près de la fenêtre, regardant les arbres se balancer. Mon père m'a raconté une histoire une fois, pendant une tempête comme celle-ci, sur les vents bons et mauvais. Il a dit qu'ils sont venus un jour rendre visite à une petite fille comme moi – toutes ses histoires parlaient d'une petite fille comme moi. La fille avait attendu longtemps que le bon vent vienne souffler toutes sortes de merveilles à l'intérieur, mais quand il est finalement arrivé, le mauvais vent était juste à ses côtés, ce qui signifiait qu'elle ne pouvait pas laisser l'un entrer sans laisser l'autre entrer aussi.

— Tous les cadeaux que le bon vent apportait ne pouvaient venir qu'aux côtés du chaos et des catastrophes du mauvais vent, disait-il.

— Elle ne pouvait pas dire au bon vent de revenir plus tard ? avais-je demandé, et il secoua la tête.

— Ils sont inséparables. Ainsi, rien de mauvais n'est jamais entré dans la maison, mais rien de bon non plus. Et c'est là que la fille a découvert qu'il y avait quelque chose de bien pire que le mauvais vent.

J'avais froncé les sourcils.

— Quoi ?

Il m'avait soulevée et posée sur ses genoux, et je pense que c'est seulement parce que sa voix était si grave et sérieuse en répondant que je me souviens de l'histoire.

— Ce qui est pire que le mauvais vent, c'est le vide de ne rien laisser entrer du tout, dit-il.

Cette histoire me trouble maintenant. J'avais presque oublié qu'il y avait un moment où il voulait que je renonce à la sécurité, pour m'envoler vers des hauteurs plus grandes. Mais à la fin, il n'avait souhaité que le contraire. Qu'est-ce qui a changé ? Est-il possible que mon père ait su quelque chose sur Nick ? Parce qu'il semble évident que ma rencontre avec Nick est le point où ma vie semble se terminer, encore et encore, et me pousser vers un autre homme serait la seule solution infaillible restante.

Je jette un coup d'œil par-dessus mon épaule vers Jeff et, bien que je ne puisse justifier mon comportement s'il devait se réveiller, j'ouvre notre fenêtre à la tempête. Juste un peu. Parce que, pour le moment, même un mauvais vent serait le bienvenu. N'importe quoi serait mieux que le vide que je ressens.

~

Il pleut encore quand je me réveille. Jeff est levé et habillé, debout au bout du lit.

— Je suis content que tu sois réveillée. Je pense qu'on devrait partir tôt pour l'aéroport à cause du temps. Je ne veux pas qu'on rate notre vol.

J'avale ma salive en regardant le sac de voyage vide qu'il a laissé au bout du lit.

— D'accord, murmuré-je, en prenant le sac pour aller dans le placard.

J'ai juste besoin de *réfléchir*. J'ai besoin de temps.

Et je n'en ai pas.

Je dézippe le sac et commence à le remplir. Ma robe de mariée est toujours à la boutique nuptiale, donc je fourre une autre robe dans le sac à la place, indifférente au fait qu'elle soit froissée à notre arrivée. Je n'arrive pas à croire que ça se passe réellement. À chaque instant qui passe, je me rapproche d'un mariage à Vegas tandis qu'une voix dans ma tête crie avec une détresse croissante : *Arrête ! Arrête !*

— N'oublie pas ton maillot de bain, dit Jeff.

Est-ce que je fais vraiment ça ? Serons-nous à la piscine d'un hôtel demain en tant que jeunes mariés ? J'ouvre le tiroir où je range mes maillots de bain, mais ma main passe au-dessus de ceux que j'ai portés tout l'été pour un plus ancien. Rouge, minuscule.

Il me fait penser à Nick. C'est pour cette raison que je ne devrais pas le prendre, mais je le fais. Si je le pouvais, je le serrerais contre moi comme une couverture pendant toute l'épreuve à venir.

~

Je prends mon sac à main et mon bagage pour les emmener à la petite Honda qui ralentit près du trottoir, le vent fouettant mes cheveux autour de mon visage. La voiture sent quelque chose de cheap et de floral, à peine capable de couvrir l'odeur de saleté en dessous. Comme le sera notre mariage – moi disant toutes les bonnes paroles pour couvrir les laides. Je ne veux pas de ça. *Je pense que je suis amoureuse de quelqu'un d'autre. Tu ne me rends pas heureuse.*

— Je ne suis pas sûre qu'on puisse décoller avec ce temps.

— Ça ira. Ils décollent tout le temps dans des conditions pires que celles-ci, dit-il en entrelaçant ses doigts aus miens.

— C'est bizarre de penser que la prochaine fois que tu seras ici, tu seras Quinn Walker ?

Un frisson remonte le long de ma colonne vertébrale. Je vois mon reflet dans le rétroviseur du conducteur – pâle sous mon bronzage, les yeux effrayés – juste au moment où une rafale de vent amène les arbres à une vie terrifiante, se balançant. À l'intérieur de la voiture, nous sommes à l'abri, respirant seulement la saleté et le parfum floral bon marché. Et je suis immobile, vide.

J'étouffe ici. J'ai besoin de laisser entrer le vent, le mauvais comme le bon. Mon père m'a donné deux messages différents. Je ne sais pas ce qui a changé, mais la version de lui qui n'était pas en train de mourir et droguée n'aurait jamais voulu ça pour moi. Il voudrait que j'embrasse l'inconnu, même s'il était dangereux.

Oui, Nick pourrait briser mon cœur, pourrait me blesser de manières qui rendraient les dégâts de la tumeur minimes en comparaison. Mais peut-être que même cela est mieux que cette immobilité, que d'être si vide à l'intérieur que je ne suis pas sûre de me soucier si l'avion s'écrase. Il y a pire que le chaos et la catastrophe. Il y a la mort.

Ma vie avec Jeff ressemble beaucoup à la mort.

Le taxi tourne dans l'entrée de l'aéroport et s'arrête au guichet. Jeff sort le premier, prenant son sac et posant le mien sur le trottoir.

— Attendez, dis-je au chauffeur en glissant dehors.

Jeff est à mi-chemin vers les portes avant de réaliser que je suis toujours près de la voiture.

— Je ne peux pas faire ça.

Le son des mots me choque.

Il revient vers moi et tend la main pour saisir la mienne.

— Quinn, ça va aller. Ils ne feront pas décoller l'avion s'il n'est pas sûr.

Je secoue la tête.

— Je ne parle pas de l'avion. Je parle du mariage.

Je glisse la bague de mon doigt.

— Je ne peux pas t'épouser. Je suis tellement désolée.

Il se rapproche, enroulant ses mains autour de mes bras. Tout comme Nick l'a fait l'autre jour, seulement sa prise est dure, meurtrissante.

— Arrête ça, chuchote-t-il. Nous avons un plan et nous allons le suivre.

Mon cœur s'emballe, trébuche.

— Non.

J'essaie de me reculer, mais ses mains se resserrent.

— Lâche-moi.

— Montons au moins dans l'avion, dit-il, luttant pour contrôler sa voix. On a déjà les billets. Si tu ne veux vraiment pas le faire une fois qu'on y sera, on ne le fera pas. On passera juste une nuit amusante à Vegas et on rentrera à la maison.

Je suis tentée de céder, de ne pas faire d'histoires, parce que c'est qui je suis. C'est qui j'ai toujours été avec lui. Sauf que je ne veux pas lui donner un jour de plus, ni même une heure de plus, de ma vie. Il en a déjà eu bien trop.

— Je suis désolée, Jeff. Vraiment désolée. Mais notre vie ne me rend tout simplement pas heureuse.

Une veine sur son cou palpite.

— Je n'arrive pas à croire cette merde. Depuis quand notre vie ne te rend-elle soudainement plus heureuse ? exige-t-il. Depuis que tu as rencontré Nick ?

Non, je pense. *Notre vie m'a toujours rendue malheureuse. Je ne m'en suis juste pas rendue compte jusqu'à ce que je voie quelque chose de mieux.*

— Tu ne m'écoutes pas, lui dis-je. Il me reste probablement un an ou deux à vivre. Je ne suis pas sûre de savoir comment je veux les passer. Mais je sais que ce n'est pas comme ça.

Je me libère de son emprise et monte dans le taxi avant qu'il ne trouve un moyen de m'arrêter. Il frappe à la vitre et essaie d'ouvrir la porte, même alors que nous nous éloignons.

CHAPITRE 34

Quinn

Il ne devrait falloir qu'une heure pour arriver au lac, mais entre la météo et le trafic autour de la plage, le trajet prend deux fois plus de temps. Ça paraîtrait long de toute façon. Maintenant que j'ai fait mon choix, je suis désespérée de retrouver Nick, et chaque minute passée derrière le volant semble se dérouler au ralenti.

Oui, peut-être qu'il y a quelque chose de mal en moi. Et peut-être que Nick est ce qui le libérera. Je vais prendre le risque parce que la récompense, *lui*, est trop grande pour la laisser filer.

Jeff appelle encore et encore. Je ne réponds pas, mais juste avant que je ne puisse éteindre mon portable, ma mère appelle aussi… Et ignorer ma mère quand elle est contrariée n'est jamais une bonne idée.

Je réponds pour la trouver en train de pleurer de façon incontrôlable, déjà en train de boire même s'il n'est pas encore midi. Ma mère n'est pas alcoolique, mais quand elle boit un verre ou deux, elle perd totalement le contrôle. Bientôt, elle achètera des choses dont elle n'a pas besoin sur QVC et racontera à quiconque voudra bien l'écouter qu'elle est brisée et que sa vie ne vaut pas la peine d'être vécue. Abby a été celle qui surveille son humeur ces derniers temps, mais je suppose que grâce à ce que j'ai fait, elle ne réconfortera pas ma mère de sitôt.

J'ai probablement gâché la relation qu'elle entretient avec sa meilleure amie et avec l'homme qu'elle considère comme son fils. *Elle sera complètement seule quand je serai partie.* C'est une pensée qui fait ressurgir tous mes doutes. Si ce n'était pas pour Nick, j'aurais sûrement déjà appelé Jeff et tout annulé à l'heure actuelle.

Je lui dis que je vais venir la voir, je la fais promettre d'arrêter de boire, et j'éteins complètement mon téléphone. Elle et Jeff sont les deux personnes que j'ai soutenues, d'une manière ou d'une autre, pendant la majeure partie de la dernière décennie. C'est un soulagement de savoir que, durant une courte période, je n'aurai à prendre en charge personne d'autre que moi-même.

~

Le trajet se passe sans incident, malgré le temps. Ce n'est que lorsque j'arrive à la sortie qui mène vers la maison de Nick que les nerfs me prennent. Je n'ai aucune idée de comment ça va se passer. D'après ce qu'il a laissé entendre, je doute qu'il soit autorisé à fréquenter une patiente. Pour l'instant, je m'en fiche un peu. Je vivrai tranquillement dans son sous-sol à l'abri des regards si ça signifie que nous pouvons être ensemble. Mais et s'il n'est pas aussi enclin ? Je sais ce qu'il a dit hier, mais les gens disent toutes sortes de choses dans des moments intenses, avant d'y réfléchir sérieusement. Au fond, Nick, tout comme moi, est quelqu'un de sensé. Et risquer potentiellement son emploi pour une fille qui pourrait ne même pas être là dans un an n'est guère une décision rationnelle.

Je gare la voiture sur le parking du marché où Nick et moi nous sommes rencontrés hier, puis je rentre à l'intérieur. Derrière le comptoir, se trouve le même vieux monsieur qui nous taquinait au sujet des préservatifs dans une autre vie.

— J'espère que vous avez un parapluie, dit-il en jetant un coup d'œil de moi aux fenêtres de dehors. Il y a une alerte aux inondations.

Le ciel est devenu soudainement très sombre et menaçant.

Je souris timidement et me dirige vers les toilettes, où je me lave les mains juste pour occuper mon esprit, puis je me regarde dans le miroir. Là, je vois clairement la fille que Nick a épousée au moins une fois, et choisie à plusieurs reprises. Je pense à ce que Caroline m'a demandé hier : si la situation était inversée, voudrais-je être avec lui malgré tout ? Et ma réponse est la même. Oui, je le voudrais. Et lui aussi.

Je sors des toilettes en faisant signe à la femme chez qui nous avons commandé des sandwiches hier, puis je m'arrête brusquement, choquée. À l'avant du magasin, se trouve quelqu'un que je reconnais. Pas d'une vie passée, mais de celle-ci. De la photo dans le bureau de Nick.

Meg.

Ce ne peut pas être une coïncidence qu'elle soit dans un marché à un ou deux kilomètres de la maison des parents de Nick. Ça nc l'cst pas.

Il me faut une seconde pour dégeler mes membres figés. Je m'engage dans une allée, laissant un présentoir de chips me cacher de sa vue sans la bloquer de la mienne. Elle est encorc plus jolie en vrai que sur la photo, et c'est évident qu'elle a fait des efforts que je n'ai jamais faits. Ses chcveux sont bouclés et son maquillage est impeccable. Le gars au comptoir lui parle de sa voiture. Je jette un coup d'œil dans le parking, et là, à côté de ma vieille carcasse de quinze ans avec sa peinture qui rouille, se trouve une élégante BMW argentée.

— Il y a beaucoup de routes de terre par ici, dit le gars. Ce sera un vrai désordre avec toute cette pluie. J'espère que vous avez un véhicule tout-terrain en secours.

Oui, Meg, les routes sont mauvaises. Peut-être devrais-tu rentrer chez toi.

— C'est bon, répond-elle avec un sourire trop large. Mon copain a une Jeep.

Les chips de pomme de terre vacillent lorsque mon corps s'affaisse contre le présentoir. Même si mon cerveau s'efforce de créer n'importe quelle explication pour expliquer pourquoi elle serait ici, je sais déjà que la réponse la plus évidente est généralement la bonne. Nick a dû l'appeler après mon départ.

J'attends que sa voiture s'éloigne avant de sortir du magasin. Mes épaules sont droites, ma tête haute, mais je suis aussi squelettique et fragile qu'une brindille en ce moment, prête à m'effondrer – ce que je fais dès que je monte dans la voiture, en posant mon visage contre le volant et en pleurant comme un enfant.

Pourquoi ai-je mis tant de temps à quitter Jeff ? Et Nick... A-t-il même attendu que je reprenne la route hier avant d'appeler Meg et de l'inviter ici ? Il me faut toute ma maîtrise de moi pour ne pas allumer le téléphone et lui hurler dessus, le blâmer pour ma déception, lui demander pourquoi il a dit tout ça s'il ne le pensait pas. Je suis tellement... prise au dépourvu. Je ne lui en voudrais pas du tout s'il décidait que je ne valais pas la peine de prendre le risque. Mais je n'aurais jamais pensé en un million d'années qu'il changerait d'avis si rapidement. Et peut-être que s'il savait que je suis ici, il changerait d'avis à propos d'elle, mais s'il le faisait, il ne serait pas la personne que je sais qu'il est.

Ou du moins, la personne que je pensais qu'il était.

Je pleure toujours en démarrant ma voiture et en me dirigeant vers l'autoroute, en direction de la maison de ma mère. Le temps ne s'étire plus pour moi. J'aimerais avoir autant de minutes que possible entre maintenant et le moment où je devrai me tenir devant elle pour défendre ma décision de quitter Jeff – sans jamais mentionner que je l'ai fait pour quelqu'un qui a décidé qu'il ne me voulait pas en retour.

~

Quand j'arrive à Rocton, je ne vais pas directement chez ma mère. Ce n'est pas une décision consciente, mais quand je me retrouve au bord de la rivière, je ne suis pas surprise. C'est là où je venais quand j'étais jeune, toutes ces fois où il semblait que je n'étais pas à ma place.

Je gare la voiture en haut de la colline et m'assois sur un gros rocher, car le sol est trempé, laissant mes jambes pendre dans le vide. Cette vue, la paisible rivière s'étirant sans fin dans les deux directions, était autrefois l'une de mes préférées au monde, mais aujourd'hui, elle ne me touche pas. Je la regarde, mais tout ce que je vois, c'est le visage de Meg dans le magasin, vibrant d'excitation. Je comprends ce sentiment. C'est exactement ce que je ressentais aussi, jusqu'au moment où je l'ai vue là-bas.

L'a-t-il embrassée comme il m'a embrassée sur le quai hier ? Lui a-t-il dit toutes les choses qu'il m'a dites ? Je suis incapable de l'imaginer. L'homme que je croyais connaître ne ferait tout simplement pas ça.

J'essuie mes larmes et jette un dernier regard à la rivière. Quand j'étais enfant, venir ici me rappelait que le monde était incompréhensiblement vaste, et que quelque part, je finirais par trouver ma place, et la personne qui m'accepterait telle que je suis. Maintenant, ça me rappelle seulement que tant de choses que je voulais quand j'étais enfant ne se sont pas réalisées.

Je roule jusqu'à l'autre côté de la ville, dans le quartier où ma mère a emménagé après la vente de la ferme. Ce n'est qu'à quelques kilomètres d'ici, mais ça semble être un monde différent : brillant, creux, artificiel. Tous les arbres sont nouveaux et toutes les maisons se ressemblent comme deux gouttes d'eau.

Mon Dieu, je ne veux pas être ici.

Je ne veux pas entendre tout ce qu'elle est sur le point de dire. Aussi mal que je me sente à propos de ce que j'ai fait, ma mère trouvera le moyen de me faire sentir encore pire, et je ne peux même pas lui en vouloir. Je sais comment fonctionne cette ville : elle n'entrera plus jamais dans l'épicerie sans être l'objet de commérages. Sans que les gens ne discutent de ce que sa fille a fait, comment elle et Abby ne sont plus amies. Pour le reste de ma vie, je serai *la fille qui a brisé le cœur du pauvre Jeff Walker*. Et pour le reste de sa vie, elle sera la mère de cette fille.

Je frappe une fois à la porte et ensuite, en supposant correctement qu'elle n'est pas verrouillée, j'entre. Elle m'attend dans la cuisine avec un faible sourire et des cernes sous les yeux.

— As-tu mangé ? demande-t-elle en se dirigeant vers le réfrigérateur.

En deux secondes, elle prend une poêle et la remplit. Je ressens soudain une bouffée d'affection pour elle. Même en pleine crise, même quand je l'ai détruite, elle tient toujours à s'assurer que je sois nourrie.

— Je pourrais te faire un sandwich, mais je n'ai que de la mozzarella. Ou si tu peux attendre, peut-être pourrions-nous simplement sortir dîner. Il y a un petit café sympa maintenant, là où se trouvait le salon de coiffure…

Je lui offre un sourire timide.

— Ça va, Maman, réponds-je. Alors, qu'est-ce que tu as acheté chez QVC ?

Ses mains agrippent le comptoir, sa tête s'affaisse, et je vois enfin ce que toute son agitation en cuisine a dissimulé : une intense déception, du chagrin, de la honte. Tout cela causé par moi. J'aurais dû savoir qu'une blague ne serait pas de mise. Nous n'avons jamais eu ce genre de relation.

— Je ne comprends tout simplement pas comment tu as pu faire ça.

Je pose mes paumes à plat sur la vieille table en chêne. Elle était bien dans la ferme, mais elle est trop usée et lourde pour cette pièce lumineuse aux murs minces.

— Je n'ai jamais voulu que tout cela arrive. Mais la tumeur a mis les choses en perspective, dis-je, évitant soigneusement de mentionner à quel point mon temps pourrait être limité.

Elle fronce les sourcils.

— Jeff pense que c'est la tumeur qui te fait agir de cette manière.

La douceur que j'ai ressentie il y a seulement un instant en la regardant se déplacer dans la cuisine a disparu. À sa place se trouve quelque chose de tranchant et de froid. Je sais que je ne suis pas la fille qu'elle veut. Je ne l'ai jamais été. Elle voulait un enfant normal qui ne pouvait pas occasionnellement prédire l'avenir, qui ne se réveillait pas en sachant des choses qu'elle ne devrait pas savoir. Et peut-être que n'importe quel parent le voudrait, mais je reste quand même son enfant. Son *unique* enfant. Et c'est là que sa loyauté devrait se trouver.

— Depuis combien de temps as-tu des conversations avec Jeff à propos de moi ?

— Je suis juste…

Elle s'arrête, en levant les mains en l'air.

— Je sais que tu ne voudras pas entendre ça, mais tu dois essayer de le voir de mon point de vue. Imagine si j'avais une maladie. Si j'étais schizophrène, par exemple, et que je décidais soudain de donner tous mes biens et de vivre dans la rue, tu interviendrais, n'est-ce pas ?

Je suis plus fatiguée qu'en colère.

— J'espère vraiment que tu ne compares pas ma tumeur à une maladie mentale sévère.

— Je ne sais pas à quoi la comparer ! s'écrie-t-elle désespérément. Tu prends tellement de décisions qui n'ont aucun sens. Toi et Jeff étiez vraiment heureux ensemble, alors je dois me poser des questions quand tu décides soudain que tu ne veux plus rien avoir à faire avec lui.

Je ne suis pas sûre de savoir comment Caroline et Trevor ont si facilement compris que je n'étais pas heureuse avec Jeff, alors que ma mère ne semble en avoir aucune idée, mais je suppose que c'est ma faute : depuis sa dépression après la mort de mon père, je me tiens sur un fil tendu, essayant de la protéger du chagrin ou de la déception. Tout comme je l'ai fait avec Jeff, j'ai fait de ma mission de la maintenir entière à la suite de la tragédie, un rôle que je ne me suis jamais permis d'abandonner. Et une partie de ça était de convaincre tout le monde que j'étais ravie de fréquenter le fils de sa meilleure amie.

— Maman, je ne sais pas si nous étions vraiment heureux ensemble. Papa a poussé cette relation, puis toi et Abby l'avez fait. Je ne sais pas ce qui était réel et ce dont je me persuadais pour vous rendre tous heureux.

Ses lèvres se pincent.

— Bien sûr que vous étiez heureux. Ne commence pas à te convaincre du contraire pour justifier tes hésitations. Tu jettes Jeff comme un déchet maintenant, mais je ne doute pas que dans une semaine ou un mois, tu te rendras compte de l'erreur que tu as faite, et je préférerais que tu t'en rendes compte maintenant.

Je sais qu'elle a tort. Peut-être serai-je triste et seule, mais Jeff ne me rendrait pas heureuse maintenant que j'ai vu tout ce qui est possible. Si je me remettais avec lui, je passerais mes années restantes à désirer autre chose, et ce ne serait pas juste pour nous deux.

— Ce n'était pas une erreur. Et à long terme, Jeff sera plus heureux aussi.

— Tu te rends compte à quel point ça ne te ressemble pas ? demande-t-elle. Regarde toutes les personnes que tu as blessées. Jeff est dévasté. Ses parents sont dévastés. Et ce sont des gens qui ont été bienveillants avec nous, qui nous ont soutenus émotionnellement pendant des années. Financièrement aussi, quand ton père est décédé. C'est un tel affront.

Ah, elle arrive… La spirale de la culpabilité. Je savais qu'elle trouverait un moyen de la faire remonter à la surface tôt ou tard. Je me sens malade, et elle n'a même pas encore mentionné le cauchemar que ce sera d'annuler le mariage à cette date tardive. Les vols que les gens ont payés, les cadeaux à retourner, les dépôts que nous ne récupérerons pas. Ou le fait que quand je mourrai dans quelques années, elle n'aura absolument personne sur qui compter.

— Pense à ton oncle qui a pris l'avion pour venir ici, continue-t-elle. Je parie qu'il ne peut pas récupérer l'argent du billet. Les frères et sœurs d'Abby prennent aussi l'avion. Les grands-parents de Jeff conduisent depuis la Floride, et je pense qu'ils sont déjà partis – ils ont fait un voyage de trois semaines pour ça. Ce n'est pas seulement à propos de toi.

Peut-être qu'elle a raison, je pense. *Peut-être que je devrais juste arranger les choses et supporter ça pendant l'année ou deux à venir. Laisser les gens penser du bien de moi, laisser la vie de ma mère intacte tant que je le peux encore.* Les pleurs et le trajet m'ont épuisé, me laissant incapable de penser clairement, mais quand j'entends ces mots dans ma tête, je ressens une sorte de résignation maladive, une résignation *familière.* C'est exactement ce que j'ai ressenti quand elle m'a demandé de rester après la mort de mon père, et quand Jeff m'a suivi à D.C. avec son grand discours romantique. La peur est ce qui m'a poussée à m'éloigner de Nick hier. Et la culpabilité est ce qui m'a poussée à prendre chaque mauvaise décision dans ma vie. Peut-être est-il temps que j'emprunte un chemin différent.

— Je vais m'allonger un moment, je lui dis.

— C'est une bonne idée, répond-elle d'un ton sec.

Ça ressemble beaucoup à ce qu'elle a envie de dire - *va t'asseoir et réfléchis à ce que tu es en train de faire.*

La pièce que je considère comme la mienne n'est en réalité qu'une chambre d'amis, pleine de meubles blancs fades et de pastels ternes que ma mère a trouvés dans un magasin discount. Le plaid au bout du lit est le seul vestige de mon passé. Je me recroqueville, le tirant sur moi, et je sens une nouvelle vague de larmes monter. Étais-je aveugle avec Nick ? Si nos situations étaient inversées, je ne serais pas retournée en courant vers mon ex au premier signe d'échec. J'aurais attendu. J'aurais lutté. Il devrait y avoir plus à notre histoire qu'une fin pathétique comme celle-ci.

~

Nick et moi sommes allongés dans le lit, écoutant le vent secouer les fenêtres, faisant tomber les chaises sur la terrasse. C'est la plus grosse tempête que j'aie vue depuis mon arrivée à Londres il y a tant de mois, et elle nous rappelle que même ici, au cœur d'une ville étrangère, nous ne sommes jamais complètement en sécurité. Ce n'est pas vraiment une chose dont j'avais besoin qu'on me rappelle. Ces jours-ci, c'est rarement loin de ma tête.

— Mary en bas m'a arrêtée ce matin, lui dis-je.

Il rit, tirant la couette moelleuse jusqu'à mon cou.

— Est-ce qu'elle nous a encore accusés d'abriter des animaux ?

Je souris contre sa poitrine.

— Non. Elle voulait me montrer des photos historiques qu'elle a trouvées. Savais-tu que notre immeuble a été bombardé pendant la Seconde Guerre mondiale ? Elle avait des photos. Il était pratiquement en ruine.

Il me serre contre lui.

— Ouais. C'est bizarre que tu en parles. J'y pense beaucoup ces derniers temps.

— Notre immeuble bombardé ?

— Pas uniquement ça. Juste à quel point ce serait terrifiant de vivre ici pendant la guerre. Surtout si nous étions séparés. Si j'étais au travail, ou si tu étais à l'école et que je ne pouvais pas te trouver. Je n'y avais jamais pensé auparavant, et maintenant, surtout maintenant, j'y pense constamment, dit-il en posant une main sur mon ventre gonflé.

Je pense aussi constamment à nous étant séparés. Mes raisons sont probablement différentes des siennes, mais peut-être pas… Peut-être qu'une mémoire résiduelle lui dit qu'il a des raisons de s'inquiéter parce que nous avons déjà été séparés. Je pose ma main sur la sienne.

— Je te retrouverai, lui dis-je.

— Vraiment ?

— À moins que tu cesses d'être attirant, rectifié-je. Dans ce cas, le jury est encore en délibération.

Sa main glisse sur ma hanche, descendant le long de ma cuisse nue.

— Attirant, hein ? Tu devras me prévenir quand je serai en danger de perdre ma place auprès du jury.

— Tu ne cours aucun danger, dis-je, mais les mots s'achèvent dans un gémissement alors que ses doigts glissent entre mes cuisses.

— Je n'étais pas trop inquiet.

Il rit doucement à mon oreille.

— Si tu ne me retrouves pas, il n'y aura pas un seul moment où je ne viendrai pas te chercher.

Il me fait rouler sur le dos et pendant un bref instant, j'oublie mes craintes, mais plus tard, quand il dort profondément, sa respiration calme et régulière, elles réapparaissent toutes. Je regarde son visage à la lumière de la lune, la jeunesse de ses longs cils et de ses lèvres pleines contrebalancée par sa mâchoire nette, ayant déjà besoin d'un rasage.

Devrais-je tout lui dire ? Je ne peux pas. Ça paraîtra insensé, et il ne me croira jamais. J'ai découvert la vérité il y a des mois et je n'y crois presque pas moi-même. Mais je ne peux pas le perdre à nouveau.

— Je ne vais pas la laisser nous séparer, lui promets-je doucement. Pas cette fois.

~

Ma mère frappe à la porte, me réveillant. Je suis tellement stupéfaite par le rêve que je ne réponds même pas la première fois qu'elle appelle mon nom. J'étais *enceinte*.

— Quinn, dit-elle, de manière plus pressante. Je commence le dîner. Tu es debout ?

Je cligne des yeux rapidement.

— Oui, réponds-je. Je descends dans une seconde.

J'étais enceinte. Je me souviens de la sensation d'un bébé qui bougeait alors que je regardais Nick dormir. Pas vraiment comme un coup de pied, mais plutôt comme une bulle qui éclate, encore et encore. Je peux encore ressentir la chaleur quand j'ai posé ma main sur mon ventre. J'aimais cet enfant et maintenant, elle me manque – je suis certaine que c'était une *fille* – presque autant que Nick me manque. Nous étions une famille, et je lui ai fait la promesse que je le retrouverais, que je ne la laisserais pas nous séparer à nouveau. Comment avons-nous pu être tellement dans cette vie et si peu dans celle-ci ?

Je descends, accablée par la détresse. Ma mère semble l'interpréter comme un repentir.

— Rien n'a été fait qui ne puisse être défait, ma chérie, dit-elle doucement. Ça ira. Tout le monde sait que tu traverses une période difficile.

Je pose mes bras sur la table et pose mon front dessus.

— Je n'ai pas changé d'avis. Je suis juste fatiguée.

Elle s'effondre dans la chaise en face de moi avec un verre de vin. Je me demande combien elle en a bu. Dans tous les cas, ça signifie que les larmes vont bientôt couler.

— J'aimerais que tu y réfléchisses sérieusement, dit-elle.

Ma mâchoire tombe.

— Mais enfin, qu'est-ce qui te fait penser que je ne l'ai pas fait ?

J'ai essayé d'être patiente avec elle, mais ça devient ridicule.

— Pourquoi es-tu autant du côté de Jeff ? C'est moi que tu es censée soutenir, pas lui.

Ses lèvres se crispent, formant une ligne droite qui les rend presque invisibles.

— C'était le vœu de ton père quand il est mort.

Un petit pincement de culpabilité. Je l'ignore. J'ai eu cette conversation avec moi-même assez de fois.

— Maman, il ne l'a jamais encouragé jusqu'à ce qu'il découvre qu'il était en train de mourir. Il voulait juste savoir que je n'allais pas être seule.

Elle reste silencieuse, luttant avec quelque chose qu'elle n'est pas sûre de devoir dire.

— Tu sais des choses, dit-elle, sa voix à peine audible. Tu as toujours su des choses que tu ne devrais pas savoir.

Je sens mon cœur qui bat à la base de ma gorge, beaucoup trop vite. Nous n'avons jamais discuté de cela. C'est ainsi que nous le voulions tous les deux et je n'ai aucune idée pourquoi elle change les règles maintenant.

— J'étais juste une enfant bizarre. J'avais de l'imagination. Pourquoi tu en reparles au juste ?

Ses yeux rencontrent les miens. Elle semble dire que *si ce n'était que ton imagination, c'était une imagination étonnamment précise.*

— Parfois, ton père savait des choses aussi, dit-elle, son regard tombant sur la table. Des choses à ton sujet. Et la façon dont il insistait à la fin… C'était comme quand tu étais enfant et qu'il était si certain de ton allergie avant même que tu n'aies jamais mangé de fruits de mer. Il était tout aussi certain de cela, et c'est ce qui me fait penser que tu devrais l'écouter. Parce qu'il est possible qu'il ait su quelque chose que tu ignores.

C'est la même théorie que j'ai suggérée à Caroline hier, mais maintenant que j'ai pris ma décision, je ne veux pas l'entendre.

— Jeff ne peut pas me protéger d'une tumeur cérébrale, dis-je doucement. Peut-être que Papa savait quelque chose, mais ce dont je suis sûre, c'est que Jeff ne me suffit plus, et ce n'est pas avec lui que je veux passer le temps qu'il me reste.

Ma mère sait que ce que je dis a du sens. Pourtant, je vois dans la façon dont elle avale sa salive, incline à peine la tête, qu'elle pense toujours que mon père avait raison.

~

Le dîner est douloureusement silencieux. Ma mère boit sans relâche. Elle me regarde à chaque fois qu'elle se sert un nouveau verre, me provoquant du regard pour que je dise quelque chose. Bien sûr, je ne le ferai pas. Ses cinq verres de vin ne feront de mal qu'à elle-même. Ma décision de ce matin a fait beaucoup de mal à beaucoup de gens.

Son téléphone sonne pendant le dîner et elle jette un coup d'œil.

— C'est Abby, dit-elle, sans me regarder en parlant. Elle a appelé plus tôt aussi. Elle a dit que tu refusais de répondre aux appels de Jeff. S'il te plaît, dis-moi que ce n'est pas vrai.

Je me frotte le front. J'ai dormi tout l'après-midi, mais cette conversation me donne envie de retourner immédiatement au lit.

— Maman, je lui ai dit tout ce que j'avais à dire ce matin.

Elle me lance un regard haineux et je soupire.

— Laisse-moi écouter les 400 messages vocaux qu'il a laissés et peut-être que je l'appellerai après.

Elle se retire pour la nuit, bien qu'il ne soit guère que dix-neuf heures, emportant avec elle une nouvelle bouteille de vin, alors je me retire aussi. Je sais que je dois écouter les messages vocaux de Jeff, mais mon Dieu, je le redoute. Je peux gérer sa colère, mais je frémis à l'idée de sa douleur. Pour l'instant, je souffre tellement que je ne suis pas sûre de pouvoir supporter la sienne en plus.

Je prends ma douche, sèche mes cheveux et traîne autant

que possible avant d'allumer enfin le téléphone. Mon cœur sombre quand je vois qu'il y a bien plus de cent textos.

Et s'arrête complètement quand je vois que le plus récent est de Nick.

Nick : Quinn, je deviens fou. S'il te plaît, réponds-moi. J'ai besoin de savoir que tu vas bien.

Il l'a envoyé il y a 15 minutes. Et il a envoyé un autre message une heure avant. Je parcours tous les messages de Jeff et découvre que Nick a commencé à m'envoyer des textos à dix heures ce matin. Peut-être essayait-il simplement de me prévenir de son changement d'avis. Peut-être voulait-il s'assurer que je ne débarquais pas au lac pour gâcher ses retrouvailles.

Ou peut-être, juste peut-être, qu'il est l'homme que j'ai toujours pensé qu'il était.

CHAPITRE 35
Nick

Je savais déjà hier que le risque de perdre ma carrière ne m'importait plus. C'était seulement la question d'éthique qui m'empêchait de revenir ici hier soir et de supplier Quinn de me donner une chance. En tant que son médecin, il est possible que j'ai plus d'influence sur elle que je n'en aurais autrement. Mais je sais aussi que ce n'est pas le cas classique d'un patient vulnérable et d'un médecin prédateur. Je la *connais*. Mes os se souviennent d'elle d'une manière que mon cerveau ne peut pas tout à fait rattraper.

Et quand je me suis réveillé ce matin, j'ai réalisé qu'il n'était plus temps de rester là à débattre – je pouvais tenter ma chance, ou je pourrais devenir Grosbaum, vieillissant en regrettant quelqu'un qui ne m'est pas revenu.

La décision était prise, mais je n'aurais jamais imaginé que cela me prendrait onze putains d'heures pour la joindre. Quand elle appelle enfin, j'ai passé tellement de temps à m'inquiéter qu'elle ait eu une autre crise que je suis presque aussi en colère que soulagé.

— Dieu merci, dis-je, avant même qu'elle n'ait dit un mot.

Comment a-t-elle pu me laisser si longtemps, incertain de si elle était en vie ?

— Pourquoi diable ton téléphone était éteint ? demandé-je, en faisant les cent pas dans la pièce.

— Pourquoi diable ta copine te rendait-elle visite au lac ? répond-elle.

La question, et la manière dont elle semble blessée et en colère en la posant, me stoppe net.

— *Quoi* ?

— J'ai vu Meg, dit-elle.

Je l'entends déglutir.

— À l'épicerie près de la maison de tes parents ce matin. Elle parlait de son *copain* et de sa Jeep. Je ne comprends juste pas comment tu as pu dire ce que tu as dit hier et…

Sa voix se brise.

Je suis totalement confus. Mais ma colère a disparu dès que j'ai réalisé à quel point elle était bouleversée.

— Quinn… Je t'assure que je ne sais absolument pas de quoi tu parles. Je ne suis même pas au lac. Je suis rentré ce matin pour te voir et tu n'as jamais répondu à ton putain de téléphone une seule fois.

— Mais alors…

Elle s'arrête et prend une grande respiration.

— Mais alors pourquoi était-elle là-bas ?

Je m'appuie sur le comptoir et passe une main dans mes cheveux. Rien de tout cela n'a de sens. Pourquoi diable Meg serait-elle allée au lac ? J'ai vu un message vocal d'elle ce matin, mais je ne l'ai pas écouté. La question la plus importante pour moi, c'est pourquoi Quinn était là.

— Je n'en ai aucune idée. Je ne l'ai pas invitée et je ne l'ai pas vue depuis la semaine dernière. Mais… Pourquoi *tu* étais là-bas ?

— Je voulais te voir, admet-elle doucement. Mais ensuite, elle était là, au marché… Alors je suis partie.

Je suis sidéré. Ce que j'ai avec Quinn est quelque chose que je ne pourrais pas remplacer en un an, une décennie ou un siècle – comment pourrait-elle croire le contraire ?

— Je n'aurais jamais fait ça. Il n'y a personne d'autre que toi. Pas aujourd'hui, ni dans un an. Alors, si tu restes avec Jeff…

— Je ne reste pas avec lui, dit-elle doucement. C'est pour ça que je suis allée au lac. J'ai mis fin à notre relation ce matin.

Le soulagement est si doux et si vif qu'un instant, je suis sans voix.

— Dieu merci, murmuré-je finalement.

Il y a tant de choses que je veux lui dire, mais pas comme ça. J'ai besoin de voir son visage. J'ai besoin qu'elle voie que je suis sincère dans chacun de mes mots.

— Où es-tu ? Je ne veux pas avoir cette conversation au téléphone.

— Je suis chez ma mère, en Pennsylvanie, dit-elle. Je reviens demain soir.

Ce n'est pas assez tôt. Maintenant que j'ai passé une journée entière à me demander si je l'avais perdue, il n'est pas question que j'attende vingt-quatre heures pour vraiment savoir qu'elle est mienne. Je prends mes clés et me dirige vers ma Jeep.

— Donne-moi ton adresse.

— En Pennsylvanie ? demande-t-elle. Tu es sérieux ?

Je n'ai jamais été aussi sérieux de toute ma vie.

~

Il est un peu plus de dix heures quand j'arrive à la maison de sa mère.

Je suis à mi-chemin dans l'allée lorsqu'elle sort de la porte. Je ne ralentis pas. Je continue jusqu'à ce qu'elle soit dans mes bras.

— Je n'arrive pas à croire que tu sois venu jusque-là, murmure-t-elle.

— Je n'arrive pas à croire que tu aies pensé une seule seconde que je pourrais vouloir quelqu'un d'autre que toi.

Mes lèvres se posent sur son front, sur ses paupières, ses tempes, sa joue, juste sous son oreille, jusqu'à ce que je trouve finalement sa bouche. Elle a un goût de menthe et de sucre, et je pourrais passer cent ans juste à faire ça – mémorisant le contour de ses lèvres, savourant cette partie d'elle.

Elle pose son front contre mon torse.

— Mais… Tu ne risques pas d'avoir des ennuis pour ça ?

Si, et ça ne m'importe plus.

— On ne doit pas s'en inquiéter. Tant qu'on fait attention.

Elle lève un sourcil.

— Ce n'est pas ce que j'ai demandé.

Je suis tenté de mentir, car je sais exactement comment elle va réagir face à la vérité. Mais c'est elle – la personne que je veux pour toujours, ou aussi longtemps que je pourrai l'avoir. Pour une fois dans ma vie, je veux être un livre ouvert.

— *Théoriquement*, je pourrais perdre ma licence médicale si quelqu'un en faisait toute une histoire.

Elle recule brusquement.

— Tu pourrais perdre ta licence pour de *bon* ? Mais…

Elle s'arrête, le cœur brisé.

— Tu ne peux pas risquer ça. Je veux dire, combien de temps quelque chose entre nous pourrait-il durer ? Je pourrais même ne plus être là dans….

Je la tire de nouveau vers moi.

— Arrête. On n'a aucune idée de combien de temps il te reste, et je ne vais certainement pas laisser une conséquence vaguement possible m'éloigner de toi, alors ne tente même pas de le suggérer.

Je soupire profondément. La suite doit être dite, peu importe combien j'aimerais l'éviter.

— Mais je dois être sûr que tu es réellement d'accord. Tu comptes sur moi pour te soigner, et tu ne devrais pas sentir qu'il y a des conditions attachées. Pour quelqu'un en dehors de nous, cette situation pourrait paraître un peu prédatrice. Tu es dans une position vulnérable et…

Mes mots s'arrêtent. Ils sonnent encore pire à voix haute

qu'ils ne le faisaient dans ma tête.

Elle se frappe le front avec la paume de sa main.

— *Prédatrice* ? Tu plaisantes ? Je te voulais bien avant tout cela. Avant même de savoir pour la tumeur au cerveau, j'essayais d'arrêter de rêver de toi. Et depuis que tu m'as embrassée hier, je n'ai pu penser à rien d'autre, ce qui, je peux t'assurer, n'a rien à voir avec ta capacité à guérir mon cerveau.

Mes yeux se posent sur sa bouche, incertains. Je repousse ses cheveux de son visage, mes paumes sur ses joues.

— Cela signifie-t-il que tu es mienne maintenant ?

Elle me sourit.

— Je pense que je l'ai toujours été.

Je me penche, capturant une fois de plus cette bouche que j'ai désirée depuis la première fois que je l'ai vue. Mais je refuse de me laisser emporter comme hier sur le quai. Ce soir est notre début et je veux que chaque étape soit parfaite, mémorable. Ses mains glissent dans mes cheveux.

— J'ai voulu faire ça depuis si longtemps, dit-elle.

— J'ai une longue liste de choses que j'ai voulue faire depuis si longtemps, dis-je, ma bouche passant de sa mâchoire à son cou parfait. Mais elles ne sont probablement pas appropriées pour un premier rendez-vous.

Elle rit.

— Alors c'est un premier rendez-vous ?

Je me force à m'éloigner d'elle.

— Pas encore, en tout cas.

Derrière elle, la maison est calme, principalement dans l'obscurité.

— Je n'ai pas dit ça depuis plus d'une décennie, et je ne suis pas sûr qu'il y ait quelque chose d'ouvert ici, mais as-tu le droit de sortir après le couvre-feu ?

Elle sourit.

— Oui. Et je connais l'endroit parfait. Attends ici.

Elle court à l'intérieur et revient une minute plus tard avec une couverture, une bouteille de vin et deux gobelets en plastique. Nous conduisons dans les collines et tournons sur un chemin de gravier, où elle me dit de m'arrêter.

— On est au milieu de nulle part, dis-je. Je tiens juste à souligner que si nos situations étaient inversées, tu serais probablement un peu nerveuse maintenant.

Elle me sourit.

— Tu es en sécurité. Probablement.

Elle saute dehors et me mène au sommet de la colline où, en contrebas, une rivière serpente illuminée par la lumière des étoiles. Je la tire près de moi et pendant un moment, nous apprécions simplement la vue. Elle avait raison – c'est parfait.

— J'avais oublié comme c'est humide, dit-elle. Je ne pense pas qu'on puisse s'asseoir ici.

— J'ai une idée.

J'ouvre le coffre de la Jeep et étale la couverture à l'arrière. Le toit est déjà ouvert et les sièges arrière sont rabattus, donc il y a juste assez de place pour nous deux.

— Tu me mets à l'arrière de ta voiture, mais c'est *moi* qui fais peur, dit-elle alors que je la soulève.

— Tu es en sécurité, réponds-je. Probablement.

Elle me regarde à travers ses cils et ses lèvres se courbent vers le haut.

— C'est décevant.

Ses mots et cette petite note rauque dans sa voix envoient le sang affluer vers mon sexe. Je tressaille en grimpant après elle, essayant de le calmer. C'est notre premier rendez-vous, même si ça semble être le centième. Je ne vais pas essayer de me satisfaire ici comme un adolescent obsédé par le sexe, peu importe à quel point c'est dur. Littéralement.

Elle nous remplit à chacun un gobelet de vin, et puis nous nous allongeons sur le côté, face à face, puisqu'il n'y a vraiment pas d'autre façon pour nous deux de tenir dans le faible espace.

— J'aime bien cet endroit, lui dis-je. Comment l'as-tu découvert ?

Elle pose son vin.

— Mon père et moi venions randonner ici quand j'étais enfant, et plus tard j'ai commencé à venir seule.

J'entends une pointe de tristesse dans sa voix et ça me laisse perplexe. Je ne comprends pas comment il se fait que son enfance, quand elle la décrit, semble toujours si solitaire. Elle a l'air d'être le genre de fille qui aurait tout eu – trop d'amis et d'admirateurs pour compter, ainsi que l'adoration de toute une ville.

— Pourquoi as-tu continué à venir ici toute seule ?

Elle hausse une épaule.

— C'était difficile de grandir ici parfois. C'était difficile d'être chez moi la moitié du temps. Mais venir ici me rappelait combien le monde était grand, et que dans un monde aussi grand que le nôtre, il y avait sûrement une personne et un endroit pour moi.

— Une personne ?

Ses cils effleurent le haut de ses pommettes.

— La personne avec qui tu es destiné à être. Celle qui t'accepte malgré tout et qui compte tellement que le reste du monde importe moins.

Je veux être sa personne. Je sais déjà qu'elle est la mienne.

— Et as-tu déjà trouvé ta place ?

— Oui, dit-elle doucement. Cette personne dont je parlais ? Je suis presque certaine de l'avoir trouvée.

Je soulève sa main et presse mes lèvres à la base de sa paume. Mon nez effleure l'intérieur de son poignet, désireux de continuer un chemin sur sa peau de velours. Je me retiens. Le geste pourrait être simplement romantique avec quelqu'un d'autre, mais je désire tellement d'elle en ce moment que je pense que je pourrais transformer presque n'importe quoi en excuse pour lui retirer ses vêtements.

— Tu ne m'as toujours pas dit comment tu as mis fin à ta relation avec Jeff.

Elle soupire lourdement.

— C'est une longue histoire. Disons simplement qu'il est très mécontent de moi en ce moment. Il a rempli ma boîte vocale et a passé la majeure partie de la matinée à appeler sans arrêt, c'est pourquoi j'ai éteint mon téléphone. D'après les textos que j'ai vus ce soir... il va avoir besoin de temps pour se calmer.

— Tu ne prévois pas de retourner chez toi demain, n'est-ce pas ?

Je sais que c'est prématuré, mais si Meg n'était pas en train de prendre possession de mon appartement, je lui demanderais de rester avec moi à son retour. L'idée de l'avoir dans un endroit privé, pour une période prolongée, me donne un désir vif. De la voir étalée sur mon lit. Merde. Je dois penser à autre chose, et vite.

Elle laisse échapper un petit rire surpris.

— C'était tellement chaotique que j'y ai à peine pensé. Mais non, je vais éviter la maison. Je suppose que je vais squatter le canapé de Caroline pour un moment.

— Et Caroline, est-elle pour *Team Nick* ou *Team Jeff* ? Je cherche juste à savoir combien d'ennemis j'ai en plus.

Elle rougit.

— Caroline m'a suggéré de coucher avec toi avant de décider quoi que ce soit de sûr.

Un autre élan de désir.

— J'aime les idées de Caroline. Tu devrais l'écouter davantage.

Elle se soulève sur un avant-bras pour voir mon visage, posant le vin derrière elle.

— Comment ça va fonctionner exactement ? demande-t-elle. Pour que tu n'aies pas d'ennuis ?

J'y ai pensé tout le long du trajet, sans jamais trouver de réponse parfaite. Dans un monde idéal, nous cacherions cela. Nous nous faufilerions en cachette et mentirions à quiconque demanderait, mais je ne suis pas prêt à faire ça, et je ne suis certainement pas prêt à le lui demander.

— Je devrais dire à quiconque que je te connaissais avant que tu ne deviennes une patiente, ce qui ne me dédouane pas éthiquement mais aide. Et puis, quand tu auras terminé ton diplôme, nous pourrions…

Je m'arrête avec un rire embarrassé.

— Désolé, je m'emporte.

Elle sourit.

— Tu ne peux pas me laisser en suspens comme ça.

— J'allais dire que, une fois que tu auras ton diplôme, nous pourrions aller quelque part où personne ne nous connaît. Donc félicitations – tu m'as transformé en ce type flippant qui parle du futur lors d'un premier rendez-vous.

Son sourire s'élargit. Même si c'est flippant, ça ne semble pas la déranger.

— Je croyais que tu avais peur de l'engagement ?

Elle se penche vers moi, avec tous ces cheveux tombant autour de son visage et cette bouche parfaite implorant d'être embrassée et soudain, je ne peux plus me retenir.

— Plus maintenant, réponds-je, enroulant ma main autour de la nuque pour attirer son visage vers le mien.

Le baiser est doux, au début. Je le savoure, comme la première gorgée d'un très bon vin, respirant son parfum, ce mélange de savon et d'été. M'attardant sur la sensation, mémorisant cette bouche mûre et parfaite, et sa peau, douce comme des pétales de rose.

Je la roule sur le côté, berçant sa mâchoire alors que sa bouche s'ouvre sous la mienne. Le baiser se transforme en quelque chose d'autre. Quelque chose de plus profond et plus sombre. Un territoire que j'avais prévu d'éviter ce soir, mais que je ne peux pas résister maintenant qu'il est là.

Mes mains glissent de ses cheveux à son dos, puis à ses hanches, caressant les courbes que j'ai rêvé de toucher pendant des mois. Ses seins, sa taille, ses fesses parfaites. Elle inspire quand ma bouche se déplace vers son cou, un son aigu et empli de passion. Je veux me noyer dans sa réponse, dans la façon dont son corps se cambre contre le mien, demandant plus.

Ça continue et le monde commence à se rétrécir – à notre souffle mêlé, à ses sons, au besoin en moi qui se tord et grandit jusqu'à ce que je puisse à peine supporter la pression. Je cesse de penser à autre chose que ce que je veux d'elle. Où je veux mes mains et ma bouche. Où je veux les siennes.

Nos mouvements deviennent frénétiques. Mon désir pour elle devient féroce, enfle en moi jusqu'à ce que je sente que ma peau est trop serrée pour me contenir. *Ça fait trop longtemps. J'ai attendu trop putain de longtemps pour ça et je ne peux pas continuer à attendre.*

Je commence à la pousser sur le dos, prêt à tout prendre d'elle, inconscient de mes bonnes intentions – mais sous ma main, je touche le plancher métallique froid de la Jeep où la couverture a été déplacée. Mes yeux s'ouvrent et la réalité s'immisce tel un invité indésirable. Nous sommes à l'arrière de ma voiture, son dos pressé contre le métal bosselé, ma boîte à outils à quelques centimètres de sa tête. Mon corps réclame du frottement, mon sexe palpitant et coincé entre ses cuisses, et je n'ai jamais eu autant besoin d'atteindre l'orgasme que maintenant. Mais c'est la femme avec qui je veux passer toute ma vie, et ce n'est pas ainsi que notre première fois devrait se dérouler.

Je me force d'une manière ou d'une autre à m'arrêter, roulant sur le dos et la tirant contre ma poitrine.

— Maintenant je suis le type flippant qui te dit qu'on va juste regarder les étoiles et qui ensuite essaie de te peloter.

Sa bouche s'arrondit en un sourire.

— Je ne me plaignais pas.

Sa réponse ne m'aide pas en ce moment. Je lutte toujours contre moi-même pour ne pas reprendre là où nous nous sommes arrêtés.

— Je ne veux pas de demi-mesures, lui dis-je, pressant mes lèvres contre le haut de sa tête. J'ai besoin de toi entièrement. Et ça ne devrait pas se passer ici, peu importe à quel point je veux me convaincre du contraire.

— Je pense que tout ça est plus difficile parce qu'on a l'impression d'avoir déjà attendu une éternité. C'est comme si je t'avais manqué et désiré toute ma vie, à un certain niveau.

Oui. C'est exactement ça. Une partie de moi, la partie qui a existé dans une autre vie avec elle, a attendu toutes ces années pour arriver ici. Je suis comme un homme qui a été privé d'eau pendant trop longtemps. Quand je l'obtiens enfin, je veux boire jusqu'à me noyer.

— Si nous voulons passer cette nuit avec succès, quelques précautions s'imposent, dis-je, en saisissant une couverture supplémentaire et en l'enveloppant dedans.

Elle lève un sourcil.

— Tes précautions consistent à me transformer en burrito ?

Elle ne sait pas encore ce qui s'est passé à Baltimore, mais même ce qui vient de se passer ici devrait suffire comme raison.

— Ça aidera à m'assurer que je ne change pas d'avis. Ou du moins, ça me ralentira si c'est le cas.

Elle niche sa tête dans le creux de mon épaule. Elle s'adapte parfaitement, comme si elle avait été faite pour être pressée contre moi de cette manière.

— Ta place a toujours été ici, dis-je doucement.

— Je suis heureuse de l'être maintenant, dit-elle, se blottissant plus près.

~

C'est la pluie qui nous réveille. Une légère bruine, heureusement, mais même une légère bruine n'est pas quelque chose que l'un de nous deux pourrait ignorer en dormant.

Je la reconduis à la maison de sa mère et la raccompagne à

la porte. Beaucoup de choses ici me rappellent le lycée, mais le lycée tel qu'il aurait dû être : passé avec une fille dont je peux à peine supporter de m'éloigner.

— Désolé de t'avoir gardée dehors après le couvre-feu, lui dis-je. Si tu es punie, ta mère ne me laissera pas t'emmener au bal de promo.

Elle sourit.

— Elle aura un plus gros problème avec le fait que tu aies trente ans.

Je l'embrasse une dernière fois puis je la serre contre moi.

— Sérieusement, Quinn, dis-je. Ne laisse pas ta mère te faire culpabiliser pour te faire changer d'avis.

Elle se met sur la pointe des pieds pour appuyer ses lèvres douces contre ma mâchoire.

— J'ai réussi à te trouver une fois à Londres, puis je t'ai trouvé ici, quand je ne savais pas qui tu étais, dit-elle. Et maintenant que je le sais, rien ne peut m'éloigner de toi.

CHAPITRE 36

Nick

J'arrive à mon immeuble après cinq heures du matin. Je décide de sauter ma séance de natation matinale en faveur de quelques heures de sommeil en plus. En vérité, ce que je voudrais, c'est juste dormir jusqu'à ce que Quinn revienne et soit en sécurité. C'est nouveau pour moi, de me soucier autant de quelqu'un d'autre. Comme si mon cœur était maintenant quelque part complètement hors de mon contrôle. Que ferai-je si nous ne trouvons pas de solution pour la tumeur ? Nous ne sommes ensemble que depuis quelques heures et j'ai déjà l'impression de ne pas survivre si je la perds.

Je déverrouille ma porte et m'arrête net en entrant. Meg est assise sur une chaise à la table de la cuisine, me regardant comme si j'étais un conjoint infidèle pris en flagrant délit de retour furtif à la maison.

— Je suis allée au lac hier, murmure-t-elle, les yeux rougis et hagards.

Elle me regarde puis fixe la fenêtre d'un air absent.

— Je pensais vraiment que si je faisais simplement les choses à ta manière, si je faisais les choses que tu aimes, tu verrais à quel point nous pourrions être bien ensemble. Mais tu n'étais pas là, et tu n'as pas dormi ici non plus. Alors je veux savoir avec qui tu étais.

Je soupire, partagé entre la culpabilité et l'agacement. Nous ne sommes plus ensemble. J'ai rompu avec elle pour de bonnes raisons, et je ne devrais pas avoir à me sentir mal à ce sujet. Je ne devrais pas avoir à rentrer à la maison à cinq heures du matin avec elle qui m'attend pour me confronter. Mais je ne veux pas la blesser non plus, et la façon dont je ressens les choses pour Quinn le fera certainement. Ça pourrait aussi me causer beaucoup d'ennuis si elle venait à poser des questions à ce sujet.

— *J'étais* au lac, lui dis-je, me forçant à m'approcher de la table et à prendre le siège en face du sien.

— Seul ?

Je devrais mentir, mais la vérité s'échappe à la place.

— La plupart du temps.

— Donc, tu as emmené quelqu'un au lac, dit-elle, la voix maintenant tremblante, lourde de larmes. Mais tu ne m'y as jamais emmenée.

— Tu n'aurais pas voulu aller au lac.

— Ce n'est pas le problème ! s'écrit-elle. Le problème, c'est que tu n'as jamais demandé ! J'ai dû te traîner dans cette relation, et cette fille – cette stupide fille que tu connais *à peine* – obtient tout ce pour quoi j'ai dû me battre. C'est avec elle que tu étais la semaine dernière, n'est-ce pas ?

Mes côtes semblent se resserrer, comprimant ma respiration. Ça sent mauvais. Peut-être que c'est le cas. J'aurais dû mettre fin à ma relation avec Meg bien plus tôt. J'aurais dû le faire la première fois que j'ai essayé, il y a des mois.

— Ce n'est pas ce que tu penses.

— Alors c'est quoi, Nick ? hurle-t-elle, se levant et tirant sur ses cheveux. Parce que j'ai compris il y a des semaines que tu t'intéressais à quelqu'un d'autre. Je pensais que c'était la patiente dont Lynn disait que tu passais tant de temps avec, et j'ai pensé que ça passerait parce que nous savons *tous les deux* que ça ne peut mener nulle part, donc si ce n'est pas ce que je pense, s'il te plaît, dis-moi ce que c'est bordel.

Je m'affaisse dans ma chaise et repose ma tête contre son dossier, acculé et soudainement épuisé. Je pourrais mentir maintenant, mais j'ai le sentiment que ça se retournera contre moi. Ce sera assez facile pour elle de découvrir qui est Quinn et de supposer le pire.

— Je la connaissais il y a longtemps, et maintenant, elle est ici et…

Je marque une pause parce que les mots suivants sont amers et rugueux sur ma langue.

— Elle est en train de mourir. Alors je veux passer chaque instant avec elle tant que je le peux.

La bouche de Meg reste ouverte. Pour la première fois, je vois une lueur de dégoût dans ses yeux lorsqu'elle me regarde.

— Donc c'est une patiente. Pourquoi ne l'as-tu pas confiée à quelqu'un d'autre une fois que tu as réalisé que tu la connaissais ?

Parce que je ne fais confiance à personne d'autre pour prendre son cas.

— Elle voulait que je m'en occupe.

Meg rit, un rire enragé et hystérique, assez fort pour réveiller les voisins.

— Ouais, je veux bien te croire que c'est ce qu'elle voulait. Qui diable est-elle ? Tu as dit que tu n'avais jamais eu de relation longue.

Encore acculé. *Putain.* Pour un gars qui a été généralement honnête pendant la majeure partie de sa vie, je suis vraiment dans la merde en ce moment.

— Je n'en ai pas eu. C'est compliqué… Nous n'avons pas été vraiment ensemble, mais nous nous connaissons depuis toujours.

Elle croise les bras sur sa poitrine en faisant les cent pas. J'ai l'impression d'être interrogé.

— D'où la connais-tu ?

La réponse la plus simple serait Londres, sauf que c'est aussi la plus facile à réfuter puisque Quinn n'y est jamais allée.

— De l'université.

— Nous avons parlé de l'université des milliers de fois, dit-elle, écartant les bras. Et tu n'as jamais pensé à mentionner que tu étais *amoureux* de quelqu'un là-bas ?

Je pince l'arête de mon nez.

— Je n'étais pas amoureux d'elle, dis-je, même si ça sonne comme un mensonge. Je ne sais pas. Peut-être que je l'étais. Mais je viens juste de la revoir, et…

— Tu as décidé que ce serait amusant de baiser quelqu'un derrière mon dos alors que nous avions des projets d'emménager ensemble ? gronde-t-elle.

— Non. Pas du tout. Je n'ai pas couché avec elle. Je ne l'ai toujours pas fait.

Bien que Dieu seul sache que si nous avions été ailleurs que dans le coffre de ma voiture hier soir, je l'aurais fait. À plusieurs reprises.

Sa mâchoire se serre et elle prend la chaise la plus éloignée de la mienne.

— Tu es un homme intelligent. Tu comprends ce qui est en train de se passer, n'est-ce pas ? Tout ça n'a rien à voir avec une fille quelconque de ton passé. Tu as juste peur de l'engagement. Dis-moi quelque chose : cette connexion magique avec une fille que tu as putain *d'oublié*, s'est-elle produite avant ou après que je t'ai suggéré de venir vivre ici un moment ?

Je sais ce qu'elle veut dire. Si je regardais la situation d'un point de vue extérieur, je serais d'accord avec elle. Mais elle ne comprend pas, et je ne peux pas expliquer qu'une partie de Quinn a vécu en moi tout ce temps.

— Après, réponds-je. Et je sais de quoi ça a l'air. Tout ce que je peux dire, c'est que c'est réel.

Elle se lève, les yeux humides, repoussant la chaise avec trop de force.

— Combien de temps lui reste-t-il ?

Je déglutis.

— Je ne sais pas. Peut-être quelques années.

— *Peut-être* quelques années ? Ça veut dire un an. Et quand cette année sera écoulée, ou peu importe combien de temps, tu vas te retrouver là où tu as commencé, avec le même travail et la même vie. Et ensuite ? dit-elle en se dirigeant vers la porte.

Je tressaille, réticent à envisager la réponse.

— Je ne sais pas.

La porte *claque* en se fermant derrière elle, ne laissant résonner dans ma tête que sa question. L'idée d'un monde sans Quinn est déjà impensable. Je ne peux pas imaginer ce que je vais faire quand elle sera partie.

Ce qui signifie que, d'une manière ou d'une autre, je dois trouver un moyen de m'assurer qu'elle reste.

~

Impossible de me rendormir maintenant, alors je me dirige directement à l'hôpital pour jeter un autre coup d'œil aux scans de Quinn. Il doit y avoir quelque chose que j'ai manqué. Il doit y avoir un moyen de la sauver. Il fait jour lorsque je sors de la douche, mais la ville commence tout juste à s'éveiller. Des oiseaux et le vacarme des camions-poubelles au loin sont tout ce que j'entends en marchant dans les rues silencieuses.

Le personnel de nuit est encore en service quand j'arrive à mon étage, les yeux lourds et chargés alors qu'ils se préparent à changer de shift. Quelques sourcils se lèvent lorsque je passe devant la station des infirmières, mais ils sont trop impatients de rentrer chez eux pour s'inquiéter de pourquoi je suis là si tôt. Je déverrouille la porte de mon bureau, mais je m'arrête net en franchissant le seuil. Il y a une femme devant mon bureau – dans un bureau auquel seul moi et une autre personne avons la clé.

Je serre la poignée de la porte, stupéfait et silencieux. *Comment* ? Comment cette femme a-t-elle bien pu entrer ?

Je ne l'ai jamais vue auparavant, mais il y a quelque chose de familier chez elle. Les cheveux blonds pâles, la beauté aux traits fins. Quand je vois son visage, je ne ressens que de la colère et de la terreur – et je ne peux expliquer pourquoi.

Elle perçoit mon choc, sans être impressionnée, puis regarde à nouveau avec désinvolture les scans qu'elle a étalés sur mon bureau. Les scans du cerveau de Quinn, placés dans l'ordre chronologique.

— On dirait que la nature a fait mon travail à ma place, dit-elle, sa bouche se courbant en un sourire. N'est-ce pas ?

Arrête-la, commande mon cerveau engourdi et stupéfait. Je me jette en avant, mais avant que j'atteigne le bureau, elle disparaît. Seuls ses vêtements sont encore là, posés sur ma chaise.

CHAPITRE 37

Quinn

Les bois derrière la maison de Nick et Ryan sont enfin libérés de la neige. Il y a des bourgeons sur les arbres, de petites pousses vertes qui sortent de la terre. Une fois que nous aurons réparé les marches, nous pourrons enfin retourner dans la cabane.

— Je n'arrive pas à croire que tes parents t'aient laissé faire ça, dis-je, en regardant Nick planter un clou dans le bois.

— Mon père avait une cabane dans un arbre quand il était enfant, répond-il. Et il l'a construit lui-même.

— Il y va encore ? demandé-je.

— Les adultes n'aiment pas les cabanes dans les arbres.

— Moi si, insisté-je. Je continuerai à monter ici, peu importe mon âge.

Il réfléchit un moment puis hausse les épaules, comme s'il annonçait une décision dont il était déjà assez certain.

— Je pense que je t'épouserai quand je serai grand, dit-il.

Je mords ma lèvre pour cacher l'élan soudain de joie dans ma poitrine.

— D'accord, lui dis-je. Oui.

Je rentre chez ma mère et lui rapporte ce que Nick a dit alors que je m'endors.

— Peut-être que j'irai dans le futur pour voir si ça se réalise, dit-elle.

Elle me taquine. La chambre est si sombre que je ne peux pas voir son visage, mais j'entends le sourire dans sa voix.

— Tu n'es pas censée aller dans le futur, lui rappelé-je.

Les histoires qu'elle me raconte chaque soir sur les voyages dans le temps concernent toujours le passé, car elle dit que voyager vers le futur est dangereux, et tu pourrais apprendre des choses que tu préférerais ne pas savoir. Elle promet que quand je serai assez grande, elle m'emmènera avec elle, mais jusque-là, je ne peux vivre qu'à travers ses aventures.

— Raconte-moi à nouveau quand tu as rencontré le soldat. C'est mon histoire préférée.

— C'est aussi ma préférée, dit-elle, sa voix un peu triste. Mais tu auras tes propres histoires un jour. De meilleures.

Mes peurs s'insinuent. Elle est si sûre que je peux faire ce qu'elle fait, mais si elle ne voyage pas dans le futur, comment peut-elle en être certaine ?

— Et si je ne peux pas voyager comme toi ?

Son rire remplit la chambre silencieuse.

— Oh, ma douce fille. Tes capacités rendront les miennes enfantines en comparaison.

— Mais quand ? supplié-je.

Elle tire les couvertures jusqu'à mon menton et dépose un baiser sur mon front.

— Tu voyageras, chuchote-t-elle. Le jour où tu en auras le plus besoin.

À suivre…

REMERCIEMENTS

Il semble qu'il faille tout un village pour me convaincre que mon livre est prêt à être imprimé – surtout avec une intrigue comme celle-ci – donc j'ai une longue liste de remerciements. Tout d'abord, à mes formidables béta lecteurs, qui m'ont donné des retours si utiles et qui sont tout simplement les personnes les plus cool : Tricia Coan, Deanna Heaven, Kimberly Ann, Amy Meyer, Katie Foster Meyer, Julie Page, Brenna Rattai, Laura Steuart, Jill Sullender, Erin Thompson et Laura Ward. Merci à ma sœur, Kate Garner, pour ses rappels constants de ne pas saboter les choses à l'avance et pour son indignation face aux avis trois étoiles. Ensuite, Janis Ferguson, dont les compétences en relecture sont incomparables. Kathy Bosman, qui a fait plusieurs passages de corrections, et Julie Deaton, qui a jeté un dernier coup d'œil à la fin, puisque je ne pouvais pas m'empêcher de modifier des choses jusqu'à la dernière minute. Un grand merci aussi à Dani Sanchez de Wildfire Marketing.

Enfin, merci à mes filles (ou mon coven, selon à qui vous demandez). Il y a de nombreuses années, j'ai eu la chance d'être coincée à regarder des tout-petits jouer au soccer avec Sallye Clark, Deanna Heaven et Katie Meyer. Onze ans plus tard, elles sont toujours les personnes vers qui je me tourne pour chaque problème et chaque victoire, et je suis infiniment reconnaissante de les avoir dans ma vie.

À PROPOS DE L'AUTEUR

Elizabeth O'Roark a passé de nombreuses années en tant que rédactrice médicale avant de publier son premier roman en 2013. Elle est titulaire d'un diplômes en licence de journalisme et en arts de l'Université du Texas, ainsi que d'un master en psychologie du conseil de l'Université de Notre-Dame. Elle vit à Washington, D.C. avec ses trois enfants et un chien mal élevé. Parallèle est son cinquième livre.

Ce livre est imprimé sur un papier composé de fibres naturelles, renouvelables, recyclables et fabriquées à partir de bois provenant de forêts gérées durablement.